VIVANCE

Du même auteur

Fief
Seuil, 2017
et « Points », n° P4874

DAVID LOPEZ

VIVANCE

roman

ÉDITIONS DU SEUIL
*57, rue Gaston-Tessier, Paris XIXe*

ISBN 978-2-02-151379-0

www.seuil.com

I
Plaine

Vapeur

J'ai maigri. Pas exprès. Ça se sentait déjà un peu, au toucher. C'est en me passant la savonnette que j'ai compris. Sur les côtes, ça faisait l'effet d'une râpe à fromage. Ça moussait bien. Un bail déjà sans voir de salle de bains. Pas des lustres, mais quand même. Déjà quand on m'invite à manger je suis un peu gêné, parce que pas habitué, peur d'abuser de la gentillesse, même si ça ne m'empêche pas d'avoir un bon coup de fourchette. Mais la douche, maintenant que j'y pense, c'est seulement la deuxième fois. On m'a déjà proposé d'utiliser un jet d'eau, et c'était bien, je n'en demandais pas tant. Être propre ça n'est jamais qu'un luxe. À vrai dire Noël ne me l'a même pas proposée cette douche, il me l'a imposée, comme la chambre à l'étage, comme la truite qu'il va bientôt poser sur le barbecue, et la bouteille de vin qu'il a débouchée avant que j'aille me laver. La moindre des choses serait que je sois présentable pour ce dîner. Pour cela je dispose autour du lavabo ce qui me semble être de première nécessité en cet instant, soit ma brosse à dents, mon rasoir jetable, du déodorant ; et puis mon couteau, déplié, avec la sécurité enclenchée, celle qui me permettra de ne pas me blesser si je dois m'en servir contre mon hôte.

Il est plein de buée ce miroir. Longtemps que je n'ai pas aperçu mon reflet. J'évite les miroirs, je joue à ça depuis quelques semaines déjà. En entrant dans cette pièce, étroite, j'ai pris soin de repérer où il était, pour lui tourner le dos. J'attends d'être surpris, de m'en être privé assez longtemps pour me demander qui est ce mec qui copie tous mes gestes. Sur ma droite, en haut, il y a une lucarne et la lumière du jour tape en plein dans la glace, si bien que j'aperçois quand même ma silhouette. Les contours et le teint. Bronzé. La gueule, les bras, les épaules. Moins le torse, peu exposé. Les mains de chaque côté du lavabo, les membres tendus le corps penché en avant je baisse la nuque, expire longuement et sens mes lombaires se relâcher, pas suffisamment à mon goût, puis relève la tête et observe quelques secondes la vapeur s'échapper de mon bras gauche. Mon corps fume, exhale cette nappe qui se colle au miroir, ajoutant encore un peu d'opacité. Subsiste une tache, où la buée n'a pas pris comme ailleurs. L'ensemble me commande de deviner, cette partie m'invite à voir. Reflet flouté. Grise, la pièce compte tout de même sa petite note décorative, incarnée par cette fleur posée dans un pichet en verre au bord du lavabo. Je ne sais pas ce que c'est comme fleur, ce que c'était, parce qu'elle est fanée. Elle est longue, sans feuilles, juste le pistil et les pétales à sa tête. La tige est passée du vert au jaunâtre, et les pétales, d'un mauve usé, ont certainement arboré une jolie couleur violette. Ils sont courbés vers l'arrière, comme on s'étire. Le pistil quant à lui s'est teinté du gris de la poussière qui s'y est incrustée. Au fond du pichet l'eau paraît propre, comme si Noël espérait que la fleur reprenne vie. Quand je touche un pétale il s'effrite sous mon doigt. J'aurais dû m'en douter mais je le réalise seulement maintenant, la fleur est en tissu. J'ai peur d'avoir commis l'irréparable en l'ayant amputée d'un de ses pétales, alors j'écarte ma main. Il y a moins de vapeur dans l'air, même si le miroir est toujours embué. Ou alors on la voit moins, car la pièce s'est assombrie au passage d'un nuage. Je m'étonne de la propreté de ce lavabo. À voir la tronche de Noël je ne m'attendais pas à trouver dans sa salle de bains autre chose qu'une savonnette, un blaireau et un rasoir, et puis peut-être, mais pas sûr, une brosse à dents. Sauf que pas du tout. Le petit meuble sous le lavabo est rempli de produits de beauté, de soins. Ça va du masque à l'anticerne. Je pense qu'il y a eu quelqu'un. Quelqu'un qui lavait ses cheveux. Quelqu'un qui s'est dit que ce serait une idée de mettre une fleur sur le lavabo. Quelqu'un dont l'absence aurait l'âge de cette fleur.

Il y a un sèche-cheveux dans le tiroir de gauche. Avec son crâne dégarni et les quelques bouclettes qui lui tombent sur la nuque je vois mal Noël s'en servir. Au lieu d'attendre que la buée s'en aille, au regard de la bouillance de cette douche que je viens de prendre, il faudrait l'y aider un peu. Je braque le sèche-cheveux sur le miroir et l'actionne dans un vacarme inattendu. Vieux modèle. Ça ressemble davantage à Noël. Le nuage est passé et la pièce reçoit beaucoup de lumière. La vapeur encore en suspension dessine des courbes à mesure que l'air circule. Le sèche-cheveux l'attire à lui, on la voit s'y engouffrer en tourbillonnant, lentement d'abord, elle se contorsionne avant d'être happée, tirée par la manche jusqu'à y plonger la tête la première. Déjà le haut de mon crâne se dévoile, les cheveux collés encore imbibés. J'en perds par endroits et ça ne me paraît pas naturel, tous les types que j'ai vu perdre leurs cheveux ça partait d'un genre d'épicentre, moi j'ai des petits trous, trois ou quatre, le plus gros se situe sur la tempe droite, juste au-dessus de l'oreille.

Au début il fait beaucoup de bruit, et puis après quelques secondes le sèche-cheveux se met à vibrer très fort. J'ai l'impression qu'il va me péter dans la main quand la buée se dérobe pour laisser apparaître mes yeux et mon nez. J'ai les orbites enfoncées, paupières-visières, comme si mes yeux voulaient me rentrer dans la tête, voir dedans. Des cernes comme des peintures de guerre. Les joues creuses, tellement que je m'étonne que Noël m'ait proposé la douche avant le repas. Ma dent de devant, fissurée un peu noircie. Je pose le sèche-cheveux. Le miroir est bientôt sec, du moins une partie est sèche, celle qui dévoile mon visage et le haut de mon buste. La tache a disparu, emportée comme le reste dans le courant d'air chaud. Mon reflet est comme entouré d'un halo, décor flouté, focus sur lui. Parce que ça m'amuse je continue de chasser la buée, après avoir rallumé le sèche-cheveux, pour en éliminer toute trace. Si j'y avais pensé plus tôt j'aurais essayé de dessiner quelque chose. Noël doit m'attendre. Il doit aussi se dire que ça fait longtemps que je suis dehors, que j'ai raison de profiter. Ma foi. C'était bien, la douche. Ça va être bien, manger. Le lit. Parler, je ne sais pas. Dans le miroir, alors que je me regarde depuis beaucoup trop longtemps, je vois venir un rictus. À gauche. Il va grandissant et puis un peu d'air sort du nez, un coup sec, la poitrine se soulève, les épaules balancent et les fossettes ravinent, ceci plusieurs fois de suite, et puis ça vient par petites rafales, jusqu'à produire un son, découvrir les dents quand la bouche s'ouvre, et l'air qui sort par le nez quand la poitrine reçoit ces spasmes.

De la gorge le son vient en bouche bientôt, la mâchoire s'assouplit et le cou se tend, les rafales sont de plus en plus longues, s'achèvent en tir tendu quand le souffle vient à manquer, des larmes montent au coin des yeux, ça dure un peu, atteint un pic, jusqu'à ce que la respiration se fasse plus ample, se stabilise, les sons persistent mais baissent d'une octave, la poitrine reprend sa forme, les épaules descendent, les soupirs paraissent de soulagement, le son revient en gorge et la bouche se ferme. Quand je me regarde de nouveau, je n'ai plus mon rictus.

J'ai ouvert la porte et les restes de vapeur en ont profité pour prendre la fuite. Noël prépare l'apéro en bas. Je l'entends chantonner et me demande s'il fait pareil d'habitude, quand il est seul. À l'oreille je devine qu'il pose sur la table de petits bols dans lesquels il verse des chips et ce genre de trucs qu'on bouffe quand on n'a pas faim mais qu'on a quelqu'un à la maison. J'espère qu'il a des olives. Il va et vient de la table dehors à la cuisine, comme s'il n'avait pas conscience d'avoir deux mains. J'entends qu'il traîne les pieds. À moins que ce ne soit sa manière à lui de faire durer les choses, pour éviter les temps morts. Si c'est le cas, il faudra que je lui demande et qu'on s'entretienne là-dessus, histoire de comparer nos techniques.

Je reste là, sur le seuil de la salle de bains. J'ai enfilé mes habits propres, dont mon sweat à capuche avec la poche ventrale. C'est là qu'est mon couteau. Le manche du côté de la main droite. Rapide à saisir, invisible, enfoui dans les plis du tissu. En face de moi l'escalier descend vers la cuisine et la porte qui donne sur l'extérieur. Je le vois passer avec une bouteille dans la main, il ne remarque pas ma présence en haut des marches. La lumière est très blanche dehors, ça contraste avec l'étage où je me trouve encore. Sur ma droite, le couloir s'enfonce dans les ténèbres. Une seule porte est ouverte, la première sur la gauche, celle de sa chambre j'imagine, car j'aperçois un lit défait, ainsi qu'une étagère pleine de cassettes vidéo. Les autres portes, au nombre de six, se font face et sont toutes frappées d'un numéro, en chiffres romains. Sa chambre porte le numéro I. La mienne, le numéro IV. Sur celle de la douche, il y a marqué Douche.

La petite table dehors, sur laquelle il coupait des poivrons quand je suis arrivé, a été débarrassée. Il y a posé deux verres, une bouteille de rouge et une de liqueur de cassis, ainsi que trois bols des mêmes chips, et pas d'olives. Il fait doux, me voilà tenté de retirer mon sweat. Je m'abstiens. Noël soupire longuement, à plusieurs reprises, mais pas le genre de soupir qui exprimerait l'ennui ou le mécontentement, au contraire. Il est comme soulagé, il y a du sourire dans ce soupir, et puis aussi il est nerveux, de cette nervosité que ressentent ceux qui reçoivent, à l'idée que leur hôte ne soit pas parfaitement à son aise. En tout cas je le prends comme ça. Je lui dis qu'on est bien reçu chez lui, et il rit fort, il s'approche très près, assez pour que je voie les veines éclatées sur son visage. Là, il me touche l'épaule, la malaxant légèrement, ce qui d'ailleurs ne me plaît pas du tout, et me dit trois fois de suite qu'il est content que je sois là. J'ai les mains dans les poches et le jogging dans les chaussettes. Je souris. C'est par pure courtoisie que je lui dis que je suis content d'être là, et aussi que j'accepte le verre de rouge avec un fond de liqueur. Son péché mignon, il dit, et comme je ne réponds rien il ajoute dans un rire qu'il en a déjà bu deux pendant que je me lavais. Je ris aussi, et plaisante sur le fait qu'il va me falloir le rattraper, alors que je n'en ai pas la moindre intention.

J'ai demandé s'il n'avait pas quelques olives et il s'est maudit de ne pas y avoir pensé tout seul. Alors qu'il retourne à l'intérieur je déambule un peu, histoire de délasser mes jambes. Il semblerait qu'on ait creusé la paroi de la montagne pour construire cette maison. On l'a posée là, au milieu de rien. Elle ne fait pas face à la route, elle est plutôt de profil, ou trois quarts. C'est une bâtisse sur trois niveaux, avec un sous-sol, et une espèce de grange attenante, où j'ai rangé mon vélo sans même défaire ses sacoches. Il y a un jardin en contrebas, comme enfoncé dans la terre, assez profond on dirait le cratère d'une météorite, on y accède par le sous-sol ou bien une sérieuse cascade. Quand je suis arrivé Noël s'est empressé de me dire avec un brin de fierté que cette bâtisse était un ancien relais de diligence, et ma première pensée a été qu'on n'y avait pas touché depuis. Devant la maison, une terrasse, avec un parasol planté dans la petite table, et le barbecue à côté. Une allée s'étend jusqu'à la route, d'ici je vois la poutre couchée au sol et qui empêche tout véhicule à quatre roues de passer. Elle m'a fait hésiter, cette poutre. Au départ, je l'ai prise pour une fin de non-recevoir. En m'approchant je tourne la tête vers la route, et au regard de la pente j'ai bien fait de m'arrêter. En m'engageant sur cet itinéraire je n'avais pas conscience que j'allais gravir un col. Souvent je fais ça, négliger la carte en fin de journée, me laisser surprendre, par manque de lucidité ou par goût de l'aventure, ça dépend des fois. Quand j'ai constaté le précipice sur ma gauche et la paroi sur ma droite j'ai vite compris qu'il serait compliqué de trouver où planter ma tente. Et puis j'ai croisé ce panneau, écrit en blanc sur fond noir, comme pour les lieux-dits, La Maison Blanche. Sur le coup ça m'a fait rire, j'ai pensé à la mienne que je n'ai jamais terminé de peindre, maison à moitié blanche, et cent mètres plus loin je l'ai aperçue, là, sur le côté. J'ai hésité à cause de la poutre, mes jambes m'ont vite rappelé à l'ordre. De la route je ne pouvais pas voir Noël, c'est seulement en m'avançant que j'ai distingué le parasol, et la petite table, et lui en train de couper un poivron en tranches avec un couteau de taille démesurée pour la besogne. Il ne m'a pas remarqué tout de suite. J'ai même pu l'observer quelques secondes et imaginer qu'il serait facile à attaquer.

Il a une bonne descente le Noël. Je n'ai pas bu trois gorgées qu'il s'est déjà servi un autre verre. Sans compter que mes gorgées à moi, ce sont des lichettes pour lui. D'habitude on me pose plein de questions, qui je suis et ce que je fais, d'où je viens où je vais, et pourquoi, mais pas lui. Ça tombe bien, je ne sais pas encore quelle histoire je vais lui raconter. Il me redit à quel point il est heureux de m'avoir, parce qu'il est très seul ici. Une tape sur l'épaule. Des jours qu'il n'a parlé à personne. Encore une tape sur l'épaule. Il y a bien un type, du village en haut du col, qui descend de temps en temps boire un coup, mais c'est rare. Et ça le met mal à l'aise, il a l'impression que le type fait ça par charité. En plus il n'aime pas le rock ce gars-là. Alors que moi c'est le destin qui m'a mené ici, et il me tape encore l'épaule quand il dit ça, alors qu'à moi il ne m'a pas demandé ce que j'en pensais, du rock. Entre les phrases qu'il prononce la montagne impose son silence. Il remarque que je ne le regarde pas tout à fait dans les yeux, et comment pourrais-je, il y a cette balafre qui part du sourcil droit pour terminer au milieu du crâne, un peu dégarni sur le dessus. Il la parcourt du bout du doigt, moins délicatement que je ne l'aurais fait. Sur le haut il y va mollo, comme si elle risquait de s'ouvrir. Il dit que c'est comme ça qu'ont commencé les problèmes, quand il a acheté cette maison, il y a trois ans. C'est en chutant dans l'escalier du fond qu'il s'est fait ça. Cinq mois de coma. Depuis il a des absences, fait des crises de somnambulisme, est pris d'accès de colère. Mais comme il est tout à sa joie il n'y a pas de raison que ça arrive. J'ai reculé ma chaise sans qu'il s'en aperçoive, si bien qu'au moment de me toucher de nouveau l'épaule il doit se pencher en avant. Trop court il manque de tomber, et du bout de la main il me flanque une petite tape. Ça me fait sursauter et renverser un peu du contenu de mon verre, qu'il s'empresse de remplir à ras bord pour se racheter. Je dis merci parce que je suis éduqué. Ce n'est qu'au moment de me saisir du verre que je réalise que ma main droite est restée dans ma poche ventrale.

Il dit qu'il est dépressif. Et alcoolique aussi. Sans vraiment savoir si c'est lié. Ah. La solitude, ça rend fou dans un sens, du moins c'est ce qu'on se dit tous, mais comment on fait quand personne ne nous aime. Alcoolique il l'a toujours été, et ça lui en a fait faire des conneries, mais bon bref, il se cale cul sec la fin de son verre, il est bien bon ce rouge, j'vais m'en resservir un p'tit tiens. Une mouche lui tourne autour au moment où il porte la bouteille de cassis à son verre, en la chassant de la main gauche il tremble de la droite et en verse à côté, ça l'énerve sur le coup, d'avoir gâché de ce breuvage ou bien d'avoir taché la nappe je ne sais pas, il crie putain, fait chier, il devient tout rouge et tremblotant, repose la bouteille comme s'il avait voulu casser la table, et puis quand son regard revient sur moi on dirait qu'il m'avait oublié pendant une seconde, interloqué il reprend ses esprits, cligne des yeux et agite la tête, sourit, rit, me dit scuse-moi, j'suis maladroit parfois, rit de nouveau mais il est tellement gêné, il dit qu'il ne faut pas faire attention puis rit encore, pas fort cette fois, et devant mon impassibilité ou mes épaules en arrière il finit par baisser la tête et tourner ses pouces l'un contre l'autre. Une voiture passe dans le sens de la descente, plutôt vite, c'est la première depuis que je suis là. C'est rien, je finis par dire, c'est pas grave, puis je termine mon verre cul sec avant de le reposer bruyamment sur la table, et tiens je dis, remets-en un pour la peine.

Cet été il ne pleut jamais. L'air est sec comme la gorge de Noël et c'est pour ça qu'il doit autant s'hydrater, il dit. La lumière décline, le soleil avait déjà amorcé sa descente à mon arrivée et le voilà orangé, tout près de passer derrière la montagne. La terrasse où nous sommes installés, devant la maison, est entièrement ombragée et un petit vent me paraît frais, justifiant autrement le sweat à capuche. Je nous vois là, tous les deux à cette petite table, et je me sens comme Denis quand il venait me rendre visite l'après-midi, il y a de ça des mois maintenant, je crois, et tandis que je peignais ma maison en blanc. Je comprends mieux cette humeur dont il tentait de m'asperger, son agitation et son enthousiasme qu'il espérait contagieux. Noël s'est calmé mais ça l'a fait partir sur le sujet de ses angoisses. Il parle longtemps et de manière décousue, il perd le fil à mesure qu'il porte le verre à sa bouche, si bien que pour l'encourager à persévérer je propose de lui servir le prochain. Une phrase sur deux exprime sa joie de m'accueillir, l'autre souligne la routine de sa tristesse. Les gorgées de vin rythment sa parole. Je roule une cigarette en hochant la tête. Après un silence, et avec un sanglot dans la voix, il dit que pas plus tard que la veille il en était encore à penser que, et puis il s'arrête, fixe le fond de son verre vide. Après lui en avoir servi un nouveau c'est moi qui lui touche l'épaule, délicatement pour ma part, en me dressant sur ma chaise. Assis tout contre la table, les bras croisés sous le menton, il lève vers moi un regard implorant. Ma main posée sur son épaule peut sentir comme il tremble. Tu as raison Noël, je lui dis, c'est peut-être pas un hasard si je suis là aujourd'hui. Peut-être bien que je peux faire quelque chose pour toi.

Quinconce

Ah mince, j'ai tué. Je n'ai même pas eu le temps de me demander d'où ça venait. C'était là, dans mon cou, venu de nulle part. À peine mes doigts se sont refermés dessus que j'ai senti comme c'était fragile. J'ai appuyé fort, à croire que j'aurais voulu y imprimer mes empreintes. L'énergie qu'on peut concentrer entre deux phalanges ça semble peu de chose, et pourtant je viens de démantibuler un corps. Je devine une fourmi, ce qu'il en reste, en regardant mon index. Des résidus sur le pouce, parties que je ne saurais raccorder à la dépouille. Elle a d'abord dû être sectionnée sous la pression, en son milieu j'imagine, séparée puis entremêlée sous le roulement du pouce contre l'index. C'est là qu'il repose, le corps, car la fourmi n'est plus. Je le regarde quelques secondes, un peu triste et surtout coupable, avant de l'expédier d'une pichenette que j'avais pensée plus adroite, puisque je le perds de vue dans sa chute. Je balaie le sol du regard et abandonne assez vite l'idée de le retrouver. Après m'être demandé en quoi consisterait une sépulture digne de ce nom je comprends que, malgré la considération que je pourrais montrer envers son cadavre, je ne rachèterai pas le mépris que j'ai eu pour sa vie. Je suis tenté de plaider la surprise. Alors que je vais pour tremper le pinceau dans le pot de peinture blanche j'aperçois une petite tache noire, c'est là qu'il était, le corps, aggloméré en une petite boule. Je l'observe un peu, me réjouis que la peinture soit assez épaisse pour qu'il ne coule pas, puis je trempe le pinceau pile sur lui, avant de badigeonner le mur, en haut sous la gouttière.

J'ai attaqué la partie au-dessus de la fenêtre de la cuisine. La façade autour de la porte du garage c'est fait, ça m'a pris deux jours. J'avais tablé sur davantage, au moins trois, mais j'ai eu beau consacrer la moitié de mon temps de travail à faire des pauses, c'est allé plus vite que prévu. Ça fait beaucoup rire Denis, le garçon qui passe me voir de temps en temps. Tous les jours en fait, pourvu qu'il fasse assez beau pour s'installer à la petite table du jardin. Ça le rassure de me fréquenter, il se prend pour un marginal parce qu'il est inactif et vit de la débrouille, en moi il voit un genre de modèle, il n'a pas encore l'âge de distinguer la rébellion de la démission. Souvent c'est en début d'après-midi qu'il vient, et je devine à ce qui lui traîne dans les yeux que mon café lui fait office de petit déjeuner. Ça le fait rire que je mette autant de temps à repeindre ma maison étant donné que j'utilise un pinceau à brosse plate de même pas quatre centimètres de largeur, à poils durs. Pour lui ce serait déjà insuffisant pour peindre une table basse, alors une maison. Il m'a rapporté l'autre jour un rouleau tout neuf, où est-ce qu'il a trouvé ça, avec un petit bac adapté, parce que accessoirement j'en fous partout, et quand je vois une goutte de peinture sur le point de couler mon réflexe en général c'est de mettre ma cuisse en dessous, ou de ramener le pinceau à moi jusqu'à parfois me le poser sur la poitrine. Ça peut donner de belles créations. À vrai dire le résultat m'intéresse bien moins que la manière. Et c'est là qu'il ne peut pas me comprendre Denis. Il reste persuadé qu'on a toujours les ressources nécessaires pour savoir quoi faire ensuite.

Je ne sais plus à quoi on est censé occuper une journée. Tout ce temps. Quand je travaillais encore on décidait pour moi d'une grande partie de son emploi. Je savais valoriser mon temps libre parce que j'en manquais. Maintenant je dois sans arrêt prendre des décisions. Pour ça il faut des idées. Je vois des journées couler. J'annule des jours en décrétant que demain en sera un autre. Parfois je sors parce qu'il le faut bien, et à la moitié de mon tour du lotissement je veux déjà rentrer. Mon chat, Cassius, pour l'essentiel il assure sa subsistance. Un jour je l'ai vu rester posté pendant deux heures à attendre qu'un oiseau vienne voler assez près du sol. Elle est occupée, la bête. Sa patience est une action. Si j'avais dû sortir ce matin chercher une proie pour le petit déjeuner, la dépecer la vider, allumer mon feu, étendre la peau de l'animal, récupérer quelques os pour en faire des outils, préparer la viande, la faire cuire et la bouffer, c'est sûr qu'il serait peut-être déjà midi. Au lieu de ça quoi. Denis ça le rend fou, il m'en parle souvent. Lui il me voit partir, voyager, alors que c'est lui qui voudrait partir, voyager. Le temps on le tue et c'est à peu près tout. On raconte l'histoire qu'on veut par-dessus. Selon comme on s'y prend on change d'arsenal. Parfois c'est juste plus spectaculaire. Ça y va à rafales de mitraillette, temps criblé, ça fait de la lumière et puis du bruit, c'est sûr que là on ne voit rien on n'entend rien, et c'est pratique pour ne pas avoir à réfléchir. Moi, le temps, je le tue à la petite cuillère. Au petit pinceau, plutôt.

Au-dessus de la fenêtre c'est terminé je commence à descendre. J'alterne entre deux prises du pinceau, c'est à peu près comparable à la pronation et la supination sur une barre de traction, l'une poignet fermé, l'autre ouvert. Le geste, pas ample ; c'est pareil à colorier de la pointe d'un crayon à papier. L'ancienne peau de la maison est comme rongée par la nouvelle. J'accompagne son avancée. L'inéluctabilité de cette mue me permet d'embrasser sa lenteur. Bientôt me voici à la bonne hauteur pour descendre d'une marche. Tel qu'il est placé là, il est bancal cet escabeau. Ça me l'a fait la première fois que je suis monté dessus, pour le garage avant-hier, et j'ai pensé que c'était de sa faute. En le déplaçant à mesure que je progressais je me suis rendu compte que ça dépendait surtout d'où on le posait. En tout cas là, il l'est, bancal. Ça pimente un peu les choses. Ça implique tout mon corps. Alors même que je me concentre sur l'articulation de mon poignet, en allant et venant de haut en bas, ou bien en petits cercles, par moments un geste, un poids mal réparti peut déséquilibrer l'escabeau, causer un soubresaut qui, à l'échelle de la situation, pourrait vite constituer un séisme. C'est là que la cheville prend le relais, par sa souplesse elle accompagne la secousse, ondule avec elle, s'adapte au rythme, reprend son souffle, jusqu'à la stabilité. J'apprécie ce moment. Être sur cet escabeau bancal me procure ce genre de petites joies, comme celle de retrouver l'équilibre, et m'estimer heureux.

Plusieurs minutes que le soleil n'a pas été interrompu dans sa brillance, j'ai enlevé le sweat. J'en profite pour descendre de l'escabeau, sans encombre, pas une glissade, pas une cheville qui se tord, pas d'aventure, et m'installe sur la chaise en rotin que j'ai posée dans l'herbe, petit jardinet d'à peine cinq ou sept mètres de profondeur avant la clôture puis la route, et enfin prendre un peu de recul sur mon travail. En m'installant sur la chaise je sens ses pieds s'enfoncer légèrement dans la terre molle sous la pelouse. C'est sûr que la différence saute aux yeux, puisqu'à l'immaculée blancheur du haut du mur succède le jaunâtre, usé et décrépi, de l'ensemble tel qu'il se donne encore majoritairement à voir. Denis va venir mais quand exactement, je ne sais pas. Une fois je l'ai accusé de perturber mon flux intérieur, à se pointer comme ça à l'improviste. Il a répondu qu'il n'avait pas compris mais que ça avait l'air très grave. Il a alors envoyé des textos évoquant le début d'après-midi mais pour moi c'était trop vague, ça m'a mis dans une position d'attente, rendu alerte, incapable de commencer quoi que ce soit de peur d'être interrompu. L'autre jour il m'a écrit qu'il se pointerait pour quatorze heures trente-deux. Malheureusement j'ai dû lui expliquer, après avoir passé la matinée à souffrir de cette échéance, que ce point fixe dans le temps, comme un phare, avait empêché toute activité, toute pensée qui l'aurait précédée, de se déployer. Il a dit c'est pas simple. J'ai répondu qu'idéalement il faudrait que ce soit moi qui le convoque.

Point fixe. Phare. Injonction. Glas. Il avance mon mur. Mine de rien.

Tiens, voilà Cassius qui montre le bout de ses moustaches. Le pas nonchalant, plissant des yeux comme s'il venait de se réveiller. De ma chaise je le regarde de haut, main pendante par-dessus l'accoudoir, offerte. Il renifle un peu le bout de mes doigts et puis il y frotte ses joues. Il est tout blanc Cassius, avec la queue noire, en plumeau, et quelques taches au front. Tant de poils. Il a encore son pelage d'hiver, ce genre de crinière. Je glisse vers lui jusqu'à me coucher dans l'herbe, il a cette manière de donner du dos pour réclamer la caresse, hocher la tête et s'approcher des mains. Plus il vieillit et plus il est câlin mon Cassius. Il n'est pas tout neuf, il a fait sa vie, il dort de plus en plus et n'atteint plus le rebord de la fenêtre de ma chambre quand il s'élance depuis le sol. Sous celle de la cuisine j'ai posé une chaise, ça lui fait une escale. Il n'en a plus pour longtemps. J'ai beau le savoir je fais en sorte de ne pas toujours m'en souvenir. Certains matins, quand il tarde à se manifester, j'ai peur de sortir dans le jardin et le trouver là, inanimé, sous les thuyas. Il a des croûtes noires sur les oreilles. Le vétérinaire m'a prévenu que les chats blancs étaient particulièrement sensibles au soleil et développaient parfois des cancers de la peau, ces croûtes en étant les premiers signes. Et Cassius il aime le soleil, au moindre rayon le voilà qui s'affale dans son axe. Je lui mets de l'écran total, il se laisse faire car il prend ça pour des caresses. Le vétérinaire a parlé d'ablation, pour ralentir le processus, mais jamais de guérison. Si Cassius devait s'en débarrasser ce serait juste pour dérouler le tapis rouge à sa belle mort. C'était il y a un moment déjà qu'il m'a prévenu, le vétérinaire. J'évite de passer la main là, ça rend mon déni plus difficile. Lui n'en fait pas grand cas. On est chacun malade à notre façon. On veille l'un sur l'autre. Binôme. Sa présence est aussi souhaitable que fragile. Il passe vite à autre chose, mon chat. Il se dérobe sans tact. Comme à l'instant quand je le vois écarquiller les yeux d'abord, puis se carapater vite fait au son d'une paire de claquettes qui traîne au sol, et tandis que Denis s'approche du portillon. Il me trouve allongé sur la pelouse, moitié sur le dos moitié sur le flanc, et me demande ce que je fous là, en quinconce. La poignée est cassée alors il s'y reprend à deux fois au moment de fermer derrière lui, et puis penché en avant il me tend son poing, c'est comme ça qu'on se dit bonjour. Lui ajoute une onomatopée qui semble exprimer l'enthousiasme. Il porte une chemise à fleurs roses sur fond bleu marine ouverte sur un marcel blanc, un short en jean délavé coupé dans un pantalon on le devine aux fils qui pendent, une paire de tongs rouges, un chapeau de paille siglé d'une marque de whisky et des lunettes de soleil dans le genre aviateur, et il reste là comme ça, debout à dandiner des épaules, bomber le torse et ouvrir les bras, à attendre que je le complimente sur son style, à sourire très fort avec sa dent de devant cassée, un peu noircie et fissurée sur le côté, et terminer avec un pas de danse pendant que moi, encore couché au sol, je le regarde et le taquine en faisant comme si ça ne me faisait pas rire. Denis n'a pas la trentaine et on a bien dix ans d'écart lui et moi. Il m'appelle l'Ancien, ouais l'Ancien, il fait beau aujourd'hui hein, avec sa voix qui chantonne, et puis il part directement s'asseoir à la petite table en fer, sous le sapin, ce sapin géant dont j'ai coupé toutes les branches jusqu'à environ un mètre quatre-vingts de hauteur pour en faire un parasol. Je dois incliner la tête pour ne pas prendre une aiguille dans l'œil. Denis lui il passe crème. Une fois assis il bouge encore les épaules, et il me parle de cette chanson de je ne sais qui, il a ça dans la tête, ça groove à mort il dit, il la chantonne et ça a l'air nul, je lui dis qu'il n'aura qu'à me donner la référence tandis que je me relève. En m'essuyant les mains l'une contre l'autre je lui parle enfin de sa chemise, c'est quel genre de style ça alors, et en la saisissant par le col il prend une pose genre baron de la drogue, baragouine du yaourt en espagnol et puis il sourit fort. Il m'arrache enfin un rictus, et flairant le bon filon il se met à regarder autour de lui comme un homme en cavale, à chercher sous la table voir s'il n'y a pas un micro, puis avancer son buste vers moi, la main en paravent près de la bouche pour, à voix basse, me dire qu'aujourd'hui il prendra un double espresso.

Je suis toujours content de le voir arriver mais chaque fois je finis par regretter sa présence. Excité comme tout il parle fort, vite, il prend des accents. Allemand, belge, indéterminé. Il adore les mots, mais davantage pour leur sonorité que pour leur sens. Une fois qu'il est convaincu de l'usage d'un terme il n'en démord plus jamais. Là, il me demande ce que j'ai pensé de son entrée en farandole et je ne relève même plus, la dernière fois il a parlé du bordel dans mon garage en disant que c'était complètement cacophonique là-dedans. Il est drôle Denis, mais qu'est-ce qu'il est fatigant. Il n'est pas gros mais tout est gros sur lui, il a de gros doigts, de gros mollets, des grosses cuisses, un bassin large, galbé comme une bûche l'autre. Et puis les jambes arquées ça le tasse, trapu tout rond, v'là la dégaine de l'homme. Il a allumé une clope après sa première gorgée de café puis demandé comment ça avançait le coloriage, ce à quoi j'ai répondu par un mouvement de menton pour orienter son regard vers le mur et l'inviter à constater par lui-même. Il dit que quand même ça irait plus vite avec le rouleau qu'il m'a ramené la dernière fois, et moi je hausse les épaules dans un soupir, et pour quoi faire je dis, il faut vraiment être très occupé pour vouloir que les choses aillent vite. Ou ne pas être bien regardant sur la manière. Il rit d'abord, avant de dire que je suis vraiment trop vindicatif comme mec.

J'ai posé sur la table un cendrier rond, avec quatre petites encoches pour y placer la cigarette. En général c'est le filtre qu'on vient caler ici, avec le foyer dans le cendrier, clope inclinée vers le bas, mais Denis il ne fait pas comme ça, Denis c'est le foyer qu'il met là, en le laissant un peu dépasser à l'intérieur, et le filtre posé sur la table, clope inclinée vers le haut. Denis vend de l'herbe qu'il cultive chez lui, il essaie régulièrement de faire de moi un client mais je m'en tiens à tirer quelques taffes sur les joints qu'il roule à cette table. Il vient de ramener un échantillon d'une nouvelle variété, elle est patate il dit, avec ça tu vas te retrouver emberlificoté comme jamais. La première fois qu'il m'a proposé de goûter j'ai refusé, me suis même un peu offusqué, croyant qu'il essayait de m'assujettir et s'assurer un revenu. Il a répondu qu'il l'avait fait parce que j'avais parlé d'ennui. Il a dit tu vas voir, avec ça tu vas t'ennuyer pareil, sauf que ça te fera marrer. Il avait raison. Je ne m'ennuie plus, je me détache. Denis et moi on s'est rencontrés quand Renata est partie et que j'ai arrêté de travailler. La première fois je n'ai pas été très sympa, ça l'a convaincu que j'avais besoin d'aide. Nous étions voisins à l'époque. Sa femme, Denise, a insisté pour qu'il m'apporte des petits plats qu'elle cuisinait, car selon elle je maigrissais à vue d'œil. Depuis ils ont déménagé, pas loin du tout j'y vais à pied le plus souvent, mais Denis continue de veiller sur moi. Pour autant il ne me comprend pas. Selon lui j'ai toutes les raisons du monde d'être heureux car je suis payé à rester chez moi. Denis a vite fait de considérer qu'on est réduit en esclavage, qu'on obéit à la volonté d'une oligarchie ayant la mainmise sur le monde et les pauvres cons dans notre genre, pour ça qu'il est fier d'être marginal, petits trafics-potager-fraude aux aides sociales, sainte Trinité, et pour lui je suis une sorte d'exemple car, selon ses mots, j'ai enculé le système bien comme il faut. Puisque ça fait trois ans déjà, Denis y voit un coup de maître. La manière qu'il a de poser sa clope ça devient gênant si on l'oublie. Il y a bien deux minutes qu'il n'y a pas touché, alors ça y est elle s'est consumée jusqu'à atteindre le point de bascule, là où elle reposait sur l'encoche, si bien que la cendre tombe mais la cigarette encore allumée roule sur la table quelques secondes avant de s'arrêter, et s'il y avait eu une nappe ici elle aurait pu brûler. Je lui fais hey, ta clope là, et sans prêter attention à ce que je lui dis, me forçant à la ramasser puis la poser de la manière qui me semble convenable dans le cendrier, c'est lui qui s'enflamme, balance de grands gestes en levant haut les paupières comme pour me communiquer ce feu qui l'anime, t'es libre l'Ancien il dit, il martèle même, libre mon pote, tu peux tout faire. Tout faire. Il baisse d'un ton mais persiste, affirme que je ne peux pas ressasser éternellement la rupture avec Renata, que je dois me bouger, passer à autre chose, que la vie je ne sais pas quoi, et je lui coupe la parole en disant que s'empresser de passer à autre chose c'est le meilleur moyen de rester un crétin toute sa vie. Il tire sur sa clope, je le soupçonne de faire semblant de réfléchir, j'ajoute pour préciser qu'à mon sens il y a quelque chose de rassurant dans le fait de s'appesantir, ça donne l'impression de savoir où on est, et en posant sa clope dans le cendrier, toujours sur le foyer, il roule des yeux comme s'il cherchait une réponse adéquate. Il finit par dire que, décidément, l'intelligence ça casse l'ambiance.

Sur sa droite un passage fait le tour de la maison, c'est là que je range ma bicyclette. Denis se penche comme pour en vérifier la présence et me fait tiens, t'avais pas dit qu'un jour tu prendrais ton vélo pour aller voir la mer, et avant toute chose je lui rappelle que mon vélo a un prénom, il s'appelle Séville. Aller voir la mer avec lui ça oui j'y ai pensé, et en vrai j'en ai pensé des choses, on pense encore quand on n'est pas tout à fait vide à l'intérieur. Aujourd'hui si je devais faire une telle chose ce serait plutôt en espérant que le hasard me fasse retrouver Renata, dont j'ai totalement perdu la trace. Je suis du regard la ligne dessinée par le doigt de Denis en direction de Séville et l'entends repartir dans sa litanie sur la liberté. Il me raconte une vie que je pourrais avoir dans laquelle je sillonnerais le pays sur ma monture, à cramer la sphalte comme il dit, je l'entends le prononcer mal ce mot mais je ne dis rien parce que je l'aime bien comme ça, sa voix devient plus consistante encore, autoritaire presque, libre, t'es libre mec je sais même pas ce que tu fous là à t'alambiquer, libre t'entends, tu te rends pas compte, la liberté c'est comment dire, merde comment on dit ça déjà, ouais la liberté c'est métabolique quoi, c'est la plus grande des richesses ça bordel, et en faisant oui de la tête je me retourne vers mon mur et en scrute la partie encore non peinte, avant de lui dire ouais, ouais mon Denis, bien sûr que je suis libre, regarde-moi ça.

Denis m'a tendu le joint qu'il venait de rouler et en une seule taffe j'ai pris un gauche-droite. C'est un coup à ne plus peindre de la journée ça. Et en avoir pas grand-chose à foutre. Quand Denis écrase sa clope c'est quelque chose aussi, il a cette manière de mettre ses gros doigts au fond du cendrier. Il pose la cigarette à la verticale puis appuie dessus jusqu'à ce qu'elle se plie sur elle-même, et ainsi il écrase le haut du foyer avec le bas du filtre, ça produit une fumée qui lui remonte le long des phalanges. Il a beau parler fort je l'ai connu plus volubile. Denise est enceinte de bientôt six mois, ça le préoccupe. Se contenter de peu ça lui va bien, mais l'arrivée de l'enfant pourrait le contraindre à chercher du travail. Il irait presque jusqu'à regretter sa future paternité. Il prédit à son enfant un monde de guerres, d'épidémies, de catastrophes naturelles, en vient à dénoncer son irresponsabilité, et je n'ai pas l'habitude de le voir soucieux. Il parle de cette naissance comme de la fin d'une ère, jamais le début d'une autre. Il reparle du vélo, et s'il était moi. J'ai des feuilles à ramasser dans le jardin de derrière. Certainement que je prendrais davantage part à la conversation si le joint ne m'avait pas fait faire un pas de côté. J'entends tout ce qu'il dit mais suis incapable de réagir. Je réponds dans ma tête et au moment de formuler les mots je les ai perdus. Ça me fait hausser les sourcils, hocher la tête, et considérer que j'ai bien assez peint pour aujourd'hui. Denis ne se laisse pas abattre longtemps et le voilà parti dans je ne sais quelle anecdote, usant de je ne sais quel accent, et je ne suis plus bon qu'à rigoler comme un con à ses blagues que je n'entends même pas, différé dans mes réactions. Alors que mon regard vagabonde le voilà qui s'attarde sur mon mur, là où les teintes s'opposent, s'entrechoquent ou se mélangent, c'est selon. La voix de Denis en tapis sonore. Quand mon regard revient sur lui il se fixe sur sa dent cassée, sa dent de devant fissurée un peu noircie, et malgré ça je le trouve beau Denis, sa tête toute ronde là, ses mimiques quand il raconte, ça me fait sourire puis rire, il a compris que je ne riais pas de ce qu'il dit mais de quelque chose qui m'est venu tout seul, et plutôt que me poser la question il m'accompagne, se laisse aller à rire pour sa propre raison, ou sans raison d'ailleurs, et peu importe que l'on rie de la même chose, pourvu que l'on rie quand même.

Denis part après son quatrième café. Il ne dit jamais au revoir à Cassius qui n'attend que ça depuis le rebord de la fenêtre de la cuisine. Je l'accompagne jusqu'à la sortie du lotissement et puis je termine la boucle pour rentrer chez moi. En chemin on croise les voisins, qu'il y en ait un en train de garer sa voiture, l'autre de promener son chien, un autre encore qui jardine près de sa clôture. Ça donne lieu à de brefs échanges qui me voient beaucoup sourire. C'est Denis qui discute, il habitait là avant il les connaît tous. Il me prend à témoin de temps en temps, occasionnant des hochements de tête de ma part, quelques phrases courtes, il me permet d'exister un peu. Ça se fait des promesses, tiens on jouera aux boules un de ces jours, alors qu'on ne jouera pas aux boules. C'est réconfortant de savoir qu'on pourrait. J'ai les pommettes dures. Je ris de chaque blague, je suis d'accord avec tout ce qui se raconte. Denis décide de quand on y va, allez vamos il dit au monsieur, et puis on arrive où nos chemins se séparent. En général on reste postés là encore une demi-heure et c'est surtout moi qui l'écoute sortir les deux trois histoires qu'il avait oublié de raconter, et puis vas-y l'Ancien il fait comme ça tout à coup, allonge son poing dans ma direction, à plus il dit dans un clin d'oeil, merci pour le café. Il part en imitant la démarche d'un cow-boy, et la chemise a beau dépareiller, les jambes arquées compensent plutôt pas mal. En rentrant chez moi je galère avec la poignée du portail et me promets de la réparer bientôt. Après la partie de boules. L'escabeau est resté près de la fenêtre de la cuisine, je ne pouvais pas entraver la porte d'entrée, au-dessus de laquelle je devrais peindre à présent. Quand je le pose devant la porte il a une jambe plus courte que les autres. Le pot de peinture blanche, resté sur le plateau, manque de tomber quand je teste la stabilité du bazar. Derrière moi j'entends Cassius se faire les griffes contre le sapin, je me retourne et il se dirige vers le carré de pelouse, où il y a du soleil. Il s'allonge et se frotte le dos, bascule de gauche à droite, les pattes avant repliées. Il entrecoupe ça de coups de langue sur sa crinière, là sur son torse, comme s'il se léchait la barbe. Je viens me glisser près de lui, sur le flanc, j'ai le corps à l'ombre je lui laisse toute la lumière, l'herbe s'est rafraîchie, Denis est resté longtemps. Cassius a cessé de s'agiter il me regarde comme s'il me demandait ce que j'attends. Je pose mon oreille sur son ventre et je l'entends ronronner fort. J'entends aussi sa respiration encombrée. J'approche mon visage du sien. Il me lèche le front.

Katon

Renata et moi on aimait les voyages. Les trajets. En voiture, toujours. On n'allait jamais très loin, on prenait notre temps, on faisait des détours, on s'en foutait un peu d'arriver. Jamais l'autoroute, que les villages, avec une carte routière et en s'arrêtant tous les dix kilomètres pour la consulter et s'engueuler quant à la meilleure façon de la lire. Tout prétexte était bon pour prendre des pauses. S'allonger dans l'herbe d'un pré, foutre nos pieds nus dans un cours d'eau, fumer une clope à l'ombre. On avait ce goût pour l'itinérance. On a arpenté le pays dans tous les sens. En roulant on parlait peu, on fumait beaucoup, la plupart du temps elle mettait la musique, très fort, elle proposait sans cesse de nouvelles chansons et moi je n'avais qu'à dire passe, ou laisse. Elle baissait la vitre et ses cheveux lui frappaient le visage, souvent elle attirait mon attention et en tournant le regard j'apercevais cette tête remplie de poils, le nez une pommette et un morceau de lèvre qui dépassaient, et puis ce sourire, quand elle arrangeait sa coupe, cette joie qu'on pouvait lire sur sa face, joie béate à l'air niais, j'en oubliais de regarder la route. Elle aimait la vitesse, que tout s'enchaîne. C'est elle qui avait des idées. Elle s'est lassée de mon rythme. De ma lenteur. Elle aimait trop la vie pour s'en choisir une, alors elle en essayait d'autres. Quand elle est partie j'ai eu de ses nouvelles, au début, et puis plus du tout. Je l'imagine heureuse. Je ne crois pas qu'elle pense à moi. C'est le soir que je pense le plus à elle. Parce que c'est le soir que je ressens le plus la solitude. Cassius est un chasseur nocturne, il m'abandonne quand la lumière décline. Le matin je ramasse souvent des carcasses, tête de musaraigne, cul de souris, aile de moineau. Depuis peu je sors tous les soirs, il commence à faire doux c'est le début du printemps. Je sors parce que sinon je m'enfonce dans le fauteuil. Et j'attends le lendemain. La nuit n'est pas encore tout à fait tombée quand je ferme la porte derrière moi. Cassius m'accompagne sur quelques mètres et puis il part de son côté, non sans avoir reçu une dernière caresse. Celle qui m'assure de retrouver un cadavre devant la porte le lendemain.

J'ai mis un jogging, au cas où il faudrait courir. Noir. Même que je l'ai rentré dans les chaussettes. C'est une coupe slim, le jogging, ça évite que des tissus trop amples s'accrochent quelque part, dans un grillage ou une clôture. Les chaussettes aussi elles sont noires. Pareilles les baskets. Tout noir en fait. Parce que le sweat capuche et le sac à dos même chose. Courir avec un sac à dos ce n'est pas pratique, mais c'est quand il est plein que ça pose problème. J'ai révisé son contenu. J'y ajoute mes clopes, préroulées, dans un étui à cigarettes chromé aux motifs moches, c'est censé être des roses mais ça ressemble surtout à des ronces. En tout cas il y a des épines. Je l'avais offert à Renata elle n'en a pas voulu. Frais le fond de l'air, bien frais même, au point que la capuche ne sert pas qu'à dissimuler mon visage. Souvent la capuche, on ne s'en rend pas compte, ça empêche d'entendre certains bruits. Ça réduit le champ de vision aussi. Alors je l'enfile parce que j'ai froid dans le cou, mais je me promets d'être attentif.

Personne dans le bled ce soir. Ou pas grand-monde. Et pas que ce soir en vérité. Le bar le plus excentré de la ville est aussi le seul ouvert après vingt-deux heures. Je passe devant et comme d'habitude il ne compte pas plus de trois ou quatre clients, que des hommes, qui parlent fort. Je ralentis le pas chaque fois, pour capter un propos ou deux, et le plus souvent ça s'engueule tellement là-dedans qu'on n'y comprend rien. Là j'ai attrapé un morceau de phrase, qui commençait par tous ces cons-là, et la suite j'ai loupé. Une fois je suis allé boire un verre, malgré le plafonnier, lumière neutre et sèche, fonctionnelle. Pas hostiles les mecs, un peu méfiants au début. J'ai dit que je me faisais chier chez moi et ça a créé une affinité, bienvenue à bord a dit l'un d'entre eux, celui qui portait une écharpe, et ça a bien détendu l'ambiance. Pas un n'était content d'être là, mais c'était mieux que de rentrer si tôt auprès de sa femme, c'est eux qui l'ont dit. Un type à moustaches a rebondi en disant à son voisin que de toute façon il allait bientôt divorcer, et le voisin ça l'a fait rire, ça me gênerait pas il a ajouté en soufflant dans son verre. Celui à moustaches et celui à l'écharpe je sais qu'ils sont souvent là, je les vois. Ce soir non. Il faut bien faire quelques concessions parfois. Je passe le bar et continue d'entendre leurs voix plus longtemps que je ne l'aurais cru.

Pour aller à la gare je devrais traverser le centre-ville mais il est trop éclairé, et puis il y a du passage, pas des masses non plus mais quand même, il y aura toujours quelqu'un pour me voir, et il ne manquerait plus qu'on se connaisse, tiens. Je ne parle pas à grand-monde mais il y en a certains que je salue. Certains à qui je n'ai jamais parlé de ma vie d'ailleurs, c'est comme ça on se dit bonjour, aucune idée d'où c'est parti, peut-être d'une fois où ils accompagnaient un autre que je saluais, sans raison lui aussi, et par politesse je les ai salués également, et voilà, ça commence comme ça. On doit être un paquet à se dire bonjour sans savoir pourquoi, petite ville, si on ne se connaît pas on connaît quelqu'un qui connaît quelqu'un dont c'est le cousin le voisin le beau-frère, les visages passent et repassent, deviennent familiers de fait, car aussi longtemps qu'on restera là on n'en verra pas d'autres. Et on a beau se saluer sans grand intérêt, une fois qu'on a commencé on ne peut plus jamais revenir en arrière, c'est comme ça pour toujours.

Personne ou pas grand-monde. Ces jours-ci j'ai tout de même remarqué un groupe de jeunes hommes, plus tout à fait adolescents, qui arpentent la ville. Chaque fois je les croise à un endroit différent. Ils sont cinq ou six. Ils se posent à l'écart des maisons pour pouvoir parler fort, rire grassement et s'invectiver, écouter de la musique sur un téléphone à l'acoustique douteuse. Ces gamins-là sont du centre-ville, ils n'ont pas de quartier, leur quartier c'est la ville. Ils déambulent, changent de spot si le voisinage se manifeste ou quand ils décident d'aller faire exactement la même chose ailleurs. C'est souvent les abribus, comme ce soir celui en face de la poste, près du restaurant fermé qui ne sert plus de buffets du terroir à volonté. Parfois j'aimerais m'arrêter à leur hauteur, gratter un peu l'amitié. Savoir à quoi ils pensent, à quoi ils se destinent, ce qu'ils fument. Leur expliquer que quand on aime vraiment la musique on ne l'écoute pas sur un téléphone, mais c'est facile de dire ça quand on est tout seul. Parmi eux je reconnais le petit Djibril, celui à qui on promettait un brillant avenir dans le football.

Un phénomène cet enfant. Le genre de buteur véloce, qu'on lance en profondeur et dont on ne voit plus que le short. C'est Denis qui en parlait tout le temps, il avait réussi à me traîner au stade pour que j'assiste à ça, et c'est vrai que le gamin était au-dessus du lot. On ne le voyait plus depuis qu'il était parti en centre de formation, mais ça fait quelques mois déjà que je l'aperçois qui traîne à droite à gauche, et je ne le trouve pas spécialement affûté. En général on entend dire qu'il a été blessé au genou, et puis d'autres histoires aussi. On dit également qu'il ne serait pas perdu pour le football, mais Denis m'a avoué lui avoir vendu un peu d'herbe ces derniers temps. Vu d'ici, de l'autre côté du trottoir, il n'a pas l'air malheureux le Djibril. Je passe mon chemin et maintenant la rue est vraiment déserte. Puisqu'il n'y a personne ça se voit qu'il n'y a que moi. L'éclairage public n'est pas des plus homogènes on peut s'amuser à s'en extraire, c'est ainsi que je me retrouve à marcher sur la pointe des pieds, taper de petites accélérations, chercher des angles morts et des pans de mur ombragés, m'y coller et reprendre ma respiration, me croire une ombre, une ombre qui défierait la nuit, alors même que j'ai surtout l'air d'un type qui manigance quelque chose, à défaut d'un petit garçon qui joue au ninja.

Je suis obligé de passer par le centre-ville. Ce sera bref mais je ne peux pas le contourner à moins de remonter le canal, or je n'ai pas de barque, et j'ai beau considérer sur le moment que ç'aurait été une bonne idée, trop tard. Le pont au-dessus de la rivière est la porte d'entrée du centre-ville. Ici on pourrait me voir, mais comme il n'y a personne, on ne me voit pas. Puisque ça m'arrive souvent de marcher la nuit j'ai des réflexes. Dans les rues où des lampadaires sont plantés à distance régulière on peut avoir des yeux dans le dos en regardant par terre. Au plus près du lampadaire mon ombre est écrasée, sous le pas, mais à mesure qu'on avance elle s'étend, projetée loin devant soi, et sitôt qu'on approche du prochain lampadaire elle se rétracte jusqu'à revenir sous les pieds, seul moment de vulnérabilité car, le reste du temps, quiconque viendrait par-derrière serait trahi par son ombre, qui apparaîtrait près du talon. Même avec peu de réflexes on a le temps de se prémunir contre l'agression. Je suis persuadé que c'est très efficace, même si je n'ai encore jamais vérifié. La seule fois où j'ai vu une ombre approcher j'ai fait peur à un type qui était juste pressé de rentrer chez lui. Ici, sur ce pont, je dis qu'il n'y a personne mais si, si il y a quelqu'un, il y a ce type qui va le traverser lui aussi, qui s'y engage maintenant, et marche d'un pas si décidé, droit dans ma direction, qu'on croirait qu'il va s'en prendre à moi. Derrière lui c'est l'église, très éclairée, si bien qu'à cette distance je ne vois que sa silhouette, sombre, comme ajoutée au décor, plaquée sur la lumière, porte vers la noirceur. Tandis qu'il avance, un faible réverbère, situé le long du pont, jette un rai lumineux sur son profil, le fait apparaître partiellement, me confirme là qu'il ne s'agit pas d'un fantôme. En m'apercevant il a comme bombé le torse, intensifié sa démarche en la rendant plus assurée encore. Peut-être qu'il va m'agresser. Tout dans son attitude peut être interprété comme les prémices d'un passage à l'acte. Il se redresse, se donne de l'ampleur, assouplit la carcasse comme pour mieux changer de rythme tout à coup, adopter la posture de l'assaillant. Une trentaine de mètres encore nous sépare. Vingt mètres désormais, la rivière coule silencieusement. L'église grandit à mesure que je m'en approche, comme la silhouette. Mon pas n'a pas varié, régulier, juste il tremble un peu. L'homme a les épaules carrées, l'air de bosser sur des chantiers. Il n'a pas froid lui. Chemise ouverte sur T-shirt. Coupe dégradée, cou large. Grosses mains j'aperçois quand il allume une clope en la protégeant du vent. On n'agresse pas quelqu'un en le brûlant avec une clope, ou bien c'est une diversion. Peut-être qu'il cherche à m'impressionner. Voir un type capuché en pleine nuit qui vient de retirer les mains de ses poches, sur un pont à l'éclairage tamisé, ne semble pas l'impressionner. Ou alors il essaie de me le faire croire. Juste avant qu'on se croise je relève un peu ma capuche, puis fais un pas de côté pour lui laisser la voie libre. Quand il passe enfin à ma hauteur, je le regarde, tandis que lui fixe le sol. J'ai gagné.

Un escalier descend sur la berge, derrière l'église. Le sol est de gravier, c'est maintenant que j'y pose les pieds que je m'en souviens. À propos de discrétion on a vu plus propice. Chaque pas est un boucan terrible, susceptible de trahir ma présence. J'imagine un riverain qui me constate. Quelques pas seulement et de chaque côté du chemin apparaissent des pavés, ils surgissent de sous terre, les premiers dépassent à peine mais tandis qu'on avance les suivants se dressent jusqu'à former une vraie bordure. Je bondis pour rejoindre celle dont je suis le plus proche, sur ma droite, atterris sur un pied le gauche, petite secousse en retombant, rétablissement qui aurait coûté quelques points dans un concours de gymnastique. Ma cadence est faible mais ma discrétion est absolue quand tout à coup plus de pavés, le gravier de nouveau, alors que de l'autre côté oui, jusqu'à un muret même, ou genre de parapet, voie royale manquée faute de projeter le regard, parce que j'étais trop occupé à me demander si les premiers pavés s'étaient enfoncés dans le chemin ou bien si lui les avait recouverts. Je dois consentir à faire un peu de bruit et ça me contrarie, mais je ne suis pas au bout de mes peines puisque j'avais oublié que la grille de la cour du château, sur laquelle je viens de déboucher, est fermée la nuit. Passer par là m'éviterait d'emprunter une artère du centre-ville, encore qu'à l'échelle du patelin ce soit un grand mot, veine capillaire tout au plus, quand bien même elle reste assez fréquentée, en proportion. Il va falloir faire l'acrobate. La grille finit en pointes, ça n'est pas dangereux mais il vaut mieux ne pas se rater, petit appui pied gauche sur le fer forgé, impulsion, le corps entier bascule, précipité par le coup de reins, et ce qui devait être une réception contrôlée s'achève en rattrapage d'urgence. La note esthétique en prend un coup. Sans parler du bruit. Accroupi au sol je baisse ma capuche, des fois que la pâleur de mon visage se verrait dans la nuit. La cour arrière du château est longée par la rivière, de la pelouse encadre un chemin de gravier. On venait ici avec Renata, elle adorait cet endroit pour la vue sur le pont, l'écoulement de la rivière et les animaux, canards cygnes et ragondins, qui réclamaient de la bouffe. J'avais beau lui dire que le pain rassis pouvait tuer les canards elle aimait trop les voir se ruer sur son offrande. La rivière est large, la berge en face est à plus d'un jet de pierre de celle où je me trouve, et la première fois j'ai dû faire le malin à vouloir jeter un caillou super loin, par la suite Renata me mettait systématiquement au défi d'atteindre l'autre côté. Jamais je n'ai réussi, j'ai failli me déboîter l'épaule avec ses conneries, on a bien rigolé parfois. Pourvu qu'elle soit contente. Quand mon bras me faisait mal je devenais ce mec raisonnable qui rappelait qu'en cas de réussite j'avais surtout des chances de blesser quelqu'un, parce que le restaurant en face, et les gens en terrasse. Une fois elle a dit sans rire que je n'avais pas à m'excuser de manquer de courage. Au bout de la cour une porte, je ne sais absolument pas si elle est verrouillée la nuit alors en y pensant j'ai un coup de chaud, une goutte de sueur le long de la joue, et je relève ma capuche. Quelques luminaires éclairent le château, donnant à voir ses meurtrières sur lesquelles je m'attarde quelques secondes, le temps de m'assurer qu'il n'y a aucun archer embusqué. Un arbre très touffu, taillé comme si on lui avait fait une coupe au bol, m'apporte la pénombre dont j'ai besoin, en même temps que le carré d'herbe qui tamise le bruit de mes pas. La voici donc, la porte, dont le grincement s'accompagne de mon soupir de soulagement quand je la pousse. Dans le noir je la devine moisie, me demande si elle est d'époque. Du gravier, encore lui, jusqu'à la cour d'entrée du château, elle est entièrement pavée vaut mieux regarder où on marche, certains sont si écartés les uns des autres qu'on peut s'y fouler la cheville, facile. Je me déplace sur la pointe du pied d'abord le talon ensuite, façon félin à la Cassius, c'est très pratique pour changer de direction d'un seul coup, on est léger, et puis le silence. Pas d'archers derrière, pas de gardes devant. Je sors par l'entrée, surmontée d'une voûte et donnant sur la rue, celle où je ne voulais pas mettre les pieds mais j'y suis obligé, au moins sur une cinquantaine de mètres qui se déroulent sans encombre, sans que la moindre présence vienne questionner la mienne, avant de bifurquer vers une ruelle, passer devant le cinéma aux trois salles ne projetant que des dessins animés pour enfants ou des blockbusters puis aboutir au canal, où c'est encore plus calme, et pas du tout éclairé. Ça me soulage d'être ici, bientôt arrivé. Je pose de nouveau les talons, j'allume une clope. Se faire aussi discret pour finalement se dévoiler par un petit bout rouge, ce serait con, alors je la tiens dans mon poing fermé, ça chauffe la paume si je n'y prends pas garde. L'eau sur ma gauche, des habitations à droite. Toutes lumières éteintes sauf une. Volets ouverts, on voit à travers les carreaux, une télé allumée avec personne devant. Je décide de m'arrêter un peu, la clope en marchant ça essouffle. L'effet miroir sans tain, la nuit, sur les fenêtres, j'imagine toujours qu'on m'observe. Et ce type qui vient de se recoiffer dans son reflet puis se rasseoir devant son écran, parti chercher à graille, ne sait pas que c'est précisément ce qui est en train de lui arriver.

Parking de la gare. Il est grand ce parking. Ça fait bien deux semaines qu'elle est là-bas, au fond. Certainement qu'ils ont le projet de l'enlever, en tout cas les marques de peinture me racontent ça, celles qui tracent un trait, vert fluo, partant du milieu de chaque roue pour finir sur le bitume. Des deux côtés le trait vient toucher la bande blanche délimitant les emplacements. On dirait ces marques qu'on met sur les arbres pour indiquer ceux qu'il faudra abattre. Elle est bien garée cette bagnole, pile à équidistance de chaque ligne blanche. J'ai de la chance, en temps normal ce parking est très éclairé, un lampadaire tous les trente mètres environ, sauf que celui du fond est éteint, alors cette voiture qui m'intéresse elle est un peu dans le noir. Je me demande si elle pourrait rouler, me dis que oui. Les pneus sont intacts. La carrosserie est un peu enfoncée par endroits, on y a mis des coups de pied, ou lancé des pierres. Le siège avant, côté passager, est abaissé. La fenêtre arrière, côté droit, est brisée, des bouts de verre jonchent la banquette. Elle était forcément immobilisée quand la fenêtre a été cassée, parce qu'il y en a là, par terre, juste sous la portière, des bouts de verre. J'évite de trop m'approcher, histoire de ne pas en avoir sous les semelles. Elle est ouverte la voiture, j'entre côté passager après avoir rabattu le siège vers l'arrière, j'ouvre la boîte à gants il y a des CD, saisis le volant il est bloqué, je touche un peu à tout, ce n'est pas comme si on allait trouver mes empreintes. C'est quoi la vie de cette voiture, pour terminer comme ça. Elle a peut-être effectué de longs trajets chapitrés comme on le faisait avec Renata, en tout cas ça écoutait du son là-dedans. Le tableau de bord serait propice à ce qu'elle y allonge ses jambes comme elle faisait tout le temps. Le cendrier est aussi plein que si elle avait passé deux heures à mes côtés entre deux pauses, à fumer les siennes et allumer les miennes. L'habitacle est assez spacieux pour une trois-portes, en inclinant les sièges on peut se mettre plutôt bien, ç'aurait été pratique pour improviser des siestes, ou juste rien foutre en position allongée, même si Renata pour sa part aimait dormir sur la banquette arrière, de tout son long comme elle n'était pas grande, me demandant de la réveiller si quelque chose de notable arrivait sur la route, ce que je ne faisais jamais. Je ne conduis plus depuis que nous ne sommes plus ensemble, j'ai perdu l'envie de me promener. J'ai autant l'envie d'être ailleurs que la flemme de bouger. Si j'imagine un couple en vadrouille je vois aussi une bande de jeunes, comme celle que j'ai croisée plus tôt, avec le petit Djibril dedans, ce garçon à qui dès ses dix onze ans on a expliqué qu'il devait se priver de tout ce qui ferait la joie d'un gamin de son âge. C'est qu'on peut se réveiller à cinquante piges et vouloir peindre des toiles, alors qu'au football il y a un moment où c'est trop tard. Je songe au garçon à qui on propose une virée nocturne et qui accepte, il n'y a pas de traquenard au départ, personne ne sait dans la bande qu'une voiture va être empruntée, que ce sera l'occasion d'une belle décharge d'adrénaline, incomparable à une frappe en lucarne dans un derby, c'est autre chose, une autre sensation, une surprise au bout de l'errance, une issue dans l'ennui, une opportunité. Sa condition en fait le plus craintif, en même temps que le plus curieux. Il doit y en avoir un dans la bande un peu plus téméraire que les autres, habitué peut-être, c'est lui qui les engrène, les rassure et les excite, la tentation est grande et les voilà bientôt qui s'emparent du véhicule, quittent la ville par le grand axe et s'élancent sur les routes de campagne. Je vois le petit Djibril à l'arrière, à moitié passif dans le processus, sidéré d'abord puis rattrapé par l'effervescence. À la fin il en sort le dernier sans rabattre le siège, pressé d'en finir car submergé, partagé entre joie et culpabilité, ému, rires crispés jusqu'au soulagement. La fierté d'avoir surmonté le risque. Cette voiture, elle peut aussi avoir appartenu au type du bar, quand je suis allé y gratter l'amitié, celui avec les moustaches, qui aimerait bien divorcer, en tout cas c'est ce qu'il dit devant ses potes. Sur la banquette arrière je vois que sous les bouts de verre il y a des poils, comme ceux d'un labrador. J'ai une vision du bonhomme, extirpé du foyer l'après-midi, il part dans la campagne environnante promener son chien, qu'il puisse gambader dans les prés et rentrer épuisé. Je l'imagine lancer des bâtons, appeler de loin et ressentir la satisfaction de voir son animal lui obéir, lui exprimer sa joie et sa reconnaissance, il vit sa meilleure vie le mec avec son acolyte, ça les aère et c'est vivifiant, je comprends j'ai ça avec Cassius, même si lui n'a pas besoin qu'on l'emmène où que ce soit, ni ne ramène les bâtons. Je regarde cette voiture et je me raconte ces histoires-là, conscient de pouvoir en inventer beaucoup d'autres qui me paraîtraient moins plausibles parce que celles-ci je les connais. Je me suis vu cramer le bitume avec Renata. J'ai vu le petit Djibril s'éloigner du chemin qu'on a désiré pour lui. Je sais que le type du bar est plus heureux avec son chien qu'avec sa femme, il l'a dit, et même sans ça, on le voit.

Assis à la place du mort j'ai mon sac à dos aux pieds, j'en sors une bouteille remplie d'essence que je commence à déboucher, de la main gauche. Il y a plein de trucs comme ça que je fais de la main gauche alors que je suis droitier, genre déboucher les bouteilles, compter les billets, boutonner une chemise. J'ai le bouchon dans la main gauche et la bouteille dans la droite, calée entre mes cuisses, des vapeurs remontent du goulot. J'en verse sur le tableau de bord côté conducteur et en me penchant je vois que le véhicule comptabilise deux cent dix-huit mille quatre cent cinquante-six kilomètres. Je m'agenouille sur mon siège et m'occupe du poste du chauffeur, pas trop vite, je veille surtout à bien asperger, partout, n'oublie pas la portière. Deux cent dix-huit mille quatre cent cinquante-six kilomètres, ça me paraît colossal dit comme ça. Le tour de la Terre c'est quarante mille kilomètres je crois. Cette bagnole elle a fait genre cinq fois le tour de la Terre. Deux cent dix-huit mille quatre cent cinquante-six kilomètres. De chez moi à la boulangerie la plus proche il y a quelque chose comme six cents mètres. Flemme de compter mais ça fait un paquet de baguettes. Où m'auraient porté mes pas s'ils n'avaient pas essentiellement fait le tour de la maison, encore et encore. Arroser mes plantes, déblayer mes feuilles, nourrir mon chat. Que pensera de moi la personne qui me mettra le feu. Se posera-t-elle seulement la question. Le siège conducteur est bien imbibé quand je me dis qu'il s'agirait de ne pas traîner non plus. À l'arrière, la vitre qui n'est pas cassée est entrouverte, comme quand on fume et qu'il ne fait pas si chaud mais qu'on a besoin de cendrer. Cendrer en voiture c'est un calvaire, je me suis vu faire dépasser ma clope de quelques centimètres et la regarder se consumer comme si le vent avait tiré trois barres dessus, et les cendres qui rentrent et arrivent en pleine gueule, c'est un enfer. Je le vois, le petit, assis sur cette banquette, qui rapproche sa tête du carreau pour tirer sur la clope, ayant davantage transgressé en une seule soirée que dans sa vie entière. Pour un peu ça lui ouvrirait l'appétit. Et tout serait parti d'ici, de ce siège, de l'arrière d'une vieille bagnole qui aura connu là son heure de gloire, ou son requiem, et ce siège j'y verse quelques centilitres d'essence en m'appliquant, et puis le reste de la banquette où se serait allongée Renata, la plage arrière sur laquelle le labrador se serait appuyé pour regarder les voitures qui le suivent, partout. Si ce soir elle me raconte ces histoires-là, alors je laisse à qui demain en découvrira la carcasse le soin de s'en raconter une autre.

J'en ai déjà utilisé la moitié, soit un litre. Négligemment, trop d'ailleurs car je reçois quelques projections, j'en verse le restant sur l'habitacle depuis l'extérieur, le toit les portières le capot. Quand j'ai fini je jette la bouteille dans la voiture par le carreau cassé et me félicite de la précision de mon geste. Dix minutes peut-être que je suis là et pas un seul véhicule n'est passé dans l'avenue. Mon cœur bat quand même. Le voilà qui s'emballe tiens, lorsque je craque une allumette. Au bout de mes doigts cette petite flammèche, un souffle suffirait à l'éteindre, elle n'est rien, comme ça toute seule. Elle résiste à l'air ambiant quand je la projette d'une pichenette, tourne sur elle-même pour passer pile dans la lucarne de la vitre cassée, avant d'aller s'écraser sur la banquette arrière, à l'endroit exact où Renata aurait posé sa tête.

Oozaru

Noël s'est couché. Ou plutôt, alcoolisé comme il était, c'est moi qui l'ai couché. Jusqu'à ce qu'il s'endorme je me suis demandé quel mauvais tour il allait me jouer. Alors même qu'il a été de bonne compagnie. Un peu redondant, à exprimer sa joie de m'avoir, mais rien qui m'ait mis vraiment mal à l'aise. Son empressement à exprimer sa peine, aussi, je n'ai pas bien su quoi en faire. J'ai croisé trop de gens qui savaient quelle joue tendre, quoi dire pour ne pas avoir à parler, au point qu'une telle sincérité m'a paru suspecte. Je suis redescendu après l'avoir aidé à s'allonger et comme je ne trouvais plus les interrupteurs j'étais dans le noir. La porte de la cuisine, qui est aussi la porte d'entrée de la maison, était ouverte et laissait deviner la nuit tombante. Il a plié tôt Noël, je l'aurais imaginé plus endurant, mais à repenser à son excitation il a dû y laisser pas mal de forces. La Maison Blanche. Elle est moins blanche que la moitié de la mienne. Ça le fait rire Noël, sa cuisine il l'appelle le bureau ovale, mais quand il la quitte pour monter dans sa chambre il est surtout rond. Il a un chat. Elton, il s'appelle. À vrai dire c'est un chat sauvage qui accepte ses quelques offrandes, en particulier la viande rouge qu'il cuit au barbecue, ou la truite, quand il en reste. Il n'est jamais entré dans la maison et Noël n'a jamais réussi à le caresser. Il me l'a décrit comme ayant une gueule à avoir fait la guerre, alors ce chat que j'aperçois, là, tandis que j'arrive dehors et m'installe dans un transat posé devant la maison, face à la paroi qui n'est pas assez haute pour cacher tout le ciel et me laisse voir les quelques étoiles apparaissant dans la nuit tombante, encore crépusculaire, ce chat, là, c'est sûrement lui, Elton. Vraie dégaine. Musclé le chat. Le poil hirsute, des cicatrices sur la tronche, des oreilles incomplètes. La queue courte, peut-être coupée. Il est gris. Nul doute que confronté à un tel bestiau Cassius ne chercherait même pas à défendre son territoire. Il marche d'un pas lent, le long de la paroi, fait comme s'il ne me calculait pas alors que je sais très bien qu'il installe une distance de sécurité. J'aimerais faire sa rencontre, gagner sa confiance, le caresser éventuellement, encore qu'il doit trimbaler un paquet de parasites. Il se conduit envers moi comme moi envers Noël. La méfiance procède de l'instinct de survie alors je respecte. Il me lance quelques regards, fait mine de m'avoir remarqué. Je décide de prendre mon temps, aller me servir un verre d'eau et rouler une clope, et lorsque je reviens de la cuisine pour m'installer dans le transat il n'a pas bougé, regarde même dans ma direction, l'air de me demander où j'étais passé, et moi je fais ce que je fais toujours avec les chats, je le traite de tous les noms d'une voix pleine de tendresse.

Il s'est assis. Il me regarde. Il ne plisse pas les yeux comme Cassius. Mon chat est de ceux qui peuvent se permettre de relâcher leur attention. Bourgeois. Elton lui n'a pas le temps. Son monde est hostile, sa défiance est indispensable. Sa violence, nécessaire. Je me lève pour le voir réagir et c'est instantané. Il a cette position, le corps tourné vers la fuite mais les pattes ancrées au sol, le regard sur moi. Il menace de partir au moindre geste suspect. Or, le moindre geste est suspect, dans son monde. Il ne sait pas qu'on est pareils. Je recule et je crois bien que ça le rassure. Je le soupçonne de ne pas assumer ses envies de chat d'intérieur, parce qu'à force de me forger une image de lui j'aurais trouvé plus probable qu'il ne soit déjà plus là, ou même qu'il m'attaque. Après, bon, ça m'arrange. La paroi au pied de laquelle il s'est installé monte très haut, je ne distingue pas son sommet. De là où je suis j'aperçois une lumière vive, très blanche, comme un énorme spot, on croirait qu'il y a une corniche et que certains y installent des projecteurs. Une fête, peut-être. Un concert. Absolument improbable, mais si ce n'est pas ça alors c'est quoi. Elton ne se pose pas tant de questions, mon immobilité a dû le rassurer puisqu'il reprend sa promenade. Prenant cela comme un avis de trêve, je me lève. À la seconde où je fais un premier pas Elton se réfugie sous la voiture de Noël.

La nuit s'affirme et la lumière là-haut est toujours plus vive. Il doit faire jour, sur cette corniche. Je me suis mis à genoux, près de la voiture. J'ai beau avoir conscience qu'acculer Elton est la pire manière d'obtenir ses faveurs je n'arrive pas à m'en empêcher. Je veux le voir de près. Le toucher peut-être. Sauf que c'est bien sombre là-dessous. Je claque des doigts, je fais ce bruit avec la bouche en cul de poule, en aspirant l'air, ça chatouille un peu les lèvres, souvent les chats y répondent, mais Elton ça n'est pas vraiment un chat, du moins pas comme on le pense en général. Je me demande lequel, de Cassius ou lui, est le plus un chat. Lequel correspond le plus à sa nature. À moins que Cassius ne devienne Elton s'il venait à être livré à lui-même, et qu'Elton ne se transforme en Cassius s'il devait être recueilli et initié à la vie luxueuse. Certainement que la nature se situe dans cette amplitude-là. Ce spectre. J'ai reculé de quelques pas car j'ai compris que je traitais Elton comme je traite Cassius, croyant qu'il était assez civilisé pour consentir à combler mes désirs. Même Cassius n'est pas comme ça. Aucun chat n'est comme ça. Ils ne s'imposent jamais rien. C'est le cas d'Elton qui prend bien soin de me tenir à distance. J'aimerais qu'il interprète mon recul comme une manière de respecter ses indispositions. Puisque je me situe plus loin de la paroi je comprends enfin ce qui se trame là-haut. Pas de fête, pas de concert. Pas de gens. Il fait nuit noire maintenant et quelques minutes plus tôt j'ai pensé que la Lune était absente. En vérité elle s'est levée juste derrière la paroi. Cette lumière que j'ai aperçue plus tôt c'était elle, en train de poindre derrière la montagne. Un morceau d'abord, d'où ma méprise, bientôt un quartier, me permettant d'entrevoir la vérité. Tandis que la Lune se révèle à moi, baignant mes environs de sa lumière, Elton ne profite pas du spectacle, et je ne doute pas que c'est moi qui l'en prive.

J'ignore depuis combien de temps je regarde la Lune quand je décide d'aller me coucher. Je ne voyais plus qu'elle. J'ai observé la Terre tourner. La Lune grandissait à mesure qu'elle s'élevait dans le ciel, jusqu'à se détacher de la montagne et apparaître pleine. Ça a pris du temps, j'en avais. Ma clope éteinte, alors qu'il ne restait pas plus de deux taffes à fumer, m'a jauni l'ongle de l'index. La Lune, toujours plus éclatante. Avec ce même index j'ai bientôt pu mesurer son éloignement de la roche, et si j'avais été plus curieux et plus érudit j'aurais pu calculer sa trajectoire. Peu avant que je décide d'aller dormir, et alors que j'avais la bouche ouverte et un peu mal dans la nuque, j'ai senti quelque chose me frotter la jambe. Elton est sorti de sous la voiture.

Suiton

D'abord c'est un texto, le matin. Va voir dehors, dit Denis. Deux heures qu'il a été envoyé, je me lève tard. J'ouvre les volets il ne pleut plus, ah bah voilà, des jours qu'il pleut, il était temps que ça s'arrête. Denis ne vient pas quand il pleut, son plaisir à lui en cette saison c'est la petite table du jardin, pour ça que je ne l'ai pas vu depuis bien une semaine. Sûrement qu'il va passer aujourd'hui. Je ne sais pas encore en quoi il va m'interrompre. J'en étais à la moitié de la façade avant quand la pluie a commencé, et j'ai tout l'arrière à faire. En parallèle de la peinture j'avais entrepris de ramasser les feuilles dans le jardin avec les mains, parce que avec l'outil que m'a prêté Denis j'avais tendance à arracher la pelouse, un peu haute. Et puisque je ne pouvais pas tondre à cause des feuilles, les ramasser de la main gauche une par une en tenant un sac-poubelle dans la droite m'a paru un projet solide. Équilibre ; sur l'escabeau je ne touchais pas terre, avec les feuilles j'y étais collé.

Cassius est au bout du couloir. Quand j'ouvre la porte de ma chambre il a l'air surpris de me voir alors qu'on sait tous les deux qu'il était posté là à m'attendre, rentré par la chatière après sa pérégrination nocturne. Je le soupçonne d'oublier parfois pourquoi il fait les choses, pourquoi il se tient en tel endroit. En ça on se ressemble. Il m'ignore quand je l'appelle et ne considère que la porte de la cuisine, ou sa poignée. J'essaie d'imposer une manière plus courtoise de se dire bonjour, et même s'il n'est pas indifférent à la caresse, l'accueillant par quelques tours de tête, il se lasse très vite et finit par miauler d'une manière que je connais bien, que j'entends comme dépêche-toi d'ouvrir cette porte, connard. Après qu'il a mangé il est bien plus disposé et vient me trouver dans le canapé devant l'écran éteint. Je tiens une grande tasse de café serré dans une main et une clope dans l'autre. On se regarde et je remarque que ses croûtes aux oreilles ont encore grossi. Quand le vétérinaire a parlé d'ablation seule l'oreille gauche était atteinte, alors maintenant que la droite s'y met j'imagine Cassius en bonnet de bain, ça devrait m'effrayer mais sur le coup je ris, je lui aplatis les oreilles et constate la tronche que ça lui ferait, pendant qu'il plisse les yeux, croyant que le câlin a commencé. À moi d'être indisposé, mais il n'a pas ma diplomatie. En premier c'est la tasse qu'il me force à poser, c'est de ce côté qu'il attaque car la fumée le dérange. Il a cette manière de mettre des coups de tête, il provoque la caresse, se la fait lui-même. Et voilà qu'il bombe le dos quand j'y consens enfin, levant son regard vers le mien avant de m'asséner un énorme coup de boule en plein dans l'arcade, un premier qui en appelle une série, c'est là que je pose la cigarette en général. Je le caresse avec la tête mon Cassius, on se frotte tellement fort parfois qu'on dirait que chacun veut creuser la gueule de l'autre pour y rentrer son crâne. Il ronronne et montre quelques signes d'impatience quand je consulte le nouveau message de Denis qui me dit t'as vu, avec trois points d'interrogation, ce à quoi je réponds ouais, et de suite il enchaîne en disant que c'est absolument rocambolesque. Je ne le savais pas si chamboulé par la pluie. Cassius lui, il bave. Jusqu'à tacher mon T-shirt d'une auréole grandissante à mesure que je laisse faire. Bientôt une flaque. Il adore ça quand je le gratte entre les joues et le menton, cette partie qu'il vient frotter contre mon front, ma main, les pieds de chaise, au point que, parfois pris de frénésie, je sens ses dents se heurter à mes bagues, et plus il me macule les mains de sa bave plus j'ai peur de lui en casser une.

Après la douche je constate que Denis m'a encore écrit. Il me demande si je peux venir l'aider. Ne précise pas en quoi. D'habitude le matin je n'ai aucune autre raison d'aller dehors qu'acheter du pain, alors pourquoi pas. Et puis avec cette pluie je n'ai pas sorti la bicyclette depuis plusieurs jours, ça me ferait plaisir tiens, Denis n'habite pas très loin mais c'est plaisant, tourner un peu les jambes, et quelques minutes après l'avoir décidé me voilà déjà dehors. Il ne pleut plus mais la chaussée est encore humide, pas au point de projeter des gouttes d'eau ceci dit, ça m'évitera la trace en bas du dos. En passant devant les jardins de mes voisins je jette toujours un œil, voir s'il y en a un qui serait devant chez lui prêt à m'alpaguer, espère que ce ne sera pas le cas, suis exaucé. L'entrée du lotissement est aussi sa sortie, on dirait un circuit en forme de losange, à peu près. Au moment de le quitter on arrive sur une ligne droite d'une trentaine de mètres à peine, au bout deux maisons font l'angle de chaque côté, et ça fait comme un couloir tandis qu'on longe leurs jardins grillagés. À l'issue de ce couloir je vois la route, et sur la route une énorme flaque d'eau. Je n'ai pas le temps d'y réfléchir que j'atteins cette flaque et constate, sur ma gauche comme sur ma droite, son étendue. La rue entière est sous l'eau. À cent mètres peut-être sur ma droite, une plaque de chaussée pas très longue émerge légèrement, comme un îlot, dans la mer. Je me souviens soudain que oui, quand je passe à vélo oui, ça fait une petite bosse. Sur toute la longueur c'est une pellicule d'eau de un à deux centimètres qui recouvre la rue. Alors que je me demande quoi faire je projette le regard aussi loin que je peux et ne vois que de l'eau. Et tandis que je me figure mentalement le chemin à suivre pour aller chez Denis je revois, au bout de cette ligne droite et après l'îlot, le faux plat descendant qui va jusqu'au stop, avant qu'on tourne à gauche dans sa rue, où ça descend encore un peu. Je reprends mon téléphone, relis ses messages.

J'ai mis des vêtements qui n'ont rien d'imperméable mais que je suis disposé à salir. Cassius m'a regardé faire. Je lui ai demandé de ne pas s'éloigner et d'attendre mon retour, il a eu l'air d'acquiescer. Les maisons qui font l'angle à la sortie du lotissement, tout à l'heure l'eau était au portail, là elle flirte avec le paillasson. Sur la route on ne peut plus parler de pellicule, plutôt de pédiluve. Elle m'arrive au bas des chevilles. Elle est fraîche. Petite caillance. Je n'ai toujours pas de barque, ni d'hélicoptère. L'îlot aperçu plus tôt n'est plus, juste une plaque de bitume grande comme un cerceau quand j'y pose le pied. Je reste là quelques secondes, curieux de la voir se faire engloutir bientôt, mais je ne suis pas censé avoir du temps pour ça. D'ici tout est comme d'habitude. Je m'attendais à voir des gens s'affairer de partout, mais certainement que je me lève trop tard. Ou alors c'est à l'intérieur que ça se passe. Surélever les meubles, les monter pour ceux qui ont un étage, ceux qui ont la force de les soulever aussi. Ça doit se demander comment gérer les bêtes, où garer le véhicule, si pas couler du ciment ou bien creuser une tranchée, foutre du scotch au rebord des fenêtres. Des questions que je devrais sûrement me poser. En reprenant ma marche j'aborde le faux plat et l'eau me monte aux mollets. J'avance encore, genoux. Arrivé au stop c'est mi-cuisses, et en tournant à gauche dans l'avenue où habite Denis je me souviens soudain du renfoncement qu'il y a là, la descente devenant plus franche, brève mais suffisante pour que l'eau atteigne mon nombril. L'avenue fait bien cinq cents mètres de long et pas un îlot ne surnage. Il y a encore des voitures, moins qu'à l'accoutumée, on ne voit plus les pneus et pas certains capots, des gens ont eu le temps de déplacer la leur. C'est le cas de Denis apparemment. Sa maison n'est plus très loin, je la vois d'ici. Du moins, je la devine. C'est une ligne droite avec, uniquement, des pavillons alignés les uns les autres, non mitoyens, ça permet aux habitants de conserver de l'intimité et à l'eau de s'engouffrer. Comme j'approche de chez lui elle me monte jusqu'au diaphragme et ça vraiment je ne m'y attendais pas. Je m'arrête quelques secondes quand je me rends compte que je n'ai pas encore tout à fait pris la mesure des choses. J'essaie de marcher à la même vitesse que d'habitude mais c'est impossible. L'eau a pris la place de l'air, jusqu'à la poitrine. Gravité horizontale. La mer, on peut marcher longtemps avant de ne plus avoir pied, on y va de bon cœur. Là, c'est une lutte. Le silence ambiant rend ma marche très bruyante, mon empressement cause beaucoup de remous, et je vois les vagues que je crée venir taquiner la poignée d'une porte d'entrée, puis s'estomper jusqu'à laisser place à une surface lisse, reflétant les arbres qui parsèment l'avenue à raison d'un tous les dix mètres environ, et un peu de ciel gris. Face à un étang on dirait qu'il est paisible. Au lieu de roseaux, de nénuphars ou d'arbustes, des maisons. Je fatigue un peu, déjà, impatient certainement, je dois pousser vers l'avant avec le buste, j'ai les coudes écartés et les balance à chaque mouvement pour mieux pénétrer la masse d'eau, parfois je penche de trop et manque de tomber en avant, la jambe immergée n'a pas le temps de suivre le tronc émergé. J'ai le corps entre deux mondes. Essoufflé, j'ai mal aux hanches à force de tirer avec le bassin pour ramener la jambe. Les vêtements, les chaussures, ça alourdit. Cet itinéraire, à pied, j'ai dû le faire mille fois. Avec tout ce que j'ai marché, là, je devrais déjà être sorti de la ville.

D'habitude, elle est grande la maison de Denis, quand on la regarde de face. Aujourd'hui elle apparaît tronquée, ramassée sur elle-même. Comme un rétroprojecteur mal cadré. Le portail je dois le pousser fort, avant de constater que l'eau dépasse la poignée de la porte d'entrée. Le chemin de graviers ne me facilite pas la tâche. Denis a dû m'entendre car je le vois apparaître à la fenêtre de l'étage, celle de sa grande salle de jeu, et on se regarde. Je m'arrête, il ne dit rien et moi non plus. Il soupire, hausse épaules et sourcils successivement, s'approche du bord de la fenêtre y pose un coude, j'ai les bras croisés car mes poches sont sous l'eau et je soupire aussi, je dis putain, il dit ouais, et il baisse la tête. Il semble revenir à lui tout à coup, se redresse et me dit de faire le tour, c'est relou d'ouvrir la porte d'entrée. Je dis d'accord. Quand on passe sur le côté, d'ordinaire on longe un ru qui s'écoule là, un peu en contrebas, creusant une tranchée entre la maison de Denis et celle de son voisin. Il n'existe plus le ru. Il a été englouti, annexé. Il n'est pas un ru sous l'eau, il est l'eau, il est devenu l'eau, un endroit de cette eau où c'est un peu plus profond qu'ailleurs. Et moi, je ne suis pas dans le jardin de mon ami Denis. Moi, là, je suis dans la rivière.

Il me fait entrer par la fenêtre de la salle de bains. En temps normal on essuie ses pieds sur le paillasson, on demande si on doit retirer ses pompes. L'eau est opaque, verte ou marron, c'est selon. Du lit de la rivière à la salle de bains de Denis elle a charrié toute la terre la poussière le sable l'essence des réservoirs, toutes les merdes, tout, il y a tout dans cette eau. Et nous dedans. Je prends appui à l'aveugle sur le chiotte pour me réceptionner quand j'entends la voix de Denise à l'étage. Elle pleure. Elle est au téléphone avec sa mère, dit Denis. On va aller chez elle, elle habite en haut là-haut, il ajoute, désignant par là le côté de la ville qui est en surplomb à flanc de coteau et qui s'étend sur la corniche. Moi j'habite au pied de ce coteau. Il y a plus d'un mètre de flotte dans la maison. Il me dit viens on monte et il se dirige vers l'escalier, alors que moi j'aperçois la tête-de-lit dans la chambre et pas de matelas, une commode avec un seul tiroir, l'abat-jour d'une lampe qui paraît léviter, et les rideaux qui trempent. Tout ce qui se situe sous la surface de l'eau n'existe plus. On monte l'escalier et, dans la grande pièce où Denis a mis son billard, accroché son sac de frappe et organisé son espace télé, sur le canapé qui fait l'angle au fond je vois Denise, cheveux attachés et ventre rond, posant son téléphone près d'elle après avoir raccroché et s'être frotté les yeux, entourée de sa ménagerie, ses trois chats, ses oiseaux dans leurs cages, ses tortues dans des boîtes, ses poissons dans leur aquarium, et puis son petit chien là, celui qui ne m'aime pas trop on se demande bien pourquoi, tout collé contre elle. J'ai quand même l'impression qu'il fait un peu moins le malin que d'habitude. Je pense à Cassius.

Denise me salue, me sourit même, je reste où je suis, près de l'escalier, de peur de salir. Denis s'affaire et je ne sais pas à quoi. Je m'empêche deux ou trois fois de demander si ça va. Denis m'explique sans imiter d'accent que la pluie de ces derniers jours a fait péter une digue, alors même que je ne lui ai pas posé de question. Il ajoute quelque chose à propos de nos petits bleds qui servent à protéger les grosses villes. Je dis ah. En le voyant si sérieux je comprends que je ne l'avais jamais vu soucieux. En parlant il a l'air de chercher quelque chose, et moi je le suis du regard, constate cette grimace sur son visage qui ne le quitte plus, mélange d'effort et de lassitude, et cette fêlure sur son incisive paraît avoir grandi. Denis redescend l'escalier et je devrais discuter avec Denise mais déjà je l'entends crier yes, marcher vite dans l'eau et monter les marches trois par trois avant de débouler dans la pièce, tout dégoulinant, avec un sèche-cheveux. De l'armoire qui est là sur sa droite il sort une boîte en carton et en déplie le contenu devant moi, laissant tomber un matelas gonflable. Tu fais quoi avec ça, je demande. Un radeau, il répond.

Denis a décrété que Denise ne plongerait pas un orteil dans cette eau. L'eau au nombril, j'attendais, en tenant le matelas. Denis est sorti de la maison en portant sa femme dans ses bras, comme ces mariés qui passent le seuil de leur nouvelle maison, mais à l'envers. Il est fort Denis, il a dû se pencher en arrière, complètement en quinconce il a dit, pour garder Denise au sec et si j'avais fait la même chose je me serais brisé le dos. Il m'a demandé de pousser puis maintenir le matelas vers lui et c'est ce que j'ai fait. On a mis les chats dans des boîtes, de peur qu'ils crèvent le matelas avec leurs griffes, et voilà Denise au sec, trônant au milieu de ses bêtes, prête à repeupler la terre de sa faune après le déluge. L'un des chats miaulait très fort. Des potes de Denis nous ont rejoints, deux petits mecs plus jeunes que lui et donc bien plus que moi, ils habitent le quartier et vont de maison en maison proposer leur aide, disent-ils. Alors qu'on chargeait les bestioles autour de Denise on les a entendus arriver de loin, très loin même, c'est sûr que dans ces conditions pour prendre quelqu'un par surprise il faudrait se cacher dans un arbre touffu et lui tomber dessus. Ou être très fort en apnée. Ils ont mis un temps fou, alors qu'on les regardait s'approcher du plus lent des pas malgré l'effort, c'était presque drôle. L'un a les yeux bleus, l'autre le crâne rasé. Ils ont raconté leur version, celui aux yeux bleus a été le premier au courant puisqu'il passait une nuit blanche devant sa console, l'autre a été réveillé par son petit frère qui poussait des cris. Ils avaient l'air de trouver ça marrant. On avait tous les bras croisés faute de pouvoir les mettre dans nos poches immergées. Celui au crâne rasé a dit ça y est, il en a marre de cette ville de merde, déjà qu'il voulait se casser d'ici, c'est le cas de dire que le vase a débordé, alors que l'autre s'est réjoui que, pour une fois, il se passe quelque chose. On va passer à la télé, il a dit. Notre conversation a attiré le voisin d'en face de chez Denis, un homme d'une cinquantaine d'années qui a dit bonjour et s'est approché dans une gerbe d'écume. Il portait une combinaison de pêche, homme de caoutchouc, bottes plastron et bretelles d'un seul tenant, le protégeant jusqu'à la poitrine. Toute sa famille avait déjà été rapatriée, il était revenu pour sauver ce qui pouvait l'être. Il a raconté qu'il avait commencé par disposer des sacs de sable autour de sa maison avant de voir l'eau sortir par les toilettes. La ligne Maginot, il s'est exclamé en souriant très fort, avant d'arracher un rictus à Denis en évoquant la maladresse de sa femme, un rire à Denise à propos de l'incrédulité de ses gosses. Moi, j'ai surtout remarqué comme il avait les yeux rouges et les pommettes gonflées. À cinq on a donc poussé le matelas en direction de la route sèche, bien deux cent cinquante mètres à parcourir, et Denise tenait la barre en nous indiquant comment pousser, équilibrer les forces, alors même qu'elle était déjà bien occupée à faire en sorte qu'aucun animal ne tombe à l'eau. Le garçon au crâne rasé n'arrêtait pas de crier tribord, tribord, et quand je lui ai demandé si tribord c'était droite ou gauche il a répondu qu'il n'en savait rien du tout. L'homme en caoutchouc s'est mis à chanter un refrain connu et on l'a repris en chœur. Seul Denis se laissait aller moyennement à l'enthousiasme, nous rappelant à tous que quand il y aurait moins d'eau il faudrait prendre garde à ne pas pousser le matelas trop fort, de peur que le contact avec la sphalte ne le crève. Une vieille dame, penchée à la fenêtre de son deuxième étage, nous a regardés passer sans répondre à mon geste du bras qui disait bonjour. Denise lui a demandé si elle avait besoin d'aide elle a fait non de la tête, puis coucou avec la main. Denis pour sa part s'est mis à expliquer que la nature se vengeait des humains, du traitement qu'on lui faisait subir, ce à quoi le garçon aux yeux bleus lui a répondu ah ouais, et les dinosaures alors, hein, ils avaient fait quoi pour mériter ça, les dinosaures.

Denis a dit que je ferais mieux de rentrer. Que si je m'y prenais bien j'avais encore des chances de sauver le canapé, la télé la console, le frigo, ce genre. Je n'ai rien répondu. Quand il a parlé de Cassius j'ai été plus à l'écoute. J'ai imaginé mon chat s'aventurant dans les limites de son territoire et se retrouvant piégé par la montée des eaux. Après qu'on a chargé les bêtes dans la voiture on s'est tous dispersés et moi j'ai marché droit vers l'eau. Me voici d'ailleurs au sec, sur le petit pont au-dessus de l'écluse, à contempler l'écoulement frénétique de la rivière, elle si calme d'ordinaire, déchaînée maintenant. Comme une cascade mais à l'horizontale. Son lit est large de trente mètres environ, la profondeur je ne sais pas. C'est beaucoup d'eau. La différence entre le lit et ses alentours est frappante, à la frénésie de son écoulement s'oppose une eau plate comme stagnante, un lac, un lac dans lequel une ville aurait poussé. J'ai mal aux adducteurs, ça tire, ce sont eux qui font le plus d'efforts, pour ramener la jambe. Je me repose un peu avant de longer le cours d'eau jusqu'au centre-ville, où j'arrive bientôt après m'être reproché trois ou quatre fois mon impatience, responsable de mon épuisement. Tout près de la mairie et d'une boulangerie dont je n'ai jamais goûté le pain je viens de trouver l'endroit qui doit être le plus profond du centre-ville. L'eau m'arrive presque au menton, je suis à deux doigts de basculer en avant et nager la brasse. Ville évacuée, fantôme. Je n'entends que l'eau que je déplace et les hélicoptères, à moins qu'il n'y en ait qu'un seul et qu'il ne fasse que tourner en rond. Je n'ai rencontré personne depuis que j'ai investi le centre, ah si un poisson, devant la laverie, il m'a frôlé la jambe juste quand je traversais une nappe de je ne sais quoi qui s'étendait devant moi, de l'essence probablement, ou du fioul provenant d'une cave souterraine, ça flotte sur l'eau comme de l'huile, couleur d'arc-en-ciel. Si j'en avais la compétence je ramènerais une canne rien que pour me dire que j'ai pêché dans la rue. Je ne mangerais pas le poisson en revanche. Dans l'axe principal de la ville, et après avoir ri de ma persistance à marcher sur le trottoir plutôt que sur la route, j'arrive devant le bar-tabac-presse-PMU-taxiphone, où il y a toujours plein de chômeurs-piliers de bars-livreurs en mode café gobelet-clope, et je vois le parapet qui court le long du bâtiment de la banque, sur lequel certains viennent s'asseoir, ce parapet où on pose difficilement la moitié d'un cul, force à se pencher en avant les pieds bien à plat, ce parapet là, il dépasse à peine de l'eau. Je crois halluciner quand derrière moi j'entends un bruit de moteur mais non, c'est bien un véhicule, un camion de pompiers. Droit dans ma direction. Au départ je fais comme d'habitude, je reste sur le trottoir. Sauf qu'à mesure que le camion avance je vois les remous qu'il produit, les vagues même, et il tombe bien le parapet, je m'y hisse et me colle au mur, les pieds à moitié dans l'eau si bien que la vague m'éclabousse jusqu'aux genoux. Les voitures, dont on ne voyait que le toit pour les moins hautes, sont immergées au passage de l'onde. Je reste un peu là le temps de regarder le camion rejoindre le grand pont de pierres au-dessus de la rivière, le voir sortir de l'eau et atteindre le goudron ferme. Et je retourne dans l'eau.

Si les plaques d'égout venaient à se desceller ça ferait plein de petits pièges disséminés, j'hésite à considérer que ça rajoute à l'aventure. Dans cette rue que j'arpente les commerçants ont pris cher. Ils souffraient déjà de l'émergence des zones commerciales en périphérie de la ville, où l'on se rend en voiture. Ici, au centre, dès qu'un commerce ferme il est remplacé par une sandwicherie ou un coiffeur à dix balles. Je me suis arrêté devant la librairie et j'ai collé mon visage contre la vitrine. L'eau arrive juste sous les tables qui proposent les dernières sorties. Les rayonnages, partant du sol, voient leurs volumes noyés sous plus d'un mètre de flotte. En vitrine ils ont posé des étagères de chaque côté, et restent émergés, sur la gauche, des livres pour enfants, si colorés qu'on peine à en lire le titre, ainsi que des ouvrages de développement personnel, trois ou quatre volumes. À droite de la vitrine, un bouquin de politicien ainsi qu'un roman. Et puis, tout en haut, un livre carré, gros et lourd, de ces beaux livres qui, quand on les offre, font bien plus office d'objets de décoration que de matière à s'instruire. La couverture montre une chaîne de montagnes, les pics enneigés sont encore éclairés d'un soleil couchant orangé, tandis que la nuit s'installe à leurs pieds. Le titre, écrit en gros contre la chaîne de glaciers, *S'émerveiller*. Sous ce titre, en tout petit, le mot photos. J'entends des pas dans l'eau, ou plutôt de l'eau en déplacement selon un rythme qui semble être celui du pas, je me retourne et trouve un jeune homme portant une vieille dame sur son dos, trottoir d'en face. Derrière lui et au-dessus des boutiques qu'il longe, aucun glacier à contempler. Le garçon a les traits tirés, comme s'il en était à sa énième vieille dame à trimbaler. Elle a la tête rentrée dans le cou du jeune homme, je ne distingue pas son visage. Il dit bonjour du chef comme s'il n'avait plus la force de se montrer plus avenant. Je ne propose pas mon aide, me contente de les regarder passer.

Paysage amputé. Pris par le froid je décide de rentrer. J'ai les orteils engourdis. Plutôt que de revenir en arrière je pars sur une boucle, en sortant du centre-ville l'eau ne m'arrive plus qu'aux chevilles. Un petit vent vient taper mon pantalon collé aux jambes et j'ai encore plus froid que dans l'eau. Ici des maisons donnent sur la rivière en la surplombant, mais pas suffisamment pour être épargnées. L'une d'entre elles a sa porte d'entrée ouverte, d'où se déverse un torrent d'écume, l'eau jaillit comme d'une source et se répand sur la chaussée jusqu'à mes pieds. Face à la porte je vois l'intérieur de cette maison traversée par ce courant, au fond une autre porte est ouverte, l'eau s'infiltre dans ce couloir comme l'air d'habitude. Trait d'union. Elle investit la ville, en prend possession. Je reste là, un peu interdit. Je recule de quelques pas, pose un genou au sol ça crée un effet de contre-plongée, je dispose mes doigts en rectangle, j'encadre l'axe des deux portes et le courant glissant dessus, et je cligne des yeux comme si j'actionnais le déclencheur.

Carreau

Ce matin, j'ai décidé de rester. Prendre un jour de repos ici, chez Noël. Couché tard, pas tout neuf. Elle était bonne la truite. C'était bien de manger chaud. Noël, sous ses airs bâclés, a montré beaucoup d'application et de délicatesse au moment de cuisiner. Il m'a expliqué le moindre de ses faits et gestes, on aurait dit que j'étais son fils. Il parle tout le temps Noël mais jamais il ne raconte sa vie. Il est fort à ça. Il m'a raconté l'histoire de cette maison, parlé de la constitution de la roche qui nous entoure, évoqué des faits historiques de la région. Ça m'a arrangé qu'il parle autant. Même si j'ai fini par me demander de quoi il voulait me convaincre. Sa joie de me recevoir, son absence de questions, cette bonhomie affichée sans cesse. Je ne me souviens pas avoir été si aimable. Toute la soirée j'ai fait en sorte de ne pas lui tourner le dos, raser les murs, le garder dans mon champ de vision. La seule fois où j'ai cassé la distance entre nous c'est quand je l'ai aidé à aller se coucher, tout bourré qu'il était, accoudé à la table de la cuisine, le front contre l'avant-bras. Je l'ai porté dans l'escalier et quasi jeté dans son lit. Il a dit merci dans une langue que j'aurais pu comprendre si j'avais été dans le même état que lui et, même si j'ai été tenté de le faire, finalement je ne lui ai pas posé la couette dessus. La pièce sentait le renfermé et je n'y voyais pas grand-chose. J'ai fermé sa porte. Dans ma chambre, pièce carrée exiguë au papier peint plus que daté, j'ai repéré une commode en bois massif et l'ai poussée contre la porte. Avant de me laisser aller à fermer l'œil, j'ai attendu.

Au réveil Noël n'est pas là. Sa voiture non plus. Le ciel est bleu et mes jambes sont lourdes. Il m'a laissé seul ça veut dire qu'il a confiance. Rien n'a bougé si ce n'est que le soleil est plus haut. La lumière déclinait à mon arrivée, elle éclate désormais. En face de la maison, la paroi de roche blanchâtre par endroits réfléchit les rayons du soleil au point de m'éblouir, alors je me retourne pour les recevoir au visage. Je m'efforce de ne pas plisser les yeux ou froncer les sourcils parce que ça me fait des marques de bronzage qui ont la forme de mes rides. Je me relâche jusqu'à sentir comme ça chauffe sur mes pommettes, j'imagine les ultraviolets pénétrer ma peau et la brunir, ça tombe bien, j'ai la marque des lunettes et un peu celle de la lanière du casque. J'ai trop soif pour m'attarder, le vin les clopes parler, tout ça m'a déconcentré. J'avais mon bidon près de moi mais j'oubliais. Six gorgées d'un coup sont moins bénéfiques que six fois une gorgée, je me le répète, puis j'entre dans la cuisine, passe derrière le bar au fond et remplis mon bidon au robinet. Trois gorgées. Drôle de bordel cette cuisine. Les murs sont colonisés par des étagères comportant ustensiles en tout genre, bouteilles et condiments en pagaille, souvent en double, en triple, jusqu'à donner l'impression de dégueuler sur la pièce, se déverser déborder de partout. Le plafond, bas, augmente cette sensation d'étroitesse, de fourmillement, de trop-plein dont on se demande s'il révèle l'abondance ou trahit la négligence. Poutres apparentes ajoutent au sentiment d'écrasement. Au centre de la pièce, une table de bois lourd avec deux bancs sans dossier, sur laquelle demeure le cadavre de notre dîner de la veille. J'aperçois une cafetière et le reste de baguette un peu rassis, je pourrais facilement dézinguer une plaquette de beurre là tout de suite, certainement que c'est impoli de faire ça en l'absence de l'hôte, même si Noël serait bien du genre à me dire que j'aurais dû faire comme chez moi. Peu de lumière entre ici, seule une lucarne la laisse timidement pénétrer, ainsi que la porte d'entrée pourvu qu'on la laisse ouverte, pour y voir clair il faudrait allumer le plafonnier mais j'ai assez souffert de cette lumière au dîner. Chaque côté de la cuisine donne sur un escalier. Celui de droite débouche directement sur ma chambre, l'autre sur celle de Noël, à l'autre bout du couloir de l'étage. C'est dans celui-ci qu'il dit être tombé alors je ne l'emprunterai pas. Ancien relais de diligence, il a dit. Une porte à droite donne sur ce qu'il a appelé le réfectoire, où s'attablaient les voyageurs, la pièce est grande et haute de plafond, équivalent aux deux niveaux de la maison ainsi que les combles. L'espace est dégagé en son milieu mais absolument colonisé dans ses contours, entre des ustensiles de jardinage, des outils, des cartons et nombre de choses dont la nature m'échappe, là sous une bâche il semblerait que ce soit une mobylette, et ça là-bas je n'ai aucune idée de ce à quoi ça peut bien servir. Au fond il y a un plan de travail, où ça doit lui arriver de bricoler, avec un lavabo à côté. Séville est ici, calé contre une étagère, le guidon appuyé contre un pot de peinture. De ma tente je lui dis toujours bonne nuit, en l'éclairant de ma lampe frontale, faisant ainsi briller la bande fluorescente qui court le long du pneu, c'est joli, dans la nuit. Je l'imagine un peu contrarié alors je lui parle doucement, lui dis comme il est beau. En caressant sa selle j'ai toujours cette impression de lui faire des attouchements, j'envisage son corps ainsi, le guidon c'est la tête, le cadre le corps, la selle la croupe, les roues les jambes. Puisque les miennes sont lourdes pourquoi pas les siennes, me dis-je en vérifiant la pression des pneus et constatant à quel point ils sont lisses. À l'arrière ça s'use plus vite, rapport au poids des sacoches. Ce serait bien que Noël ait un compresseur. Je regarde. Noël n'a pas de compresseur. En revanche il a une pompe à pied, le genre sur lequel on se met debout et on pompe vers le bas, comme pour faire péter de la dynamite dans les bandes dessinées de cow-boys, et quand j'ai fini j'ai la satisfaction du travail accompli, suivie du désarroi de celui qui ne sait pas quoi faire ensuite. Noël m'a fait faire le tour de la propriété mais si j'étais très attentif à ce qu'il disait je l'étais bien moins à ce que je voyais, trop occupé à me situer par rapport à lui. Sous l'escalier qui mène à ma chambre il y en a un autre, qui descend à la cave. Fut un temps il y avait une discothèque ici. Noël en était fier comme si ç'avait été son propre établissement. Au regard de l'isolement c'est sûr qu'il ne peut être question de tapage nocturne. D'où qu'on vienne, c'est un bon bout de brousse pour arriver jusqu'ici. Du bas de l'escalier la porte donne directement sur la cabine du DJ. En face le bar, à droite la piste de danse et au fond un genre de coin VIP, avec banquette et petite table attenante. Le club s'étend sur toute la surface de la maison, réfectoire compris. À part la poussière et les toiles d'araignées tout est intact. Tapisserie rouge, partout. Pas bien grand, genre confidentiel. Libertin peut-être. Ça s'y prêterait. L'entrée de la discothèque, là pour moi c'est plutôt une sortie vers le jardin. Posé devant comme si j'étais le videur, la route en surplomb en face, la maison derrière. Ciel toujours bleu, quelques secondes au soleil la peau chauffe déjà. Reste comme ça un peu. M'oriente. Une minute, ou un peu moins. Là-haut le rez-de-chaussée, ici le rez-de-jardin. À l'herbe haute. De retour en bas de l'escalier je revois la scène de la veille, alors qu'on s'apprête à remonter et que Noël m'invite à le devancer, moi qui lui renvoie la politesse et lui qui insiste, il me tient la porte l'autre, sourire et tout, et qu'est-ce que j'ai moi à ne pas vouloir lui tourner le dos, dans un rire je dis que comme ça je pourrai l'aider s'il tombe, pas trop la blague à faire à quelqu'un resté cinq mois dans le coma pour avoir chuté dans un escalier justement, tu rigoles il répond, et puis d'un geste assez ferme de la main droite, genre tu commences un peu à casser les couilles bonhomme, il m'enjoint de ne pas pinailler, ce que je finis par faire d'un pas long, montant les marches par trois et arrivant en haut avant même qu'il ne pose son pied sur la première. Il m'a trouvé là, souriant, tenant la porte, tandis que je le sentais légèrement essoufflé.

Le voilà tiens, j'entends une voiture se garer. Je sors pour aller à sa rencontre, il fait oh quand il me voit, la tête hors de l'habitacle, le bras levé, le sourire franc. Il est content de me voir parce qu'il avait peur que je sois parti. Tous les matins il monte au village, un peu avant le sommet, acheter du pain frais et le journal, et là pour le coup il n'a pas vu passer le temps, arrêté au bistrot par un gars de sa connaissance qui lui a parlé de sa toiture. Je dis que je n'aurais pas pu partir sans dire au revoir et le voilà qui me refait comme la veille, à venir très près en tâtant mon épaule, ah j'suis content, ah j'suis content, ma politesse suffit à le persuader que moi aussi je l'aime beaucoup. T'as faim il demande. Je dis oui, en prenant une gorgée d'eau. Il sourit fort. De la banquette arrière de l'auto il sort deux cabas remplis de denrées, j'aperçois des briques de jus de fruits et des sachets de pain de mie. Je viens près de lui pour l'aider et en prendre un, mais il me remercie en m'en désignant un troisième. Dans celui-ci il y a des côtes de bœuf de porc de je ne sais quel animal encore, et des saucisses déclinées en maintes marinades, tout sous plastique. Sacrément lourd le bordel. Soit il est du genre à faire de grosses provisions soit il a dans l'idée de m'héberger pendant cinq jours et qu'on s'en mette plein la lampe, parce qu'une fois qu'on a posé les sacs dans la cuisine et que je m'attends à ce qu'on range ça dans les frigos le voilà tout essoufflé qui me demande de le suivre jusqu'à la voiture, chercher les bouteilles dans le coffre.

Il me reste encore un peu de café quand je roule ma clope après le petit déj. Blindé. Il a mis le paquet Noël. Il y avait plusieurs sortes de pain, j'ai tout graille. Grosses tartines de beurre même pas étalé, juste posé. Je me suis trouvé studieux, à entrecouper l'orgie de bonnes gorgées d'eau. À la fin il m'a demandé ce que j'allais faire aujourd'hui, pas dans quelle direction j'allais partir. Ça te dérange si je reste jusqu'à demain, j'ai demandé, et carrément il s'est mis debout, les bras levés comme on le ferait pour célébrer un but de son équipe. Ça m'a fait rire. À ce stade, même s'il devait y avoir une entourloupe je dirais bien joué. Et puis, comme rattrapé par une idée, le voilà qui s'éclipse en direction du réfectoire, en disant oh là là il faut que je te montre quelque chose. D'où je suis j'aperçois la porte d'entrée, pile dans mon axe. Dans son encadrement je vois deux lignes horizontales au sol, l'une de bitume l'autre de pelouse, et puis la paroi occupe le reste, annule toute profondeur. La pierre un peu ocre à cette hauteur, traversée de teintes beiges. Alors que j'écrase ma cigarette je sens qu'on approche à pas rapides, j'ai juste le temps de lever la tête pour voir débouler Noël dans la pièce, il est armé d'une arbalète, pointée droit sur moi, son œil dans le viseur, les épaules hautes comme pour anticiper le recul, mais qu'est-ce qu'il fout avec une arbalète ce con, il pousse un cri en même temps qu'il surgit j'ai le corps qui se raidit, j'attrape la fourchette et manque de me casser la gueule en arrière alors que j'essaie d'enjamber le banc, putain il va tirer l'enfoiré, il avance encore vers moi et tandis que je retrouve l'équilibre je me dis que j'aurais dû prendre le plateau pour me protéger de la flèche, je vais faire quoi avec une pauvre fourchette de merde, à moins qu'il me rate et à ce moment-là le temps qu'il recharge je lui saute au cou et je lui plante la fourchette dans la gorge, merde, il est vraiment en train de m'arriver ça là, je le vois se dresser comme s'il allait enfin tirer, moi qui hurle en lui demandant ce qu'il fait, et lui qui baisse l'arme, se met à rire, bah alors tu croyais que j'allais te tuer ou quoi, il rit il rit, de bon cœur en plus le salopard, moi je reste là figé les jambes qui tremblent, j'ai encore la fourchette dans la main je respire fort comme si j'avais couru, il dit merde je t'ai fait peur, je voulais te montrer ce que je bricole en ce moment, tiens regarde, et alors qu'il me tend l'arbalète je baisse la tête, lâche la fourchette après m'être vu la lui planter dans l'œil, me passe la main sur le visage en soupirant, avant de m'asseoir sur le banc, il reste là, l'arbalète en main, je le regarde son œil n'est plus si rieur, mes jambes tremblent et ma gorge est nouée, je le vois reculer d'un pas quand je ramasse la fourchette par terre, j'ai la mâchoire crispée et la respiration saccadée. Il s'excuse d'une voix qui a peiné à sortir. Je repose la fourchette sur la table.

C'est un bel objet. Noël est parti de la crosse d'un fusil en guise de fût, parce que c'est comme ça qu'on dit pour une arbalète. Après il développe en parlant souvent de rainures et de sillons, de tension de maintien mais moi j'ai du mal à l'écouter. Tout ce qui est tir il adore ça. Son délire au départ c'est les carabines. Il en a bien une dizaine dans son cabanon, au fond du jardin, disposées à la verticale, crosse en bas, dans une armoire dédiée. Dis donc t'es prêt pour la guerre je lui dis, ça le fait rire. Il dit que l'arbalète n'est pas assez puissante pour tuer quelqu'un, à moins peut-être de tirer dans la gorge ou en plein cœur à bout portant, et je réponds que c'est rassurant. Il propose qu'on aille au jardin shooter des cibles, ça va nous détendre. D'accord. On descend par la discothèque. Quand je demande s'il a existé longtemps ce club il me répond sur le ton de l'évidence que non, de toute façon dès lors que ce lieu a cessé d'être un relais de diligence tout ce qui s'y est installé s'est cassé la gueule. Restaurants, auberges, gîtes, la discothèque, lui dans l'escalier, ce genre, tous ont déposé le bilan en quelques mois. Ça ne peut pas être autre chose qu'un relais, un lieu par lequel on passe, sans s'attarder, contraint par l'isolement. Je dis qu'il a donc eu raison d'en faire une habitation, et alors qu'il pose la main sur la poignée de la porte donnant sur le jardin, juste après qu'on a dépassé le carré VIP, il balaie mon propos dans un soupir en disant mec, deux mois, ça faisait deux mois que j'habitais là quand je suis tombé dans l'escalier, et depuis ma vie c'est que des galères. Il ajoute que c'était déjà un peu la merde avant, mais venir ici a tout accéléré. Je dis ah. Je ne vois pas bien son visage, on est presque dans le noir. Une veilleuse à la lumière rouge, très faible, fait apparaître son profil. Il y a un truc pas clair avec cette baraque, dit-il avec l'air le plus sérieux que j'aie pu lui voir jusqu'ici, ce qui me tend un peu et me fait répondre par un rire auquel il ne souscrit pas du tout. D'un regard il me commande de rester sérieux, ce qui me fait lui demander pourquoi il reste dans cette maison, il sourit ça lui plisse la tronche et il me dit bah, pour ça justement, pour qu'elle me montre de quoi elle est capable. Il pousse la porte ça fait entrer le jour, je suis ébloui je le perds de vue tandis qu'il pénètre dans la lumière et que je me frotte les yeux.

Il me dit tiens, derrière toi là tu vois pas les cibles, et je vois les cibles, prends donc ça il me fait, et je prends ça. Ce sont des feuilles de papier épais que l'on fixe sur un carré de paille à l'aide d'épingles. Dans un cadre blanc apparaît un cercle fait de plusieurs, la précision se décline en couleurs, noir bleu rouge puis jaune pour le centre, et des points correspondants. Il me dit d'en prendre deux neuves, qu'on puisse bien voir qui a fait quoi. On les dispose l'une à côté de l'autre, chacun la sienne reposant sur un chevalet semblable à ce qu'utiliserait un peintre pour sa toile. Charger l'arbalète demande un peu de dextérité, de force aussi, Noël dit qu'il me montre comme ça je saurai le refaire, je dis d'accord. La crosse dans le creux de l'épaule, bonne assise sur les jambes, bloquer la respiration. Et boum. Ou plutôt clac. Mon premier tir part dans les broussailles, ça fait bien rire Noël qui n'est pas peu fier de viser dans le mille au coup suivant. Tu vois c'est pas compliqué il dit, comme si me faire voir suffisait à me rendre compétent. On est à max vingt mètres de la cible, si un agresseur devait se tenir à cette distance on aurait encore le temps de sortir un couteau. Je lui demande d'où lui vient cette précision après son deuxième tir parfait, il répond l'armée. Ça lui vient de là sa passion pour les fusils. Gamin avec ses potes il adorait trouver une bouteille en verre dans la rue et en faire une cible sur laquelle jeter des caillasses. Déjà à l'époque il était chaud. Il voulait être tireur d'élite mais on l'a empêché à cause de problèmes de comportement. Trop agité, trop bagarreur. Il s'est spécialisé dans le corps-à-corps, il prétend être capable de tuer quelqu'un juste avec ça là, il dit en fermant le poing et en laissant dépasser le majeur replié, os proéminent, en se le collant contre le cou, juste sous la mâchoire. Je dis ah ouais comme si ça m'impressionnait, et à vrai dire oui ça m'impressionne. Après l'armée il a enseigné la self-defense, des formations dans les entreprises notamment, mais attention hein, pas des trucs de ninjas où tu bloques une attaque et t'en lances quinze à la suite en expirant sur tes frappes, non non il dit et il a l'air très sérieux avec ça, moi je voulais recréer au maximum les conditions du réel, ça fait qu'avec moi on mettait pas trop des manchettes, c'était surtout à base de crachats à la gueule pour aveugler, écrasement de couilles et une patate dans la gorge avant de fuir à toutes jambes. Je hoche la tête et il interprète ça comme si je ne le prenais pas au sérieux, il dit bah t'sais quoi, viens m'agresser, je reste perplexe il se met en garde, je dis mais non Noël arrête on va se faire mal, il me pousse l'épaule d'un geste que je trouve très désagréable et il insiste, me pousse encore, un peu plus fort cette fois, allez vas-y attaque il fait, petit rictus sur sa face, je me dis qu'il doit en rajouter sur ses capacités et puis que le temps a passé, tout rouillé qu'il est il doit présumer de ses forces, alors sans grande conviction après qu'il m'a poussé une troisième fois je lui envoie mon bras, main ouverte comme par précaution, et là je ne comprends plus rien, j'apercevais le ciel dans mon champ de vision et je ne vois plus que la pelouse, sur laquelle j'atterris, face contre terre. Oh t'as fait quoi là, je lui demande en saisissant la main qu'il me tend, il rit de joie comme s'il avait été rassuré par sa propre prestation. Ça c'était une prise de judo il dit, mais en vrai c'était de la triche vu que je savais que t'allais m'attaquer, alors tu sais quoi, tant qu'on est dans le jardin tu peux m'attaquer par surprise, quand tu veux, par-devant par-derrière j'en ai rien à foutre, vas-y lâche-toi, ton but c'est de me mettre au sol, et il rigole encore, heureux de s'être trouvé un compagnon de jeu, ou une victime, c'est selon.

Il y a beaucoup d'ellipses dans son récit mais il est trop lancé pour que je le ralentisse en demandant des détails. Je viens de toucher le cadre blanc, je me rapproche. Lui quand il n'est pas en plein centre il est quand même dans le jaune, le rouge vite fait de temps en temps mais ça reste rare. Après s'être installé dans le sud du pays il a fait une rencontre qui a changé sa vie pour toujours, dit-il. Un dénommé Pascal. Ce type, c'était la classe, celle de l'époque quoi, les costards les lunettes fumées les grosses bagouzes en or. C'était un braqueur du temps où il y avait de l'argent dans les banques. Noël avait été recruté comme chauffeur, soi-disant parce qu'il ne courait pas assez vite. Une lumière s'allume dans ses yeux quand il parle de cet homme. Il le présente comme une version de ce que lui n'a jamais su être, quelqu'un d'audacieux, charismatique, libre. Il répète ce mot plusieurs fois, libre. Le genre de type à qui on n'impose rien, qu'on veut suivre. Quelques mois ça a duré, il a participé à une dizaine de braquages, jamais un coup de feu, aucune victime et un bon billet récolté, quelques mois qui ont été parmi les plus heureux de sa vie, sur fond de danger et d'inquiétude, rien de tel pour se sentir vivant, il dit. Il laisse un silence en regardant par terre et j'en profite pour tirer dans le cercle noir sans qu'il le remarque. Quand l'étau s'est resserré autour de Pascal, celui-ci a dû prendre le large. Il a proposé à Noël de le suivre dans son exil, mais lui il venait de rencontrer Aurore à l'époque. Parfois il se demande s'il a fait le bon choix, car à Aurore ont succédé Magali, Agnès et Astrid pour ne citer que celles qui ont compté. Il est alors devenu photographe. Fréquenter Pascal lui avait ouvert des portes et permis de créer des affinités avec quelques patrons de boîtes de nuit ainsi que certaines vedettes, d'arrangement en arrangement il s'est mis à gagner sa vie en prenant en photo des quidams avec des célébrités, facturant le portrait avec une bonne pincée de sel. Belle époque ça aussi, dit-il en tapant le centre avec sa flèche. Et puis il a été représentant en toutes sortes de choses notamment en cristaux, recouvreur de dettes pour un assureur pas toujours scrupuleux. Chaque changement dans sa vie s'accompagne du prénom d'une femme. Il a navigué à vue, au gré des aventures, des sentiments qu'il avait pour elles, de leurs désirs qu'il voulait combler, et ce n'est pas que ça ne m'intéresse pas mais je le sens si absorbé par son récit qu'il en paraît facile à attaquer, alors après un petit pas pour réduire la distance je lance mon poing vers son visage, pas trop vite ni trop fort de peur de lui faire mal, et lui sans même me regarder il se téléporte dans mon dos, clef de bras j'ai super mal, il rit puis me lâche avant que ce soit trop douloureux. T'essaies pas vraiment de m'avoir, il dit pendant que je me frotte le poignet en gémissant. Je lui réponds que je ne vais quand même pas lui mettre un vrai coup, et là il s'exclame que ouais, bah ouais tiens, ce serait con quand même, d'avoir à essayer vraiment pour réussir.

Moi tirant à l'arbalète sur un mec, ça pourrait faire un bon outil de torture psychologique pour lui faire avouer un truc, parce que jamais je le touche. Je demande à Noël comment il a fini par se retrouver ici, il réfléchit comme s'il avait à s'en rappeler, comme s'il se repassait les événements pour mieux en faire l'économie et aboutir directement à la conclusion, et vu le temps que ça prend ça a l'air chargé son histoire. Je tire en croyant rater et je touche le bleu pour la première fois. Il ne regarde pas la cible, il scrute le vide, il commence une phrase puis s'interrompt, une autre et pareil, et encore, je pose l'arbalète et me tourne vers lui, il soupire, me regarde moi puis le sol puis moi pour finir par montrer trois de ses doigts et dire mec, trois fois, trois fois putain, trois fois j'ai essayé de me tuer. Je hausse les sourcils je crois et il tourne la tête, et puis je vois Elton là-bas qui traîne vers la cabane. Je ne dis rien et Noël ne me regarde plus, il recharge l'arbalète, tire en plein centre, se tourne de nouveau vers moi mais sans décrocher les yeux de la pelouse. La première fois c'était il y a trois ans. Avec des médicaments. Le truc un peu nul, il dit. C'est Astrid, sa troisième femme, venue récupérer des affaires là où ce ne serait bientôt plus chez eux, qui l'a trouvé dans le canapé, boîte de pilules vide sur la table basse et bouteille de whisky à côté. Deux jours de réanimation et trois semaines de psychiatrie. Il regarde toujours par terre mais commence à varier en scrutant l'air autour de moi. La deuxième fois c'était il y a deux ans, il habitait déjà ici mais était en week-end chez son frère, près de la capitale. La dépression c'est de famille il dit. Des années de conflit entre eux, c'était l'occasion de se rabibocher. Au lieu de ça il a voulu lui imposer la responsabilité de sa mort en se pendant à la poutre de la salle à manger. Le frère insomniaque a entendu la chaise tomber et Noël gémir. Ils ne se sont plus jamais parlé et, six mois plus tard, c'est le frère qui se suicidait, au passage d'un train, achevant par là de convaincre Noël que quand on veut, on peut. De tout son récit je n'ai pas bougé d'un iota, ni même accompagné sa parole d'onomatopées encourageantes, tant j'ai senti comme c'était fragile. Et puis il se tait, alors même que selon mes calculs il y a une tentative dont il n'a pas encore parlé. Il touche sa cicatrice sur toute la longueur. Ce jour-là il avait bu mais n'était pas ivre, s'appliquait à l'être pour oublier il ne sait plus quelle tristesse, la tristesse tout court, il était dans la maison, s'apprêtait à descendre dans la cuisine chercher une autre bouteille pour la vider dans sa chambre, et puis il s'est arrêté au bord de l'escalier au fond du couloir, celui que moi je n'emprunte pas. Il se souvient avoir eu une vision. Ça a duré une fraction de seconde, un éclair dans la tête, son corps rebondissant sur chaque marche jusqu'à s'effondrer, et lui debout immobile, un courant traversant ses veines, lui commandant de vérifier, il le dit lui-même, je crois que j'ai été pris de curiosité, et il répète le mot, curiosité. Il bafouille et bégaie un peu, confus, sidéré, mais bien fataliste car c'est ce qu'il s'est passé, il a senti son corps attiré comme on l'est par le vide sur un balcon, d'habitude on ressent la pulsion et puis on n'en fait rien, il ne sait même pas s'il voulait mourir, peut-être bien qu'il voulait le contraire tiens, oui c'est ça il dit, que quelque chose arrive, un événement, n'importe quoi, tout plutôt que cette vie. Il baisse la tête et triture ses doigts comme s'il avait honte. Et puis il ajoute que, quand je l'ai trouvé là à couper des poivrons avec un énorme couteau, il était en train de se demander lequel de ces objets, du couteau ou du fusil de chasse qu'il garde dans sa chambre, serait le plus indiqué pour une nouvelle tentative qui serait la dernière. Je reste interdit et certainement qu'il le devine, j'essaie de reprendre contenance et ne trouve à dire qu'une évidence, comme quoi je suis arrivé au bon moment, à la fois pour l'en empêcher mais aussi pour lui redonner un peu de moral, par ma présence, hein Noël t'en penses quoi, et à ça il répond bof. Il y a un silence et il me fixe. Le soleil a tourné je commence à l'avoir dans la gueule. Pour détendre l'atmosphère je pourrais tenter une prise du sommeil mais je ne suis pas sûr de la technique. Noël inspire un grand coup et tandis que j'interprète ça comme une façon de se reprendre et d'annoncer l'apéro il dit que ça ne sert à rien de l'empêcher. Il y viendra tôt ou tard. Il se résigne à constater qu'on ne meurt pas de souffrance. Ça dure juste pour toujours. Silence encore, il baisse la tête, mains sur les hanches. Je me tiens droit je ne dis rien. Il renifle, se passe le pouce contre les narines puis regarde dans ma direction. Je ne cherche pas de mots réconfortants dans ma tête. Je l'écoute déverser sa vérité. Je le laisse être ce qu'il veut bien. Il approche d'un pas long et saisit ma nuque d'une main que je n'imaginais pas si calleuse. Je me fige, surpris, tant par son geste que par son regard, et bientôt par sa voix, posée, sereine, déterminée, me disant petit, tu te rappelles ce que t'as dit en arrivant hier, et non, non je ne me souviens pas, alors il enchaîne eh bah, t'avais raison mon gars, c'est pas forcément un hasard si t'es arrivé pile à ce moment-là. Il déglutit. Ouais, peut-être que tu peux faire quelque chose pour moi.

La peau sur les autres

L'eau a continué de monter toute la journée. Cinq mètres trente ils ont dit. Elle a stagné pendant trois jours, puis s'est retirée en une nuit. Comme si elle était restée là, cachée dans les murs. Ville-éponge. Les rues ont changé de couleur, jusqu'à au moins un mètre de haut, la chaussée arborant une teinte un peu passée. Imprégnée. Des odeurs à peine identifiables, mélange de tout, promettaient de persister. Stigmate. Je pérégrinais à travers la ville, proposant mon aide parfois, pas toujours, discutant avec des sinistrés. Il a beaucoup été question de matériel dans ces échanges. Que des philosophes dans le voisinage. Personne pour s'appesantir, déplorer sans nuance, hurler sa rage. Denis si, un peu, mais pas devant les autres. Ou alors ils attendaient l'expert, pour se déverser. Je ne le connaissais pas ce gars-là, mais il est dorénavant dans la bouche de chacun. On appelle comme ça le mec qui va venir constater les dégâts, les chiffrer, et puis ne rien promettre. À force d'en entendre parler au singulier j'ai fini par imaginer un homme seul à qui revenait la tâche d'aller chez tout le monde, ne sachant plus où donner de la tête, attendu par tous, désiré par personne. Tout ça sans montrer d'émotion, ce ne serait pas professionnel. Et puis, ça n'est que matériel, alors ça va, ils ont dit. En tout cas il aura de quoi chiffrer l'expert, la place principale de la ville a été désignée pour recevoir toutes les ordures, les centraliser afin de faciliter leur rapatriement. On a appelé en renfort les agriculteurs des villages autour qui, grâce à leurs tracteurs notamment, ont participé à l'organisation du merdier. En une seule journée la place s'est vue recouverte d'une montagne d'immondices. Pour l'essentiel, du mobilier moisi. Tout intact dehors, mort à l'intérieur. Comme leurs propriétaires. Malgré l'interdiction j'ai profité d'un moment pour grimper sur le monticule, c'était vraiment dangereux d'ailleurs, mais au sommet je crois avoir trouvé une chambre d'enfant, du moins c'est ce qu'il m'a semblé étant donné la proximité du petit lit simple avec le bureau bas, et puis les poupées, toutes débarrassées de leurs vêtements. Cette montagne-là ne sera pas en couverture d'un livre de photos. Juste après cette découverte j'ai vu, dans une rue adjacente, sur le trottoir, posée comme en attente du début de la fête, une auto tamponneuse.

Jamais je n'avais entendu parler de l'eau en ces termes. L'eau n'avait jamais été autre chose que celle que l'on met en bouteille, celle qu'on se passe à table, celle dont on règle la température avant d'entrer dans la douche, celle dans laquelle on se baigne. Elle est bonne l'eau ?, un peu fraîche au début mais une fois que t'es dedans tu t'habitues. Cette fois j'ai entendu des phrases comme l'eau arrive, tu ne peux pas aller là-bas il y a l'eau qui barre la route, l'eau est entrée dans la résidence, l'eau a empêché mon mari de garer la voiture dans la cour. Cette eau je ne la connaissais pas. Elle décide. Elle dispose. Emporte tout, et laisse sa trace. Chez Denis tiens, drôle de bourbier. De la boue au sol comme sur les murs. Je suis venu muni d'une raclette, il m'a prêté une pelle. J'avais peur de rayer le carrelage. Il m'a conseillé d'opérer avec jurisprudence. On a trouvé le frigo en quinconce dans le salon. Passé le désarroi j'ai vite reconnu mon Denis quand il a évoqué l'opportunité de se faire de l'argent avec les assurances. J'ai dit qu'il avait le temps de fomenter son plan vu comme l'expert est sollicité mais il n'a pas réagi à ma blague. À force de rencontrer des habitations délabrées et d'entendre des discours sur la vacuité du matérialisme je me suis pris au jeu, et plutôt que des maisons moisies je me suis mis à voir des maisons rénovées en puissance. Toutes éligibles à une nouvelle vie. Et les améliorations qui vont avec. L'eau n'est pas allée jusqu'à chez moi. Elle s'est arrêtée juste devant. J'ai compris avant d'arriver, quand en entrant dans le lotissement j'ai cessé de marcher dedans pour marcher dessus. En ayant échappé au drame ma maison promet de rester comme elle est. En plus blanche. Moi aussi j'aurais voulu être philosophe. Ne serait-ce que pour être occupé, déjà. Au lieu de quoi je me lamente que, décidément, rien n'arrive.

Je m'attendais à retrouver Cassius sur le rebord de la fenêtre de la cuisine, juste à côté du portail, mais non. Je suis entré dans la maison comme si je n'étais pas trempé et ne l'ai pas trouvé non plus. J'ai pensé qu'il avait dû aller se chercher une proie à grignoter. J'ai passé le plus clair de mon temps à la fenêtre. J'ai attendu jusqu'au soir et ne l'ai pas revu. Le lendemain matin non plus. Deux jours plus tard j'étais toujours sans nouvelles de lui. La philosophie ne pouvait rien contre la boule que j'avais dans la poitrine. Finalement elle m'a touché cette eau. Pour cela que le matin du quatrième jour j'ai décidé de ne plus attendre le retour de Cassius et d'explorer les environs à sa recherche. J'ai pris

Séville et laissé les sacoches dessus, j'avais quelques courses à faire et pensais y mettre Cassius si je venais à le retrouver. Ça peut être gênant, au premier abord, de demander à des gens en train de jeter leur maison à la poubelle s'ils n'ont pas vu mon chat, mais c'est un peu de leur faute, à force de les entendre minimiser leurs pertes j'ai fini par considérer que la mienne avait plus de valeur. Un type en train de tirer tout seul un canapé sur le trottoir m'a dit non, non j'ai pas vu de chat blanc à la queue noire en plumeau non, par contre il en a vu un autre, gris tigré noir, et il s'est mis à me raconter les circonstances de sa rencontre avec l'animal, comment celui-ci s'est carapaté vite fait, apeuré comme s'il était loin de chez lui, et même si ça n'avait rien à voir avec ma demande j'ai compris que ce monsieur voulait juste me répondre autre chose que simplement non, il m'a donné un os à ronger, une raison d'espérer, alors merci monsieur de me considérer un peu, même si ça consiste à suggérer que Cassius puisse être trop loin pour que lui et moi nous nous retrouvions.

J'ai opéré sans méthode. J'ai compté sur le hasard ou la chance. D'abord j'ai fait du porte-à-porte, interrogé mes voisins qui pour la plupart ont eu l'air désolés pour moi. Je suis entré dans des jardins de maisons inoccupées, laissées là par leurs propriétaires qui constateraient les dégâts à leur retour. Le terrain vague de l'usine rasée quelques semaines plus tôt, à la sortie du lotissement. Quand j'ai passé les limites de ce que je savais être le territoire de Cassius j'ai commencé à paniquer. À imaginer qu'il pouvait être n'importe où. Que des gens se croyant bien intentionnés avaient pensé lui sauver la vie en le recueillant. J'ai passé des heures à confronter mon problème à ceux des autres. Leur mobilier mort contre mon dernier morceau de vie. Contrairement à moi ils semblaient savoir quoi faire. Pour eux ça consistait en un peu d'huile de coude et une capacité à relativiser. J'ai fini par ne plus rien demander à personne et ne plus faire que déambuler, sans cap, passant et repassant dans les mêmes rues jusqu'à migrer vers un autre quartier. Je me figurais nos retrouvailles, je le voyais soulagé de me revoir, courir vers moi et s'agripper, ce qu'il n'a jamais fait de sa vie mais qu'il aurait fait cette fois, rendu plus conscient encore, comme moi, du besoin que nous avons l'un de l'autre. Il ne lui restait plus très longtemps à vivre, j'aurais voulu être là pour lui. À mesure que je me refaisais la scène je prenais conscience de ce qu'elle avait d'improbable. Et puis, une autre voix dans ma tête me racontait qu'il avait choisi de s'isoler, pour mourir ailleurs, où je ne le verrais pas.

Je suis repassé par ma maison, espérant le trouver là, sur le rebord de la fenêtre de la cuisine. J'ai laissé Séville devant, contre la clôture, et en ouvrant le portail la poignée m'est restée dans la main. En essayant de la remettre en place je me suis fait mal au pouce alors je l'ai jetée par terre. J'ai contourné la baraque en passant devant le mur à demi blanc. J'ai regardé mon pinceau, mon tout petit pinceau, posé à sa place sur le rebord de la fenêtre de ma chambre, et je n'ai pas eu envie de le prendre. Dans le passage qui fait le tour de la baraque j'avais construit un petit abri, parfois Cassius allait se percher là-haut mais plus depuis qu'il ne pouvait plus trop arquer, j'ai vérifié quand même et il n'y était pas. Je n'y ai trouvé que de la poussière et des conneries stockées là, sans me souvenir pourquoi je les avais gardées, sans même savoir ce que c'était. Derrière, au jardin, j'ai aperçu la pelouse trop fournie recouverte de centaines de feuilles de chêne, plus nombreuses encore que tout ce que j'avais déjà retiré. Mes thuyas trop hauts, le voisin voulait que j'en coupe certaines extrémités car ça lui faisait de l'ombre, je lui avais promis de le faire bientôt. Le petit chemin de gravier que j'avais mis des semaines à construire, là où Denis aurait mis trois jours il a dit, j'avais pensé en remplacer les pierres pour partir sur une teinte rougeâtre, parce que le blanc ça faisait mal aux yeux quand il y avait du soleil, sans compter que je risquais de marcher sur Cassius, allongé là en quête de mélanine, fondu dans le décor. Dans le petit cabanon au fond, j'ai vu cette roue de vélo, celle que je devais réparer pour la monter sur le mien, délestée de sa chambre à air laissée là, à terre juste à côté, je devais y mettre une rustine et j'avais abandonné en cours de route, et c'était quand déjà, et pourquoi je m'étais arrêté, aucune idée, pas le souvenir. J'ai déambulé là, j'ai pensé que rien n'est beau quand il fait gris. Je ne suis pas entré dans la maison. Et puis j'ai repris mon vélo.

J'ai fait des courses, ça m'a alourdi. J'ai acheté des croquettes pour les agiter alors même que Cassius n'en était pas tellement familier. La navigation à vue m'a transporté au centre-ville. Terrible capharnaüm, mouvement perpétuel d'intérieurs qu'on vide, des bennes posées tous les vingt mètres qui débordaient déjà en attente d'être renversées sur la place et s'ajouter au monticule. Là les pompiers, là une entreprise du bâtiment, là des mecs en gilet jaune je ne savais pas qui c'était, la circulation était coupée mais des voitures passaient quand même et ça foutait un drôle de bordel, fourmillement de gens qui allaient et venaient dont ce type avec une mallette, c'était peut-être lui l'expert, en tout cas il avait l'air pressé. Contraste total avec cette journée dans l'eau, ce calme qui régnait dans la ville désertée. Revenir à la vie c'est renouer avec le bruit. Ma vitesse, bien que modérée, m'empêchait d'attraper les bouts de conversations, isoler les voix. C'est devenu un brouhaha assourdissant, tellement que je n'ai plus pensé qu'à m'en extirper. Alors que j'aurais dû revenir en arrière pour me rapprocher à nouveau de la maison j'ai accéléré jusqu'à sortir de la ville et rencontrer un sentier forestier. Je n'avais pas le moindre espoir de trouver Cassius dans ce bois mais dans un premier temps j'ai voulu m'éloigner de l'agitation, de ces voix entremêlées criant sourdement leur désarroi, leur frustration, leur égarement, tout en claironnant leur force, le maintien de leur dignité en sous-texte, m'éloigner de ces scènes de vie animées, entièrement tendues vers un objectif concret, auxquelles il m'était difficile d'assister tant j'étais concerné par le mien. J'ai roulé roulé roulé, croisé un chevreuil, un écureuil, des arbres des arbres des arbres, le chien d'un promeneur, le promeneur. Plus je cherchais Cassius et plus je m'éloignais. J'ai fini par ne plus reconnaître les bois, arriver à un croisement dont j'ignorais chaque débouché, persisté à avancer contre toute logique. J'ai croisé de nombreux carrefours, des marques sur des arbres indiquant un parcours de randonnée. Le dédale de ce bois renforçait mon impression d'aller quelque part, puisque je n'ai jamais bifurqué, suis allé tout droit, comme si je m'y rendais. Le brouhaha de la ville s'est vu supplanté par celui de la forêt, et ne sachant pas quelle intention lui prêter je l'ai accueilli avec bienveillance. J'ai fini par tomber sur une route. À ma droite j'ai vu le bois se dégarnir, devenir un champ, laisser apparaître au loin un clocher. Tout petit village, pas sûr d'y trouver âme qui vive. En y entrant je suis tombé sur une boulangerie et ça m'a rappelé que je n'avais rien mangé. J'aurais pu piocher dans mes courses mais j'avais la flemme d'ouvrir mes sacoches. Un peu de queue devant, je m'y suis ajouté après avoir déposé Séville contre la façade, et j'ai compris aux conversations qu'on était en fin de journée, que la boulangerie allait bientôt fermer. Je me suis étonné d'avoir roulé si longtemps sans le savoir. Dans le ciel les nuages se sont écartés légèrement pour laisser passer quelques rayons de soleil.

Je suis assis par terre contre la façade, à côté de Séville. Je mange une quiche au fromage à laquelle la boulangère a offert quelques tours de micro-ondes. Les nuages ont fui et ce bleu-là je croyais l'avoir oublié. Certainement interpellé par les sacoches bondées un homme aux cheveux gris, bedonnant sous son marcel, petites lunettes carrées posées sur le nez, chaussettes blanches dans les sandales en cuir et baguette sous le bras, s'arrête devant moi et me dévisage, un franc sourire sur la face. Je le vois un peu en contre-jour alors je mets ma main en visière, il dit oh pardon et se cale de manière à me cacher du soleil, petit pas de côté, ça va comme ça il demande, et je réponds oui. Son visage est assombri désormais et l'astre derrière sa tête lui fait une auréole. Je n'ai pas le temps de m'adresser à lui qu'il se met à m'applaudir en me disant bravo, comme ça en séparant les syllabes, bra-vo, et moi je ne comprends pas mais j'imagine qu'il va développer, et là il me dit ah, jeune homme, vous réalisez mon rêve. J'ai un geste du menton, à moins que ce ne soit le cou qui emmène le menton dans son mouvement, comme pour dire mais qu'est-ce que tu me racontes là. Ça ne le perturbe pas il continue, il me dit vous savez, toute ma vie j'en ai rêvé, voyager comme vous, juste moi mon vélo et quelques affaires, waw, vous devez vous sentir tellement libre. Je ne réponds rien, il me demande d'où je viens comme ça, et où je vais, et si je n'ai pas été emmerdé par les inondations, puis me coupe la parole que je m'apprête à prendre pour dire ah pardon, j'en ai de bonnes moi, à vous poser des questions alors que vous devez être épuisé, et il rit. Il me regarde d'un air admiratif, son sourire se fait plus ferme encore, au point que je ne l'imagine pas avec un autre visage que celui-ci. Il enchaîne, me raconte un peu son histoire, le travail très jeune, le mariage très jeune, les enfants très jeune, la vie tracée, linéaire, confortable, oh il ne renie pas hein, loin de là, mais jamais ça ne l'a quitté, ce fantasme il dit, il appelle ça comme ça, ce rêve il ajoute et ça lui semble plus juste, alors me voir là, tout débraillé mon vélo mes sacoches, le strict nécessaire pense-t-il, et de quoi on peut bien avoir besoin de plus, et comme je mâche ma quiche il doit penser que c'est pour ça que je ne parle pas. Il me raconte la vie qu'il m'imagine avoir, celle qu'il aurait à ma place, il me voit dormir dans les bois, au bord des rivières, au fond des prés, n'importe où pourvu que je sois à l'aise et à l'abri des regards. Je ris et il prend ça pour une confirmation, hein j'ai bon il fait, en tout cas je le vivrais comme ça moi il ajoute, et je n'en doutais pas. Il soupire, je soupçonne qu'il aura des crampes au visage en rentrant chez lui, il fait des gestes de tête avec son enthousiasme, et là je lui demande pourquoi il ne se lance pas. Ces quelques mots suffisent à inverser son sourire. Je l'ai sorti de son rêve et ramené à la réalité, celle où c'est ça, la gueule qu'on lui connaît. Sa parole est moins fluide, son regard fuyant, il dit tu sais, la vie, la vie c'est compliqué, et cette phrase est prononcée comme une sentence. Je suis sur le point de lui dévoiler la vérité quand la boulangère sort pour baisser le rideau de fer. Elle dit Thierry tu ferais bien de rentrer tu vas te faire engueuler, ce à quoi il répond ah non hein, c'est pas tous les jours que j'ai l'occasion de rencontrer un aventurier, et il retrouve son sourire quand il dit ça, alors je renonce à le contredire. Et puis il dit bon, se met devant moi et me pose l'une de ses mains, épaisse, contre la nuque, approche son visage tout près et ajoute jeune homme, prenez soin de vous, continuez, et, s'il vous plaît, pensez un peu à moi sur la route, accompagnant ça d'un petit clin d'œil. Je dis oui, d'accord.

En sortant du village je roule sans savoir dans quelle direction. Soleil couchant. Que des champs autour, et puis un sentier courant vers un bois, que j'emprunte. Une fois le bois atteint je marche à droite du vélo, comme les gauchers. La forêt est dense, il se met à faire très sombre d'un coup, un peu plus frais aussi. Je suis tout seul mais ça fourmille là-dedans. Pas si seul. Après quelques minutes je trouve une clairière et pose Séville contre un arbre. Je déambule un peu, respire. Autour de moi j'aperçois des visages. Dans la végétation. Là sur un tronc, là le croisement d'une branche feuillue avec une autre qui l'est moins. Là dans la pelouse. Là dans les taches qui maculent ma sacoche, projections de boue récoltées dans la ville en décrue. Des gueules pas toutes neuves mais des gueules quand même. Leurs regards convergent vers moi. La tombée de la nuit paraît s'accélérer, c'est même trop rapide, en quelques secondes je n'y vois plus rien. Du tout. L'obscurité, soudain, est totale. Je ne sais plus où est Séville. Je ne situe plus l'entrée de la clairière, le sentier. Je ne vois plus les arbres autour. La nuit n'est pas tombée, elle a chuté. Je fais de petits pas de peur de heurter un obstacle, ma respiration s'accélère, ça m'inquiète, l'air manque, l'atmosphère est pesante, la gravité s'est accentuée. Elle m'indique de ne pas bouger, de rester là. Je me retrouve accroupi, puis assis, les genoux ramenés contre le front, la tête rentrée, mains sur la nuque. Alors que quelques instants auparavant j'entendais encore les oiseaux, les bêtes, le vent dans les feuilles et tout ce que je n'identifie pas dans un bois, je remarque le silence, un silence que je ne reconnais pas, un silence que je découvre. À mesure qu'il s'installe, en tendant l'oreille je crois percevoir un grondement lointain, comme si j'entendais la Terre tourner sur elle-même. Comme s'il ne restait plus que ça à entendre quand plus rien n'est audible. Ma gorge se serre, je peine à avaler ma salive. Je veux appeler à l'aide mais quand j'articule un mot ça me tire dans la poitrine, jusqu'au fond des entrailles même, rendu muet, ou sourd, je n'entends pas le moindre son sortir de ma bouche, ni même n'en ressens la vibration dans mes os. Ma main, que j'imagine posée sur ma nuque, je ne la sens pas. Me demande où elle est. C'est tout mon corps qui est absent, le sol se dérobe et j'en viens à douter d'être assis. Épuisé de sensations. Impressions seulement. Et si je n'avais toujours eu que ça, des impressions. La plus prégnante en ce moment est celle de la vitesse, moi immobile au milieu d'un décor qui file à toute allure, ou attaché à une roue qui tourne de plus en plus vite. Ça pourrait aussi être une chute. Et puis ça se stabilise, immobile de nouveau, le corps revenu, pas la vue, ni les sons. Des picotements, d'abord, aux extrémités, les doigts se détachent. Par paliers, comme on extirpe un nouveau-né, je sens ma main gauche se défaire de mon bras. Les phalanges soufflées comme une poignée de sable jetée en l'air. Les mains, puis les pieds. Que douleur. Tout le corps démembré, moi éparpillé, dans l'air en suspension ou écrasé à terre. Les organes déversés sur un sol inexistant, à mes pieds absents. La vitesse toujours plus, rumeur lointaine, Terre qui tourne, trop vite, rumeur faite de voix, de râles, de plus en plus distincts, les miens, tous mes maux hurlés, à mes tympans, de ma propre bouche. En boucle. De plus en plus fort. Si j'avais des mains, je les presserais contre mes oreilles à m'en broyer le crâne.

II
Vallon

Vitrine

À la terrasse, le type à la gueule osseuse, physique de cycliste, j'ai repéré qu'il m'a repéré. On se lance quelques regards d'abord, et puis je donne de ce sourire qui n'en est pas vraiment un, genre de contrition du bas des lèvres, ça dit je t'ai vu, je te considère, mais je ne vais pas aller jusqu'à te sourire non plus. Lui par contre il a souri, juste avant que je déplie la carte et qu'elle recouvre la table au point d'en déborder, comme une nappe trop grande. Ça indispose le serveur qui ne sait pas trop où poser le café. Suspendu dans l'air, le bras attend de ma part que place lui soit faite, impatient devant mon absence de réaction, jusqu'à ce que le serveur articule un monsieur s'il vous plaît se voulant explicite. Comme ramené à la réalité je m'empresse de tirer la carte vers moi, sur mes cuisses plus ou moins, avant de la voir basculer et s'étaler à moitié au sol. Ça n'incommode nullement le serveur pour qui une table rase vaut mieux qu'une carte routière en bon état. Je lui pose une question sur la meilleure façon de rejoindre telle route et il me coupe en me disant qu'il n'est pas d'ici. Je me demande comment on se retrouve là quand on n'est pas d'ici. Il me reste des viennoiseries du matin, écrasées dans une poche latérale de mon pantalon, à hauteur du genou, et tandis que je pose le sachet sur la table le serveur me fait comprendre que je ne suis pas censé consommer des produits venant de l'extérieur vu qu'ils servent à manger, dans cet établissement. Je lui commande donc deux croissants au beurre, s'il lui plaît, mais il est désolé de me répondre qu'il est trop tard, à cette heure-ci je pourrais prétendre au plat du jour, blanquette de veau. Je dis ah et laisse mon regard explorer le vide comme si je réfléchissais à sa proposition. Il ajoute qu'il serait préférable que je range mes viennoiseries, il ne voudrait pas avoir à me surveiller du coin de l'œil, et je le trouve très investi ce garçon. T'inquiète pas je lui dis tandis qu'il me regarde saisir mes croissants, me lever puis balancer le sachet en l'air jusqu'à Séville de l'autre côté de la route, contre le mur du fleuriste. En reprenant ma place je sollicite la faveur d'une autre bûchette de sucre, à condition bien sûr que cette requête ne brise aucune règle de bienséance. Ça ne le fait pas rire.

Grosse chaleur. Pas pressé de reprendre la route. Je regarde la carte pour me situer, pas tant pour décider de la suite. Je ne décide presque jamais de toute façon. Je ne sais pas encore sur qui je vais jeter mon dévolu. Le type à la gueule osseuse que j'imagine cycliste a surtout des chances de me parler de ses coins favoris, des boucles qu'il a l'habitude de faire, très agréables je n'en doute pas, mais qui impliquent de revenir à son point de départ. Face à lui, à une autre table, un grand-père répond bien trop sérieusement aux questions de sa petite-fille. Elle a parlé d'abeilles alors que ce sont des guêpes, ces bestioles qui nous tournent autour et qui pullulent cet été. Tous les jours j'ai des interactions avec elles. Ça a le mérite de révéler des personnalités. Entre ceux qui font les placides, ceux qui se prennent pour des samouraïs, ceux qui rentrent en eux-mêmes comme si ça leur procurait quelques secondes d'invisibilité et ceux qui iraient jusqu'à se coucher sous la table, il y a de quoi se distraire. Papy est impassible. Il s'applique à expliquer à sa petite-fille la différence avec les abeilles, avant de se lancer dans un exposé sur les guêpes digne d'un prof de sciences. Comme elle j'apprends qu'il en existe des solitaires et des sociales, des maçonnes et des fouisseuses, alors que jusqu'à présent je ne savais distinguer que les vivantes et les mortes, vu le piège qu'on a dressé sur cette table. C'est un petit bocal rempli à moitié d'un liquide mélangeant le plus souvent bière et sirop, bière et jus de pomme, bière et confiture, mais on peut aussi mettre du citron, du vinaigre, de la limonade, et remplacer la bière par du cidre. Je pensais les guêpes candidates au diabète, je les découvre alcooliques. Dans le pot à ma table je recense onze cadavres. Celui devant la petite fille m'a l'air bien fourni lui aussi. À l'instant devant moi une guêpe s'aventure sur le rebord du bocal, rien ne lui arrivera si elle reste là mais elle est gourmande, il faut croire. Je me demande si elle voit les cadavres de ses semblables. Si c'est le cas c'est que la tentation est grande. C'est facile de regarder les autres de haut et se persuader qu'on ne tombera pas dans le même trou qu'eux. Quand la réalité distribue des gifles elle ramène tout le monde à sa place. Je le vois chaque jour, j'inspire la vie à tous les mourants que je croise. En équilibriste, c'est par amour de la vie, célébration des sens, goût du goût, que la guêpe s'expose à mourir. Ce serait admirable si seulement elle en avait conscience. Son ignorance annule tout. L'une de ses pattes est déjà prise au piège de l'amalgame, elle ne peut plus se déplacer et tire sur son corps pour s'en défaire, provoquant ainsi le déséquilibre, puis la chute, bientôt la mort. Le mélange est épais, il doit y avoir une bonne dose de sirop dans celui-ci, si bien que la bête ne coule pas, elle s'y enfonce, lentement, suscitant de vives gesticulations, vaines, pathétiques même, si l'on considère que le piège était grossier. À mesure qu'elle se débat elle s'enfonce toujours plus, aucun espoir n'est permis, la guêpe ne comprend pas, elle est déjà morte. On est déjà mort bien avant de mourir le plus souvent, je me demande à quoi les autres pensent dans ces moments-là. Tandis que sa tête va pour passer sous la surface du liquide sirupeux elle ne réalise pas bien ce qui lui arrive quand une surface métallique vient se glisser sous ses ailes, délicatement, puis la soulever hors du mélange dont elle est toujours imbibée, lui faisant croire qu'elle s'enfonce encore. Si j'en viens à commander un autre café je demanderai une nouvelle cuillère, celle-ci est imprégnée du charnier. La guêpe, que j'ai déposée sur la table, est appesantie de sirop. Elle marche sans pouvoir s'envoler. Autour de moi je constate que chaque table dispose du même piège. Tous à remplacer bientôt. Elle s'approche de ma tasse de café que je porte alors à ma bouche, puis finit par s'envoler. Je lui suggère de trouver une autre manière de jouir de ce sursis.

J'ai tout en double, avec un exemplaire pour le vélo et un autre pour le soir dans la tente. T-shirts à manches courtes, à manches longues, sweats sans capuche, sweats à capuche, vestes, pantalons, joggings, leggings, K-Way, casquettes. La gestion thermique, c'est un merdier terrible. C'est ce que je réponds, dans le détail, quand l'homme à la gueule osseuse me pose enfin la question. Depuis le temps qu'il préparait sa prise de parole il a dû censurer celle qui lui était venue en premier, pour cela qu'il a directement attaqué avec le sujet de l'équipement, espérant ainsi se faire remarquer, se distinguer du tout-venant et créer une forme de connivence, de proximité. Il est très intéressé par ce que je lui raconte. Il s'est rapproché d'une table, en demandant la permission après avoir déjà amorcé son geste, et sans aller jusqu'à rejoindre la mienne. J'apprécie la précaution. Il est placé de telle sorte que par-dessus son épaule j'aperçois Séville, mais aussi le sachet de croissants, au sol près de la roue avant. Quelques hirondelles se sont donné rendez-vous pour un gueuleton. Je me sens un peu con de ne pas avoir anticipé ça, mais je continue d'apprendre. Il semblerait que j'étais voué à ne pas les manger. Comme je le pressentais monsieur est de la région, il fait du vélo lui aussi, et il a quelques boucles à me conseiller, encore qu'il ne lui semble pas que je sois du genre à m'attarder. Je le regarde et je me dis qu'il doit bien grimper, maigre comme il est. Par ici il y a quelques vallons, de la petite montagne, mais rien d'insurmontable, il dit. Il porte un bermuda beige, un polo bleu clair, et quand il tourne la tête vers Séville, comme on le ferait vers un enfant dont les parents discutent et qui est dans la pièce, je remarque, au-dessus de sa tempe gauche, un trou dans sa chevelure. Il m'en révèle l'origine car il voit bien que je regarde, une pelade il dit. Il met ça sur le compte du stress et je me dis qu'il n'était pas du tout obligé de me faire une telle confidence. Je lui demande pourquoi il souffre, de quoi il manque, et il ne s'attendait pas à une approche aussi frontale. Il rit de gêne, et répond dans un soupir que pour en parler vraiment il faudrait qu'il m'accompagne quelques jours.

J'ai commandé deux cafés au serveur et l'homme m'a dit merci. La petite fille a insisté pour un diabolo fraise alors que son grand-père a suggéré qu'on rentre, et alors que nos regards se croisent furtivement il me fait un clin d'œil. Lui pour le coup je ne savais pas qu'il m'avait vu. Sa petite-fille est très occupée à observer les guêpes prises au piège et ça ne l'émeut pas plus que ça. Il allume un petit cigare, balaie la fumée d'un geste du bras pour éviter que la petite ne la respire. Je crois qu'il se voit déjà rentré, il regrette d'avoir accepté d'offrir ce diabolo, ce cigare il pensait l'allumer chez lui pour ne pas enfumer l'enfant mais il n'y tient plus, si ça continue comme ça il va finir par m'adresser la parole. C'est pas très bon pour ce que vous faites, me dit en souriant l'homme osseux quand je lèche le collant de la feuille. Je ris, tapote la clope sur le coin de table, porte la cigarette à ma bouche et l'allume. La voix tamisée par la fumée je dis que je n'en ai absolument rien à foutre, et après avoir soufflé je le répète, d'une voix un peu moins opaque. Soudain, c'est celle de Papy, que j'aurais pu imaginer si rocailleuse si seulement j'y avais réfléchi, que j'entends me demander et dites donc vous, où c'est que vous allez comme ça avec tout votre barda. Je me tourne doucement et je dis bonjour monsieur. Il porte un chapeau de paille façon Borsalino, des cheveux longs sur la nuque, une gourmette à chaque poignet, une barbe négligée. Une touffe blanche et fournie surgit de son col de chemise ouvert. La petite ne lève pas la tête du piège en face d'elle, trop absorbée par le spectacle de la mort en chaîne ou bien habituée à ce que Papy finisse par suffisamment se faire chier pour adresser la parole aux inconnus. Je vous écoute d'une oreille depuis tout à l'heure il dit, pardon hein il ajoute en se redressant et plaçant une main devant lui comme s'il avait une certaine notion des distances. Je réponds que je navigue à vue, que je n'ai pas de destination précise. Le papy veut une réponse, et aujourd'hui alors, aujourd'hui vous devez bien savoir de quoi sera faite votre journée non, et je reste sans rien dire, mon regard passe du vieil homme à l'homme pelé, au passage s'attarde une seconde sur les oiseaux en train de dévorer, lentement mais sûrement, mes croissants rescapés du matin, et comme s'il ne s'intéressait pas à la réponse l'homme osseux me demande si je connais cette montagne, celle qui apparaît au loin à condition qu'on plisse un peu les yeux, depuis ma chaise je dois me pencher pour la deviner plus que la voir. À son évocation le papy roule des yeux, rentre le menton et se met à faire non de la tête, vous voulez quand même pas qu'il aille tout là-haut non, dit-il à l'homme osseux qui s'en défend, affirme qu'il posait simplement la question. Je l'interroge à mon tour, c'est quoi cette montagne, et le voilà qui arbore un visage que je ne lui connaissais pas. Ses yeux s'écarquillent, je crois le voir trembler des mains. Il dit qu'elle est mythique, majestueuse, et en même temps c'est un monstre. Elle a pris des vies et continue d'en prendre, tant sur sa route que sur ses sentiers. Vingt et un kilomètres d'ascension, il dit en plissant les yeux comme s'il fallait se le représenter mentalement pour seulement y croire. Les six premiers kilomètres en faux plat, avant un virage à gauche comparable aux portes de l'enfer. C'est ici que ce dernier commence. S'ensuivent neuf kilomètres de pente à près de dix pour cent, très raide, sans plages de récupération, pas de replats, que de la souffrance. Les yeux rivés sur la roue avant. La seule consolation dans cette portion est l'ombre, dont il faut faire le deuil sitôt qu'on arrive à six kilomètres du sommet. À partir de là la montagne est chauve, vêtue de pierres blanches réfléchissant la lumière. La pente y est plus clémente mais l'effort accumulé annule tout soulagement. Et le vent souffle. À chaque élément évoqué par l'homme osseux le papy réagit comme si la coupe était déjà pleine. Il tend le bras vers moi et s'il était assez près il l'aurait sûrement posé sur mon poignet, d'une voix que je l'ai entendu utiliser avec sa petite-fille il me dit franchement, mon petit, qu'est-ce que vous allez vous emmerder avec ce qu'il vous raconte celui-là, pourquoi vous allez donc pas sur la Côte, c'est pas si loin, c'est l'été y aura des gonzesses, allez donc vous éclater non, vous croyez pas, et je lui concède un rire de soutien histoire de ne pas le contrarier. On me propose deux avenirs possibles et il est rare que j'aie à choisir. L'homme osseux ne dit plus rien, je ne sais même pas si lui et le vieux se connaissent. La petite fille a levé les yeux de la collection de cadavres qui flotte devant elle, son regard passe de son grand-père à nous autres comme si elle assistait à un match de tennis. Le vieil homme est en roue libre, voilà qu'il nous explique qu'en vrai il aimerait mieux être ailleurs, ici c'est où il a grandi et il sait bien pourquoi il est parti, il revient chaque été dans la maison de famille pour la réunion annuelle mais c'est bien plus par devoir qu'autre chose, et puis il y a les petits, dit-il en faisant un signe de tête vers l'enfant, me laissant ainsi imaginer qu'il y en a d'autres, et que s'il est en duo avec elle c'est soit qu'elle est sa préférée, soit qu'elle a été la seule à bien vouloir l'accompagner. Puisqu'on ne fait que l'écouter sans répondre il en vient à me questionner, non franchement il fait, tu trouves pas que c'est mort par ici, sans déconner, oui c'est calme et ça sent la lavande c'est sûr mais bon, un peu trop quoi, moi j'aime quand c'est vivant, quand y a de la vie quoi, il s'excite et moi je n'ai rien à répondre car je comprends qu'il n'attend rien en retour, simplement il a envie de se déverser, affirmer ça, s'assurant au passage que les oreilles de la petite traînent assez pour qu'elle en prenne de la graine. Le vieil homme tourne en boucle ça y est, il a trouvé sa bonne phrase, la vie la vie, ici c'est mort y a rien moi j'aime la vie, et voilà que la petite fille, descendue de sa chaise et venue près de son papy, lui tire la manche de sa chemisette comme s'il y avait urgence. Le vieux est comme ramené à la réalité, il se penche et tend l'oreille en l'appelant ma chérie, et la petite, en pointant du doigt les oiseaux en plein festin près de mon vélo, dit Papy, regarde, il y en a, là, de la vie.

On se disperse. L'homme osseux m'a accompagné jusqu'à Séville, la petite fille a entraîné son papy loin d'ici. Je demande à mon ami de circonstance combien de fois il a grimpé cette fameuse montagne. Il détourne le regard et, gêné, la main bouchant le trou dans ses cheveux, il me répond jamais. Je m'en étonne après son récit, la précision de sa description, et il dit que ça oui, renseigné il l'est, il regarde chaque course cycliste qui y passe, il l'a grimpée des dizaines de fois en voiture, consulté le profil à n'en plus finir, rêvé d'en faire l'ascension depuis toujours, mais il n'a jamais passé le cap. Pourquoi je demande, pas le cran il répond. Peur pour sa santé. Peur de renoncer pour toujours à faire du vélo. Ou alors, et là il marque un temps comme si une idée nouvelle, inédite, lui avait traversé la tête, peur que ce ne soit pas si dur que ça. Après ces mots ses yeux se détournent, fixent le sol, quelques secondes de silence pendant lesquelles je l'observe, puis il se met à bafouiller quand il dit qu'il l'aime aussi comme ça, cette montagne, imprégnée de cette aura, ce possible impossible, cette éminence à laquelle on ne toucherait pas comme par respect ou idolâtrie, je résume mais ses mots à lui sont confus, il les cherche et les trouve mais c'est laborieux, et je crois reconnaître l'embarras de celui qui a toujours pensé une chose sans jamais pouvoir la dire, s'étonne presque de s'entendre parler. Il en vient à être gêné, s'interrompt en affirmant que j'ai sûrement autre chose à faire que d'écouter ses histoires. Je reste devant lui, silencieux, à l'entendre me dire qu'il est désolé d'exprimer tant d'enthousiasme pour une chose qu'il n'a même pas expérimentée lui-même. Je lui demande s'il compte la grimper un jour, il me dit qu'il ne sait pas, et ses yeux reviennent enfin se poser sur les miens. Peut-être. On se serre la main et je ne m'attendais pas à tant de fermeté. Il part sans se retourner, dans la direction opposée à son rêve. Quand j'enfourche Séville une hirondelle retardataire cherche quelques miettes à picorer, constate la voracité de ses prédécesseurs, passe finalement son chemin et, après avoir tourné dans l'air comme si elle prenait le temps de consulter sa carte, file droit en direction de la montagne. Je la suis.

Redrum

Dehors la chaleur est écrasante, le soleil a atteint son zénith. La maison de Noël, en vieilles pierres, garde la fraîcheur, on y est bien. Il s'est isolé dans sa chambre, de la dépendance où je nettoie Séville j'entends sa télévision. Sans pouvoir distinguer les mots je crois reconnaître les ambiances sonores des documentaires animaliers de mon enfance, en particulier la voix du narrateur, son rythme, sa lenteur. Sa contemplation. C'est à peine si on s'est parlé depuis l'arbalète. J'ai annoncé que cette journée de repos était aussi l'occasion de me réorganiser, m'occuper de mon corps, de ma monture et de mon paquetage, alors j'ai échafaudé un plan en trois axes à base d'étirements des jambes, de nettoyage de la chaîne et de rangement des sacoches. Noël n'a plus été très loquace après ça. Je crois qu'il regrette d'être allé si loin dans ses confessions. Depuis que je suis sur ce vélo les autres me parlent tous de leurs désirs inassouvis. Ils sont beaucoup à se construire un horizon, pas si lointain, qu'ils parent d'une aura d'impossibilité, comme pour pouvoir le garder en réserve, sous le coude, un possible, un recours, une promesse. Ça abrite du désespoir, de l'usage de ses dernières forces, lové dans un confort projeté, excusant de rester là. On ne peut être totalement désespéré si l'on conçoit une autre vie possible, là quelque part, derrière la peur. Le verrou est difficile à crocheter. Et le but n'est certainement pas de l'ouvrir, sinon de l'avoir toujours à l'œil. Noël, lui, pense avoir trouvé la clé.

Ça le surprend quand je toque à la porte ouverte de sa chambre. À mesure que je m'approchais j'ai réalisé la puissance du volume de sa télé, me demandant comment on pouvait le supporter. Lorsque je lui pose la question il dit que ça lui permet de ne pas entendre les oiseaux, non pas qu'ils le dérangent, simplement il en oublie qu'il y a une vie, là-dehors. Je connais, et moi j'aurais fermé le volet. Il accepte de baisser le son si je me joins à lui et nous voilà dans cette pièce exiguë, traversée par un rai de lumière révélant la poussière en suspension, papier peint marron daté aux motifs de fleurs, ton sur ton. Il est installé sur son lit qu'il a converti en canapé. Quand je m'étonne qu'il ait la rigueur de préparer sa couche chaque jour il rit, puis me fait savoir qu'il lui arrive tout autant de regarder la télé sur son lit que de dormir dans son canapé. Face à nous l'écran, trop haut, juché sur une commode à tiroirs dont j'ignore le contenu, me forçant à lever le regard et un peu le menton. Sur la droite une étagère pleine de cassettes vidéo, et c'est tout. Il s'agissait bien d'un documentaire animalier. Un que j'ai peut-être déjà vu, puisqu'il l'a enregistré et que le grain de l'image témoigne de son ancienneté. Le magnétoscope est bruyant maintenant qu'on a baissé le son, il est posé par terre près de la commode et me connaissant j'aurais certainement fait en sorte de cacher les fils, qui remontent le long du mur jusqu'à l'écran cathodique, autre relique. Les lionnes sont aux prises avec les hyènes. Querelle de territoire, ou de carcasse. L'union fait la force et les victimes en savent quelque chose. Une lionne se fait chicoter par une bande de hyènes organisée, elles auraient répété ce schéma d'attaque à l'entraînement que je n'en serais pas étonné. Elles l'ont encerclée et lui mordent le cul à tour de rôle, la lionne se retourne et reçoit une nouvelle salve, et ainsi de suite. Je ne donne pas cher de sa peau. Encore qu'à ce train-là ça peut durer longtemps. Et elle est où, son équipe. Je dis ça à voix haute et Noël, sans me regarder juste en me tapant du coude, s'empresse de me dire attends, tu vas voir. Là-dessus arrive un lion, il surgit dans le cadre crinière au vent comme après un sprint, et comment ça se fait que personne ne l'ait vu venir celui-là, la cheffe de file des hyènes se prend une gifle terrible qui la cloue au sol et le lion s'acharne sur elle pendant que les autres, s'étant éloignées, assistent au massacre. Le lion les défie du regard, il se fait bien comprendre. J'adore, dit Noël. Là c'est réel tu vois, y a pas d'effets spéciaux à la con pour te donner l'illusion, et moi je pense qu'ils baissent quand même un peu le son des cris de la hyène, dont l'agonie se poursuit tandis que le lion s'en éloigne.

Il regarde ça comme si c'était la première fois, tout en ne pouvant s'empêcher de réciter le texte par-dessus la voix off. Il ressemble à un enfant devant son dessin animé préféré. Le narrateur du documentaire utilise un vocabulaire assez soutenu, en témoigne cette phrase que Noël dit plus fort encore que les autres, la main serrée autour de mon genou et en tournant la tête vers moi, cette phrase qui dit que le lion, repu des agapes de la nuit, observe la curée d'un œil torve. C'est pas mortel comme phrase, il demande avec excitation, et moi je n'ai d'yeux que pour ces trois lionnes enfonçant toujours plus leur tête dans l'abdomen percé de ce jeune buffle, victime désignée par sa chétivité, ainsi que pour les quatre lionceaux, héritiers au pas encore peu assuré, et à la gueule maculée de sang. La mise à mort n'a pas dérogé à la règle en vigueur chez les lions, crocs dans la jugulaire jusqu'à l'asphyxie. Encore qu'avec le buffle ce soit différent, son cou est si musclé que les lionnes doivent d'abord l'immobiliser en montant sur son dos pour toucher sa moelle épinière et s'éviter ainsi quelques coups de cornes. Ça fascine Noël qui m'a annoncé chaque mouvement du bestiau avec une seconde d'avance, son affaissement, son râle, son abandon. En voilà une belle mort, il dit en faisant non de la tête comme devant l'incroyable, et alors que ses coups répétés contre mon coude semblent réclamer de ma part une forme d'assentiment, tout ce que je trouve à dire c'est que mes dents ne sont pas assez longues ni ma mâchoire assez puissante. Il répond qu'il existe une foultitude de techniques, et je me retiens de lui faire remarquer qu'il a beau les connaître il n'est jamais parvenu à s'en servir, alors un silence s'installe. Je n'entends plus que des bruits de mastication, la carcasse est encore riche, ainsi que le tic-tac de l'horloge, en provenance de la cuisine, celui dont j'avais réussi à faire abstraction et qui s'impose maintenant que mon cerveau est ramené à l'instant, rendu incapable de vagabonder suffisamment pour oublier ce qui se joue ici. Qu'est-ce que tu veux, je finis par lui demander. La paix, il répond.

S'il y a bien une chose dont je n'ai pas à douter c'est le passé de formateur de Noël. T'as d'jà étranglé quelqu'un toi, il me demande, je recule la tête genre oh, c'est une question qu'on pose aux gens ça, et en levant les yeux au ciel il dit oui, bon. Debout dans la chambre, entre le lit et la télé, la fenêtre derrière sa tête me le faisant voir en contre-jour, tout doucement il dit regarde puis saisit mon cou et dispose ses pouces autour de ma pomme d'Adam. Même sans appuyer ça fait mal, en tout cas c'est désagréable, idéalement je préférerais qu'il arrête. Il dit tu vois, faut appuyer là, direct ça coupe la respiration, t'écrases tout, et la démonstration est évidente. Par contre, il ajoute, il faut aussi qu'tu maintiennes bien avec le reste de ta main et de tes doigts, si t'es que sur l'avant avec tes pouces y aura pas assez d'étreinte, tu vois c'que j'veux dire, et ouais, je vois ce qu'il veut dire. Tiens regarde, il fait avant de me lâcher, attraper mes deux mains et les poser sur son propre cou, essaie de sentir le truc il dit, et je la sens sa grosse pomme d'Adam, le cou n'est pas très large et mes mains sont longues alors je l'entoure plutôt bien, et a priori oui, je pourrais faire ça. Appuie, il dit, le menton levé comme on baisse la tête chez le coiffeur pour lui faciliter le travail sur la nuque, regard vers le plafond. Je le préviens que je vais presser un peu mais pas longtemps, comme ça juste pour voir, et après quelques secondes à peine je le vois rougir. Il cligne des yeux et plisse le front, l'air de dire vas-y, et moi je n'étais pas parti là-dessus. Je sens les muscles du cou se contracter, comme pour offrir une résistance, certainement que c'est inconscient, genre d'instinct, même un type déterminé à mourir y est sujet. Je devrais arrêter déjà mais je me surprends à raffermir mon étreinte, j'appuie un peu plus fort et je sens que ça vibre sous mes mains. Un frisson me parcourt. Il rougit encore et j'ai dépassé la limite que j'avais imaginée. Quand un filet de bave s'échappe du bord de sa lèvre droite et vient courir le long de ma main je lâche prise et recule d'un pas, lui il se penche en avant, les mains sur les genoux, essoufflé, se met à tousser puis se redresse, je ne bouge pas, il me tourne le dos et crache un truc énorme par la fenêtre, avant de s'asseoir sur le lit et me regarder de nouveau, se passant la main dans le cou, et waw il fait, l'air impressionné dans un demi-rire, toujours essoufflé, dis donc t'as d'la poigne hein, plus que ce que je pensais, et je ne réponds rien. On n'entend plus que sa gorge dans la pièce, le documentaire est sur pause, buffle éventré. Il me relance, la voix entrecoupée d'inspirations, qu'est-ce t'en dis alors, debout c'est pas terrible hein, il tousse, faudrait que je m'allonge et que tu viennes sur moi, t'auras une bonne assise, et je ne dis toujours rien. Il ajoute qu'il faudra maintenir la pression pendant bien trois minutes, et même un peu de rab, il perdra conscience après quarante-cinq secondes ou une minute, par là, mais ce sera pas une raison pour arrêter, s'agirait d'être sûr, et moi j'ai la vision décuplée de ce que je viens de voir, plutôt qu'écarquillés j'imagine les yeux sur le point de sortir de leurs orbites, au lieu d'un filet de bave je vois un torrent mousseux se déverser, plutôt que rouge je me le dépeins écarlate, marron, je vois ses veines éclatées surgir de sous la peau, les muscles du visage la déchirer, le sang couler du nez des yeux de la bouche et moi là à m'acharner, car ce résultat-là ne me paraît pas aller de soi, il faudrait que ma détermination soit au moins aussi grande que la sienne, et je sens bien que pour obtenir la mort de quelqu'un il faut vraiment avoir très envie qu'il meure.

Je me demande ce qu'on n'a pas envisagé. Mourir c'est surtout arrêter de respirer alors l'asphyxie ça revenait souvent. Puisque j'avais l'air de rechigner à poser mes mains sur lui il a proposé que je l'étouffe sous un coussin, ou alors qu'on recoure à la technique du sac plastique. C'est le temps que ça doit prendre qui me rend rétif. Je le vois adopter des poses de mec qui réfléchit, regard vers le sol et main devant la bouche. Ça le met en joie, chaque fois qu'il a une idée il l'accueille avec un grand sourire, cherche mon approbation, me communique son enthousiasme. Il élabore des scénarios et distribue les rôles comme quand petits on disait moi je suis le voleur et toi t'es le gendarme. Je me demande comment ce type aux idées débordantes peut les mettre au service de l'organisation de sa propre mort. Des semaines que j'attire les zombies, des morts vivants comme moi, accrochés à la vie en espérant que quelque chose arrive. Noël considère qu'il en a assez vu. Rassasié le mec. Du tiroir de sa commode il sort un couteau, gros couteau, le genre de couteau de soldat pour égorger des mercenaires au tour de cou de cinquante centimètres. Il ne réagit pas quand je lui demande combien d'armes propices à tuer il a chez lui, et alors que je lève les yeux au ciel il me rentre son index dans l'abdomen, tu vises là il fait, et puis après tu remontes, lame bien enfoncée, genre seppuku, tu connais, et je dis oui, mais non, t'imagines un peu le merdier, on va en foutre partout et j'aurai du sang sur moi, mais il répond non t'inquiète c'est pas grave, je peux te prêter un poncho anti-pluie et puis tu le laisseras là. J'agite la tête en faisant non, non Noël, tout comme je ne lui tirerai pas à bout portant dans la tête avec la chevrotine, trop salissant ton truc. Je propose de le pousser d'une falaise, il doit bien y avoir une corniche dans le coin où faire un joli saut de l'ange, ça aurait de la gueule, mais lui non, il ne veut pas se briser en mille morceaux. Donc toi tu veux bien que je t'explose la tronche à la chevrotine mais tu veux pas te briser la colonne, je dis exaspéré, et lui il me répond eh oh, j'ai encore le droit de choisir comment je veux mourir non, ce à quoi je m'empresse de lui faire remarquer que s'il était si libre de son choix il ne m'impliquerait pas. Puisqu'il s'estime heureux de me voir à l'écoute il s'applique à ne pas trop exagérer. S'ouvrir les veines dans la baignoire il ne veut pas non plus, à cause du délai, se voir partir comme ça, et je lui rappelle qu'il voulait que je l'étrangle. Et c'est moi le relou dans l'histoire. Il trouve le moyen de m'accuser de casser l'ambiance. Je comprends qu'il a ce scénario dans la tête depuis longtemps. Sa joie quand il m'a vu arriver, elle devait venir de là, il a vu se réaliser une prophétie qu'il s'est faite pour lui-même, l'histoire d'un ange libérateur envoyé d'on ne sait où appliquer le verdict. Il a cessé d'exister avant de mourir. Se l'est tenu pour dit. Depuis, il attend. Désireux mais incapable. Le récit est si fort dans son esprit qu'il doit s'étonner de me voir peu conciliant. Selon ses attentes je devrais être tout à fait disposé. Être venu pour ça, même. Il semble s'étonner parfois que je ne sois pas déjà dans la confidence. Je repousse toutes ses propositions car je suis curieux de celles qu'il inventera. C'est fou comme ça le rend vivace, d'imaginer sa propre mort.

Malines les lionnes. La première a chargé un groupe d'antilopes qui s'est disloqué en la voyant surgir. L'une d'entre elles, isolée, est prise en chasse par une deuxième lionne, tapie dans les hautes herbes. Déviée dans sa trajectoire l'antilope n'a plus le choix et accélère sur sa gauche, atteint bientôt un étroit cours d'eau par-dessus lequel elle saute de toute sa détente, ignorant que c'est là que, à moitié immergée, l'attend la troisième chasseuse. Celle-ci l'attrape en plein vol et lui plante ses canines dans le cou avant même qu'elle retombe au sol. La deuxième lionne se précipite pour accélérer la mise à mort, pendant que la première s'applique déjà à lui ouvrir le ventre et entamer ses organes internes. C'est beau, je dis en pensant que ça fera plaisir à Noël, qui ne manque pas de se tourner vers moi en faisant oui de la tête. Il est absolument captivé. Dehors j'entends une voiture passer et je réalise que c'est la première aujourd'hui, à moins d'avoir été à ce point absorbé par la savane et les initiations à la strangulation. Il ne reste plus grand-chose de l'antilope, celui qui tient la caméra aime les gros plans, la tête de la lionne ne rentre même pas dans le cadre, si bien que je ne saurais dire en quel endroit de la carcasse elle se situe. Noël dit que c'est ce qu'il aime le plus, le fait qu'on puisse regarder ça sans jamais considérer les lionnes comme des criminelles. Dans la nature le meurtre est légitime. La culpabilité n'existe pas. La cruauté, il ajoute, non plus. Il pointe l'écran du doigt en me prévenant que la séquence suivante est la plus intéressante du documentaire. J'ai envie de lui demander si on peut fumer dans la chambre mais je crois qu'il n'entendrait même pas la question. La meute est régie par un vieillard. Les signes de sa fatigue s'accumulent. Son rugissement n'a plus la même portée, et ainsi son territoire. Noël tremble lorsque à l'écran apparaissent deux jeunes mâles que la voix du narrateur décrit comme chassés de leur terre natale et à la recherche d'une meute sur laquelle régner. Leur crinière est courte. L'habile jeu du montage permet de se figurer une scène de vie quotidienne, entre le lion avachi prenant le soleil et ses femelles agitant la queue tel un hochet pour lionceaux. La musique se fait inquiétante à mesure que les jeunes lions approchent, investissent le territoire à conquérir, faisant immédiatement réagir le régent qui se lance à leur rencontre sans le moindre signe d'appréhension, porté par le devoir et la colère de se voir envahir. Malgré sa vaillance il sera défait. La collaboration des deux jeunes compensera leur inexpérience. La bravoure du vieux lion et sa force brute donnent le change quelques minutes, le temps de faire hésiter les assaillants qui se reprennent très vite et profitent de leur supériorité numérique pour lancer des vagues d'attaque simultanées, puis alternées, puis concertées de nouveau, assez pour épuiser le vieillard dont les forces s'amenuisent. La passation de pouvoir est instantanée, dès lors que le vaincu s'éloigne, boitant, pour aller mourir des suites de ses blessures à l'abri de tout regard. Comme Cassius. Asseoir sa domination sur une meute déjà constituée implique d'engendrer au plus vite sa propre descendance, mais les lionnes ayant mis bas peu de temps auparavant n'y seront disposées que de longs mois plus tard. Pour cela que les jeunes lions doivent en passer par l'élimination des lionceaux. Pour rendre ça dramatique le documentaire scénarise les faits, multiplie les gros plans des jeunes mâles avançant dans la savane en reniflant, à la recherche de la portée. Il propose aussi des images d'une lionne emmenant les petits à l'écart, mais je me demande à quel point on me manipule. J'en viens à avoir le cœur qui bat fort, espérant que les lionceaux en réchapperont. C'est bien fait. Noël est comme au spectacle. Un plan large nous montre la distance qui sépare l'un des jeunes lions de l'endroit où la mère aurait prétendument caché les petits. L'étau se resserre, l'issue ne fait plus de doute. Noël attrape de nouveau mon genou et sans me regarder me dit tiens, là, et j'entends la voix du narrateur exprimer ses regrets, sa crainte à l'idée que ce qui doit arriver arrive, son désir d'intervenir, et puis sa justification, au nom de la nature, la loi du vivant, impénétrable. On nous épargne la mise à mort mais nous gratifie d'une image brève, furtive, d'un lionceau pendu aux crocs d'un jeune mâle, qui le relâche aussitôt, sans vie.

C'est devenu oppressant sa chambre. J'ai proposé une pause café. Il a dit d'accord. Je suis passé par la mienne et j'ai enfilé mon sweat à capuche, j'avais un peu froid, ça a surpris Noël car il faut bien avouer qu'il est censé faire une chaleur à crever. C'est maintenant qu'on est installés dans la cuisine, à table devant nos tasses, que je me rends compte que j'ai toujours mon couteau dans la poche ventrale. Il est resté là quand je l'y ai oublié. J'ai comme un coup de barre et je crois que ça me fatigue, d'être ainsi aspergé de désarroi, je ne parle plus vraiment de tristesse car je le sens en colère finalement, et la colère me semble plus facilement curable que la tristesse. À part la joie de m'avoir il n'en a exprimé aucune autre. Peut-être, arbalète en main, je l'ai senti un peu fier de lui mais rien de fou. Je lui dis Noël, et si tu me racontais un peu les moments de ta vie où tu as été le plus heureux, et alors que j'imaginais qu'il se braquerait il se met à sourire à s'en déformer le visage. Ah ça, tu sais, j'ai été gâté dans cette vie, et ce n'est pas la réponse que j'attendais. Je le relance, ah bah raconte-moi ça alors, et le voilà parti dans une collection d'anecdotes. Toutes ou presque mentionnent une femme. Agnès c'était les voyages, Magali la culture, et Astrid le sexe. Les trois femmes avec qui il a été marié. Il n'en a quitté aucune, elles sont toutes parties. Jamais il ne s'est morfondu, dit-il, il aimait trop la vie pour ça, il ajoute. Il les a aimées comme j'ai aimé Renata mais n'a jamais considéré qu'une personne à elle seule pouvait incarner l'amour. Pour ça qu'il a aimé toute sa vie. Toute sa vie de vivant, il dit. Depuis qu'il n'a plus personne à aimer il a perdu le fil de son existence. Ça brise son débit d'y penser alors il repart sur sa jeunesse, les femmes, évoque de nouveau Pascal le braqueur, la belle époque et c'était mieux avant quand même, et à mesure qu'il se replonge dans ses souvenirs son sourire se fait moins intermittent, gagne en constance, devient la norme, nouvelle gueule, autre homme, un Noël qui n'aurait pas envie de mourir, chez qui l'évocation de ce passé ne ramènerait pas au vide actuel, une joie à laquelle ne succéderait pas la déprime qu'elle cause, par effet de recul, de comparaison. À écouter cet homme je comprends à quel point sa vie fut riche, combien il a aimé la vivre, et combien il désespère de connaître des sensations comparables, au point d'avoir abandonné, de s'être convaincu que plus rien ne l'attendait, d'avoir conclu avec lui-même qu'il était mieux de s'arrêter là, et je ne le lui dis pas mais je le comprends, l'émotion, le désir, la curiosité aussi, cette vie si riche devenue si pauvre, alors que dans mon errance j'en ai rencontré pour qui c'était l'inverse, une vie pauvre à l'affût de la richesse, projetée fantasmée espérée, verrouillée, un peu comme moi, accroché à cette vie en attente que quelque chose lui donne sa justification, fasse sens, alors que Noël il a vécu, il a été heureux, sincèrement. J'ai les mains dans la poche ventrale et je touche le couteau. Je le relance sur ses histoires, je vois son sourire s'imprégner toujours plus, là il rit de Magali, professeure de géographie, un brin timbrée elle lui faisait des interrogations surprises sur les capitales notamment, il me cite d'ailleurs des villes pour me montrer ses connaissances. Agnès, c'était une baroudeuse, ils ont vécu dans la jungle, traversé le désert, elle n'en voulait qu'à la nouveauté, insaisissable il dit, et puis Astrid elle c'était une chaudasse, ils l'ont fait partout, et vas-y qu'il y ajoute force détails. Ils ont essayé de se remettre ensemble, il n'y a pas si longtemps, elle a passé un peu de temps ici, elle a pris son temps pour s'installer avant de s'en aller précipitamment. Je repense à la fleur dans la salle de bains. Voilà maintenant qu'il n'aligne plus trois mots sans partir dans un fou rire, il a fait remonter tout ce qu'il avait de joie en lui et c'est à une explosion que j'assiste, pour la première fois je le trouve beau, mes mains se baladent le long du manche de ma lame, un mètre à peine nous sépare, je suis pris d'un frisson, mon souffle devient court et lui ne le remarque pas, il est lancé, parti loin, ne se soucie plus que je l'écoute ou non, il est en lui, pic de bonheur qui s'estompera bientôt, quand il aura fini de raconter et que tout ce qui se présentera à lui ce sera moi, qui ne suis que de passage, alors ce pic qu'il est en train d'atteindre ce serait mieux qu'il ne le quitte jamais, qu'il reste tout là-haut, je ne sais plus ce qu'il raconte mais je le vois qui regarde au plafond, le torse bombé, sa poitrine tendue vers moi et mes mains qui tremblent plus fort encore et je comprends, c'est maintenant, tout de suite, c'est là pendant qu'il plane si haut, si loin de sa peine, que je dois le tuer.

La bonne sphalte

D'abord j'ai roulé. Sous hypnose. L'horizon je ne l'ai jamais vu. Que la roue avant. Et la sphalte qui défilait. Sous toutes ses formes. La lisse, la granuleuse, la tachetée, la satinée, la bosselée, la cabossée, la soyeuse, la colorée, la craquelée, la jonchée de cadavres. Celle à plaques, celle à trous, celle à racines, celle à bouses. Et parmi elles il y a celles qui rendent, celles qui accrochent, celles qui poussent, celles qui vibrent, celles qui freinent, celles qui glissent, celles qui mordent, celles qui tabassent et les tapis roulants, et moi peu importe ce qu'elle me foutait sous les roues j'ai tout pris, sans même savoir où j'allais allez tiens on va par là, jusqu'à l'épuisement, la fringale, plus de pensées, que le corps. Plusieurs jours comme ça. J'ai continué d'être interpellé par le moindre félin, m'en suis approché quand j'en croisais, à essayer de les toucher, réussir souvent. Je ne sais pas vraiment quand j'ai cessé de chercher Cassius. Des jours la tronche dans le guidon, à fixer la sphalte et voir mes pieds tourner. Quand j'ai enfin relevé la tête j'ai compris que j'étais perdu. Je n'ai pas envisagé de rentrer chez moi. N'aurais même pas su par où aller. Alors, j'ai acheté une tente.

Un matin, les yeux à peine ouverts, j'ai réalisé que je n'étais pas dans ma chambre. J'ai entendu les oiseaux de la forêt où j'avais dormi plutôt que les voitures roulant trop vite sur l'axe passant derrière ma maison. Le soleil tapait sur la toile de tente et j'avais trop chaud, très désagréable comme première sensation du jour. Un trou dans le feuillage laissait passer pile ce qu'il fallait de lumière, à défaut de m'en plaindre j'ai considéré que j'avais pris une leçon. Je me suis assis en bord de tente, le cul dedans les jambes dehors, à recevoir la fraîcheur de l'air matinal. J'ai pété une clope. Une bestiole faisait un bruit étrange, je l'avais déjà entendu mais je ne m'étais jamais focalisé dessus, on aurait cru un gosse imitant le son d'un pistolet laser, alors même que je me demande comment on sait ce que ça fait, comme son, un pistolet laser. Par moments un craquement, comme une branche sur laquelle on marche, ça me faisait systématiquement lever, tourner la tête. J'ai fini par comprendre que si je commençais à réagir au moindre bruit j'aurais vite fait de choper un torticolis. La veille au soir, soleil couchant, entre tous les bruits de la forêt, et tandis que je fermais les yeux pour mieux les distinguer les uns des autres, j'ai cru entendre galoper. Cru d'abord, puis su, car le son se faisait de plus en plus concret, jusqu'à sembler proche et, surtout, allant droit dans ma direction. Ma tente était posée à une vingtaine de mètres de la route, dans un renfoncement qui n'avait rien d'hospitalier jusqu'à ce que j'en défriche un peu le sol. Ça m'avait coûté d'arracher de tout petits chênes. J'ai regretté. Face à moi un genre de haie, regroupement informe de végétation, opaque. Le galop s'accentuant je me suis levé, prêt à m'enfuir en cas d'assaut. Soudain j'ai vu apparaître un faon devant moi, déchirant la haie d'arbustes dans un terrible vacarme, cabré et changeant de direction à ma vue, droit vers la route qu'il a empruntée sur quelques mètres si j'en crois le bruit des sabots sur le bitume, avant de disparaître. Derrière lui est arrivé un chien avec une grosse tête, il s'est arrêté m'a aboyé dessus, j'ai juste su lever les mains comme si je me rendais et qu'il pouvait faire de moi son prisonnier. Il m'a un peu engueulé et puis il est parti. Soulagé sur le coup, j'ai ensuite réalisé que si ce chien était celui d'un chasseur alors ma peau bronzée entre les feuillages, associée à la lumière déclinante du soir, pouvait me faire passer pour une biche. J'ai donc agité les bras et crié qu'il y avait quelqu'un ici.

J'ai remballé mon campement sans conviction. La fuite du faon résonnait étrangement. Suis-je le chasseur ou le chassé. Jambes lourdes, et la tête avec. J'ai pris la route sans tout à fait me souvenir par quel côté j'étais arrivé la veille. Des forêts, des champs. Je serais déjà passé là que je ne m'en serais même pas rendu compte. De toute façon je ne voyais que du goudron. Ce soir-là j'ai demandé l'hospitalité pour la première fois, à un paysan, Loïc. J'étais au bord de l'insolation et sa ferme, entourée de prés, avec un petit bosquet au milieu, s'était présentée sur ma droite comme une délivrance. J'étais dans un tel état que s'il avait refusé de m'héberger j'aurais pu prendre sa famille en otage. J'ai demandé si je pouvais poser ma tente quelque part sur ses terres et sans même me dire oui il listait déjà les spots possibles, avant de me conseiller d'aller sous les arbres. Ses yeux étaient si encastrés dans leurs orbites que ses paupières lui faisaient de l'ombre. Il cultivait de l'orge, principalement, et possédait quelques vaches. Quand il m'a questionné sur ce que je faisais dans la vie j'ai répondu que j'étais professeur de philosophie à l'université. Ça l'a impressionné, il s'est presque excusé de ne pas exercer un métier intellectuel lui aussi. Il a trouvé ça bien que je ne fasse pas marcher que ma tête mais aussi mes jambes, la dimension physique c'est important il a dit, et quand j'ai parlé de complétude il a eu l'air de douter de l'existence de ce mot, mais de bien vouloir s'y conformer au regard de ma qualification. Il a ramené deux bières quand j'ai eu fini de monter ma tente, et proposé que je me lave au jet d'eau. Luxe. Son orge, je pensais que c'était du blé, j'ai eu l'air con quand j'ai dit ça surtout que je voulais un peu faire le malin, et à mon tour je me suis excusé. Quand il m'a demandé pourquoi je faisais du vélo j'ai d'abord répondu par plaisir et il a tout de suite rebondi dessus, ah oui je vois a-t-il dit en regardant vers le ciel, puis ajouté qu'ainsi je devais être bien trop occupé pour être soucieux, et j'ai répondu oui dans un rire, tout en me demandant comment il pouvait bien savoir que j'étais soucieux. On s'est approchés de l'orge pendant qu'il en parlait, j'ai remarqué que certaines pousses regardaient vers le ciel tandis que d'autres étaient courbées sur elles-mêmes. Celles-ci sont arrivées à maturité il a dit, c'est signe qu'on va faucher bientôt. Plus il est mûr et plus il regarde ses pieds. Comme les gens.

Ce matin-là, après le faon le chien la peur de prendre un coup de douze, le cinquième ou le sixième jour, par là, j'ai eu mal aux jambes dès les premiers tours de pédale. Toute perception rendue désagréable. Trop lourd, les pneus sous-gonflés, les vitesses qui passent mal. L'eau dans ma gourde, trop chaude. Essoufflé. Liquéfié. Le cuissard qui frotte sur l'aine, à droite. Rien qui va. Que des avaries auxquelles je n'aurais même pas prêté attention les jours précédents. De loin j'ai aperçu un clocher, espéré y trouver un combo bistrot-boulangerie et me poser un peu, mais rien du tout, le bled était désert. En sortie de village je me suis mangé un bon mur dans la gueule, bien trois cents mètres à onze ou dix pour cent, elle m'a bien séché celle-là. Une petite aire de repos dans un faux plat montant, banc de pierre sous un arbre, j'ai décidé de m'arrêter. Assis par terre, le dos contre le banc, j'ai attendu. Que cette boule, dans la poitrine, se résorbe. J'ai voulu regonfler mon pneu arrière mais ma petite pompe c'est franchement de la merde, c'est devenu frustrant et j'ai même perdu un peu d'air, alors je l'ai jetée, j'ai poussé un cri, et j'ai pleuré. Ça a duré je crois. J'ai encore plus manqué d'air. Personne autour. Juste cet éternel bruit de fond, amalgame de vent dans les feuilles, d'oiseaux qui chantent ou s'invectivent, d'insectes qui volent, de branches qui craquent, et de route nationale au loin. Je suis remonté sur Séville et dans les jambes c'était dur. Je n'avais pas fait un kilomètre, une larme pas encore tout à fait sèche au coin de l'œil, quand j'ai entendu une voix derrière moi, toute joyeuse, me dire bonjour et, dis donc, c'est rare de croiser un congénère.

Maurice a soixante-quatre ans et je ne prends certainement aucun risque si je l'imagine en ce moment même sur son vélo. Quand il s'est mis à ma hauteur, à deux de front, je n'ai pas compris pourquoi il a pensé qu'on était pareils. Il était en tenue de cycliste et n'avait pas de porte-bagages. Juste une sacoche accrochée sous la selle. Plus sec que le désert le gars, petit format, dégaine de grimpeur. Les avant-bras veineux, les mollets saillants, rasés, bronzés. Il a ri et m'a tapé sur l'épaule, comment ça va il a demandé, et où tu vas comme ça. J'ai répondu que ça n'allait pas très bien, et que j'allais par là, devant. Il a fait ah, et puis m'a proposé qu'on fasse une pause au prochain village, qu'on discute un peu. J'ai accepté. Toujours en danseuse le gars. La pente s'est légèrement accentuée et il m'a vu peiner alors il s'est mis devant moi en me disant de prendre sa roue. J'ai confié mes doutes quant à être aspiré dans son sillage à une si faible vitesse mais il a dit que la dimension psychologique ça comptait beaucoup, allez il a dit avec l'autorité d'un entraîneur, et puis remonte une dent si t'as du mal, ce que j'ai fait jusqu'à quasiment pédaler dans le vide. Quand on a atteint le replat j'ai avoué avoir eu du mal à garder sa roue et il a répondu que c'était comme ça, qu'il y a des matins où on n'a pas la pêche, dans ces cas-là il faut juste trouver un petit rythme de croisière, sans piocher, et attendre que ça passe. Personnellement j'aurais opté pour une pause en terrasse plutôt qu'une simple modération de mon allure. À l'entrée du village on a trouvé une boulangerie, pas de terrasse. Il a pris une quiche aux lardons et une boisson, moi juste une boisson, et on s'est assis par terre sur le trottoir, les vélos posés contre le mur. Il a ouvert son maillot et j'ai pu voir, aux traces blanches sur l'avant de son cuissard, comme il était salé. J'ai demandé s'il était du coin il a écarquillé les yeux, mais non enfin il s'est étonné la bouche pleine de quiche, je suis comme toi moi, je voyage. Je me suis étonné de le voir si peu équipé et il a répondu en rigolant, bouche ouverte aux dents manquantes, que c'était moi qui portais trop de choses. J'avais ma poêle et ma casserole apparentes, accrochées aux tendeurs sur le paquetage, et en les pointant du doigt il m'a dit que j'étais complètement fou, de trimbaler tant de conneries. Même la tente c'était n'importe quoi, quelle idée, et toi tu fais comment alors, j'ai demandé. Maurice était sur la route depuis deux semaines, à raison de dix heures de selle et deux cent trente kilomètres par jour. Vingt-trois de moyenne, ça ne bouge pas. Son truc c'est de faire des micro-siestes quand il est fatigué, la nuit il dort au bord de la route, n'importe où, avec une couverture de survie pour les nuits fraîches. S'il pleut, il se trouve un abribus. Trois fois il m'a raconté sa nuit dans un cimetière. Près d'un corbillard, il a dit. Il ne change jamais de vêtements, ne les lave pas non plus. Il suit un itinéraire pour lequel il a un passeport à faire tamponner dans des villes qui tiennent lieu de checkpoints, il commence à rouler à cinq heures trente du matin et s'arrête vers vingt-deux heures, immanquablement, chaque jour. Ça l'a fait rire quand j'ai dit que j'avais une moyenne d'une cinquantaine de bornes quotidiennes. J'ai donné ce chiffre au pif. Il a mis ça sur le compte de mon poids. Il m'a demandé si j'arrivais à me mettre en danseuse et j'ai avoué que non, chaque fois que je m'y essayais je sentais Séville basculer comme si son chargement allait m'entraîner dans le fossé. Bah voilà, il a fait. Lui ne trimbalait aucune denrée, ne mangeait que dans les boulangeries et sur place. Il a coupé les manches de son rasoir et de sa brosse à dents. Même son crayon, le seul qu'il possédait, était réduit à sa taille minimale, quasiment juste une mine. Pour lui le minimalisme va de pair avec le voyage à vélo, cet état de dénuement, de réduction de soi à son corps, à la fusion avec la machine, et je me suis dit que le voyageur c'est quand même un type qui visite. Prend le temps. Celui de s'imprégner. Maurice est entièrement dévolu à la performance. Il réalise des exploits. Sa joie c'est d'en finir le plus vite possible. Son histoire c'est le temps qu'il a mis. Si lui c'est un voyageur alors moi je suis un vagabond. Je ne vois pas grand-chose autour de moi mais dans mon cas ce n'est pas d'avoir les yeux sur le compteur qui m'en empêche. Je lui ai dit que j'étais brancardier, en clinique, pas la bonne pioche car il était retraité du milieu hospitalier, mais je n'avais qu'à l'orienter vers le vélo pour le rendre prolixe et l'empêcher de poser des questions. L'homme n'en était pas à son coup d'essai. Il a peut-être passé plus de temps sur sa bicyclette qu'ailleurs durant toute sa vie. Complètement possédé le mec. À mon sujet j'ai été évasif même si j'ai avoué ne pas bien savoir ce que je faisais sur le vélo. Quelques mots lui ont suffi, je n'ai pas eu à développer, il savait déjà quoi me recommander, et finalement c'était aussi simple que de faire comme lui. Pédaler résout tout ce qui n'y est pas lié, il a dit, ça crée tellement de problèmes qu'on a plus le temps d'en avoir d'autres. En voilà un qui s'est trop entendu traiter de fou. Alors qu'à ses yeux les autres le sont. Il faut être fou pour penser que je suis fou, il a soufflé. Il a listé tout ce qu'il me restait à faire, m'alléger d'abord, changer de tenue, arrêter de fumer, m'en tenir à l'essentiel, soit mes jambes et la mécanique. Le lendemain je me suis débarrassé de tout l'attirail qui me permettait de manger chaud, poêle casserole réchaud, ainsi que quelques vêtements superflus, trois kilos environ. Que des affaires dont je venais tout juste de faire l'acquisition. J'ai gardé la tente parce que contrairement à lui je n'étais pas pressé, et aussi j'aime bien cette vie du soir, dans la tente, cet inconfort qui est déjà du luxe pour Maurice. Peut-être que je serai pressé moi aussi quand je saurai où je vais. Quand on s'est séparés je ne voyais que son gros sourire sur sa tête plissée par son casque trop enfoncé, d'où s'échappaient ses cheveux blancs, hirsutes. Il a tenu à ce qu'on échange nos numéros, il était très heureux d'avoir rencontré ce qu'il considérait comme l'un de ses semblables. Je me suis demandé pourquoi cet homme si singulier voulait à tout prix que quelqu'un lui ressemble. Quand il est parti, et alors que j'allais m'engager dans la direction opposée, je me suis assis sur une bordure, et j'ai roulé une clope.

Chaque jour je me sentais plus fort. Je me suis procuré un compteur. Je parcourais effectivement une cinquantaine de kilomètres par jour au début, ensuite j'ai atteint les quatre-vingts, puis les cent. Rouler longtemps est bien plus rentable que rouler vite. J'en ai mangé des champs. Blé orge colza. Betteraves. Luzerne. D'autres trucs dont je ne saurais pas dire le nom. Le décor jaune marron vert, sous la cloche bleue. Certainement que je revenais en arrière parfois, navigation à vue, j'ai remarqué que certains patelins étaient trop récurrents sur les panneaux. Je me suis acheté une carte départementale, avec plein d'informations dessus. Grâce à elles j'ai pu choisir mes routes, indiquées selon un code couleurs. Les routes rouges sont les nationales, impraticables pour moi, concert arythmique de dépassements, rails de sécurité, lignes droites. Bonne sphalte par contre. Les routes jaunes sont des interrégionales et sont envisageables selon l'heure, elles sont bien desservies en villages, propices au ravitaillement et à des trajets directs. Les routes blanches relient les fermes entre elles et aux villages, elles sont souvent dépourvues de marquage au sol et de signalisation. Chacune de ces routes peut être bordée d'un liseré vert qui, selon la légende, indique une route pittoresque. La carte récompense également d'étoiles les lieux dignes d'intérêt, sur une échelle allant de un à trois. Tout ça a fini par donner du sens à ma navigation, à si courte portée soit-elle. À chaque pause je regardais la carte sans trop m'éloigner du périmètre proche, cherchant, en me fiant aux indices, la direction la plus prometteuse. Le plus souvent ces quêtes répondaient à un besoin immédiat, avoir de l'ombre, me ravitailler, trouver un cimetière où remplir mes bidons. Il y a toujours des robinets dans les cimetières. J'en ai visité des dizaines. Au départ je ne les considérais que pour leur utilité. Et puis, dans un tout petit village sans le moindre commerce, ni âme qui vive en milieu d'après-midi, j'ai vu des tombes portant quasiment toutes la même inscription, une pancarte imprimée en gras sur blanc, disant que toute personne ayant des renseignements devait s'adresser à la mairie de tel bled. Une trentaine de sépultures sans noms. Sans mémoire. Depuis, quand j'entre dans un cimetière je me découvre et je salue comme au théâtre. Souvent le robinet est près de l'entrée mais pas toujours, il faut le chercher, j'ai des scrupules à passer près des tombes comme si elles n'étaient que de la pierre alors je regarde, je dis bonjour dans ma tête, et j'aime bien celles sur lesquelles il y a deux noms. Je me suis mis à remarquer les couples et à calculer les années de veuvage. Souvent, ça s'emboîte le pas. J'essaie de passer dans chaque allée, je salue des mains. Et puis, je prends de l'eau.

Le vélo ça fout des gifles quand même. Le quadriceps, sur l'avant de la cuisse, il est balèze ce muscle. Il consomme. Et c'est peu dire qu'il est archi sollicité, surtout quand on a des pédales plates comme moi, plutôt que des pédales automatiques. C'est un cycliste qui m'a parlé de ça. Il a voulu soupeser Séville et au départ il n'a pas misé sur la bonne force, la machine n'a pas bougé ça l'a surpris. Lui il a des chaussures spéciales qui se clipsent dans la pédale, quand il tourne la jambe il pousse avec la cuisse puis tire avec le mollet, avec l'inertie il peut emmener de gros braquets, alors que moi je ne fais que pousser. Dans la montée c'est poussif. Les premières douleurs sont venues après une dizaine de jours, avant ça c'était de la courbature. Il m'a expliqué plein de trucs le cycliste. À propos des braquets, du nombre de dents sur les pignons, les plateaux, j'en saisissais déjà les grandes largeurs mais il a été très précis. Après il a dû quand même me prendre pour un blaireau au moment de m'expliquer qu'avoir la chaîne tout à gauche, soit petit plateau et grand pignon, permettait de mouliner et moins peiner dans la montée, tandis qu'avoir la chaîne tout à droite, soit l'inverse, bah l'inverse aussi. Ça m'a même agacé sur la fin quand j'ai cru sentir que le type me prenait franchement pour un pouilleux et m'étalait toute sa science dans le seul but de me prédire une fringale dans le prochain raidillon. Lorsqu'il m'a demandé, le rictus à gauche, si j'avais des gels énergétiques, j'ai répondu un peu sèchement que j'avais des chips barbecue et du saucisson aux noix. On s'est dit au revoir.

La vie sur le vélo c'est aussi la vie quand on n'y est pas. Si je ne suis pas sur le vélo je suis en terrasse, si je ne suis ni sur le vélo ni en terrasse c'est que je suis dans ma tente. Si j'ai plusieurs fois demandé l'autorisation de m'installer sur les terres d'agriculteurs, surtout au début, après j'ai alterné le camping sauvage et le municipal. Les campings, avec leurs équipements, pourraient apparaître comme une pause salvatrice, l'occasion de recharger les batteries grâce à davantage de confort, mais pour moi c'est surtout du travail. C'est l'occasion non seulement de me laver mais aussi de faire ma lessive, de réorganiser mon paquetage, de demander des outils pour resserrer quelques vis. Dans la nature je peux me laisser aller à mon seul délassement, toilette aux lingettes en trois minutes à peine, et ne plus rien faire d'autre que regarder la lumière décliner. J'aime dormir près des cours d'eau en étant entouré de feuillage, l'inconvénient c'est que les moustiques aussi raffolent de cette équation. En pharmacie ils vendent des crèmes mais moi j'ai des bougies. J'en allume une, attends quelques secondes qu'un peu de cire s'amasse sous la mèche, puis je la penche pour qu'une goutte vienne tomber pile sur la piqûre, il ne faut pas être trop près sinon ça brûle, pas trop loin sinon ça ne marche pas. Parfois je vise mal alors il me faut plusieurs essais, le temps de régler la mire. Au moment précis où la goutte atterrit sur le bouton ça gratte très fort, pendant une demi-seconde, et puis hop, terminé. Quand je me suis bien fait attaquer je me retrouve criblé de ces petits amas de cire. Un soir qui piquait beaucoup j'ai pensé que ça pouvait fonctionner à titre préventif et je me suis fabriqué des chaussettes. Ça m'a coûté une moitié de bougie. Ç'a été efficace alors je me suis dit que je pouvais m'en faire une armure. Poupée de cire. Pendant des jours j'ai retrouvé des morceaux dans mon sac de couchage, alors j'ai renoncé. Les préoccupations s'accumulent comme les kilomètres. La position assise, la régularité du pédalage ainsi que le cuissard moulant, tous trois combinés, ça crée du frottement. Dans l'aine, de chaque côté, j'ai des plaques rouges. Des boutons sur les testicules aussi, à force de remettre le cuissard sans l'avoir nettoyé, et sans caleçon dessous, à même la peau direct, sinon ça fait des plis et le frottement ça écorche, ça donne des plaies et des brûlures. J'ai passé une après-midi en danseuse parce que le cul posé ça faisait trop mal, jusqu'à exposer ma situation à une pharmacienne qui a beaucoup grimacé pendant mon récit. L'avantage avec les sacrifices c'est qu'à force ils n'en sont plus. J'ai appris à ne pas être propre sans me sentir sale. Une fois, seulement, j'étais torse nu sur le vélo et en tournant la tête j'ai eu le nez très près de l'épaule. Ça sentait mauvais.

Je me suis demandé ce qui puait comme ça et en réitérant le geste j'ai constaté que c'était moi. Quelques minutes plus tard j'ai trouvé l'une de ces fontaines au milieu des villages, avec une manivelle sur le dessus qui fait couler l'eau pourvu qu'on la tourne, et savonnette en main je me suis lavé sur la place principale. J'avais un vieillard pour seul spectateur, posté là à scruter le vent. En terminant de me rincer je l'ai regardé et j'ai levé mon pouce dans un sourire. Il a fait coucou comme s'il venait seulement de me remarquer. Je n'ai pas su me débarrasser totalement du cambouis sous les ongles. Ma chaîne a tendance à se coincer et je dois la remettre manuellement, j'ai beau me frotter les mains il en reste toujours les traces. Un soir, après avoir dézingué un paquet de chips dans la tente, j'avais les doigts gras et pas de sopalin. J'ai trouvé tout à fait naturel, voire plutôt malin, de me passer les mains dans les cheveux.

Quand je campe je privilégie l'intimité. J'étais souvent sur mes gardes au début mais depuis j'ai compris que les seuls visiteurs auxquels j'avais droit étaient des animaux. J'ai eu des chiens errants une fois, ils m'ont aboyé dessus à une dizaine de mètres de distance, sans autre projet manifeste que de me casser les oreilles, j'ai simplement fermé la boutique et attendu qu'ils se lassent. J'ai été attaqué par des frelons qui m'ont réduit à un confinement forcé, je n'osais même plus m'aventurer à pisser dehors, acharnés qu'ils étaient à gratter la toile de tente jusqu'à me faire croire qu'ils allaient vraiment réussir à la traverser puis m'acculer jusqu'à la mort. J'ai toujours culpabilisé à l'idée de tuer des insectes. Dans ma maison. Là, c'est moi qui investis la leur, et il est compliqué de revendiquer un territoire sans le défendre. Qu'il s'agisse de moustiques, de mouches, d'araignées, tout y passe. Je suis intraitable et n'ai aucune pitié. J'ai lu un jour que les insectes n'étaient pas sensibles à la douleur mais j'en doute. Il y a eu celui-ci, je ne connais pas son nom il était vert, il marchait sur mon tapis de sol comme s'il était chez lui. Je me demande toujours ce qu'ils viennent foutre là, un décor pareil ça n'existe pas dans la nature, comment est-ce qu'il peut venir ici avec autant de confiance, c'est comme les canards qui mangent du pain ça. Je lui ai balancé une pichenette en pensant qu'il allait éclater mais il est resté intact, remis sur le tapis par le tapis lui-même, recourbé en son extrémité et renvoyant tout ce qui viendrait s'y cogner. L'insecte vert a repris sa marche comme un humain qui aurait simplement trébuché. Bim, encore une pichenette, et rebelote, il vole il cogne et rebondit, reprend sa marche dans ma direction. Et où est-ce qu'il croit aller d'ailleurs, je me demandais. Pichenette, pichenette, pichenette, si on rapporte la taille de l'ongle de mon majeur à celle de son corps ça revient plus ou moins, pour un humain, à se manger un rocher en pleine tronche. Costaud, l'insecte vert. Et puis, je ne sais pas si c'est l'accumulation ou bien si sans m'en rendre compte j'ai appuyé davantage mes coups, je l'ai vu perdre en vigueur, marcher de moins en moins vite, perdre une patte, une deuxième, et j'ai bien senti qu'il n'était pas tout neuf, surtout quand il s'est retrouvé sur le dos comme pris de convulsions, ça se voyait qu'il faisait un peu moins le malin, et qu'il n'était plus si déterminé à rejoindre le fond de ma tente. C'est bien, l'ignorance, ça permet de découvrir. Même si parfois je préférerais ne pas savoir. Une nuit, dans la montagne et alors que ma lampe frontale n'avait presque plus de piles, j'ai vu deux points lumineux dans l'obscurité, face à moi. Les yeux d'une bête à n'en point douter, juchée sur une large roche me surplombant à moins de dix mètres de distance. J'ai été pris de cette peur qui rend curieux et n'ai plus bougé. La bête est descendue du rocher et à son arrivée au sol j'ai compris qu'elle était lourde, le bruit sourd de sa réception laissant peu de place à l'éventualité qu'il s'agisse d'un furet ou d'une belette. Les yeux me paraissaient haut par rapport à ce qui ressemblait au cul de la bestiole. Un long cou, j'ai cru voir, ainsi qu'un genre de crête. J'en ai parlé au café du village, le lendemain matin, et quand on m'a demandé ce que j'avais vu j'ai répondu que ça avait quand même vachement l'air d'une hyène. Ils ont bien rigolé. Pourtant j'ai répondu à la question. C'est ça que j'ai vu, moi. On m'a dit un sanglier, ou alors un loup. J'ai trouvé ça dommage.

Des animaux j'en ai vu beaucoup. La plupart étaient morts. Sur la route. En moyenne je dois en croiser un tous les dix kilomètres. Souvent ils sont près du bas-côté, là où j'ai tout intérêt à rouler, alors je dois les éviter, mettre un coup de guidon, et si je n'y prends pas garde ça me met en danger, il suffit qu'une voiture me double à ce moment-là pour que ma manœuvre me précipite contre le véhicule. C'est arrivé une fois, longue route déserte, cadavre en vue de je ne sais quel animal car le plus souvent on ne reconnaît aucune espèce, je me suis retourné faute de rétroviseur, j'ai vu la voiture amorcer son dépassement et j'ai compris que je ne pourrais pas dévier de ma route, j'aurais pu freiner mais ça ne m'est venu à l'esprit que plus tard, j'ai même accéléré de peur qu'une relative lenteur ne déséquilibre ma machine sous l'impact, et au moment de rouler sur l'animal mort j'ai senti une petite secousse sous mes roues, comme un minuscule dos-d'âne, ou un nid-de-poule inversé. C'était un hérisson, j'ai reconnu ses piques. Je me suis reproché, juste après, d'avoir eu peur que ça ne crève mon pneu. Entre le bas-côté et la ligne blanche je vois souvent des insectes, genre des scarabées, ceux-là je les évite sans avoir à me déporter, juste un petit coup de guidon et le vélo ondule, zigzague autour de l'obstacle, une vie épargnée. Le premier lièvre que j'ai vu de ma vie était affalé sur le dos au bord d'un champ de maïs. Je savais que c'était plus gros qu'un lapin mais pas autant. J'ai ralenti pour l'observer mais sa décomposition avancée m'en a vite dissuadé. J'ai pu me rattraper auprès d'un chevreuil, lui c'était dans un bois, et il n'était pas mort depuis longtemps. Je lui ai tourné autour, je l'ai touché, un peu. J'ai pensé à l'opportunité qu'aurait représentée cette rencontre dans un monde où il n'y aurait pas de supermarché au prochain village, ça m'a permis de prendre conscience que je n'étais pas encore prêt à renoncer à notre civilisation. Un autre jour dans un bois semblable j'ai trouvé un sanglier le long de la route, agonisant, percuté par un véhicule certainement, il respirait fort on aurait dit un humain qui ronflait. Je me suis arrêté à côté de lui et j'ai eu de la peine. J'ai pensé qu'il fallait l'achever. Et puis j'ai réalisé qu'il avait survécu à l'impact d'une voiture roulant à bien soixante-dix à l'heure sur ces routes, alors j'allais faire quoi moi, avec une pierre, ou un bâton. Je me suis imaginé la scène, moi qui devrais m'y reprendre à plusieurs fois, ajoutant au calvaire de l'animal. Le laisser comme ça ne lui promettait pas plus de souffrance. Je suis parti en espérant pour lui que ça ne dure pas trop longtemps.

J'ai pris goût à la montagne. À l'effort. On m'a parlé d'un sommet en le désignant comme le plus haut col routier du pays, j'ai voulu aller voir. Quarante-sept kilomètres de distance, montée irrégulière, quelques replats, descentes et faux plats. Les quinze derniers kilomètres sont les plus durs. J'étais tendu au départ. J'avais dormi en bord de route et mon réveil musculaire devait consister en huit kilomètres de montée sèche. Pas idéal, sans compter la brique que j'avais dans le ventre. Après trois kilomètres j'ai dû m'arrêter, passer le rail de sécurité et descendre quelques mètres en contrebas, pente raide, pour me soulager. J'ai trouvé un arbre au tronc fin, m'y suis cramponné puis me suis accroupi, et ainsi j'ai expulsé avec une tension maximale dans le corps. Lâcher le tronc m'aurait projeté en arrière, à faire des roulades dans ma propre merde. Une voiture est passée sans s'arrêter, le conducteur a pourtant dû repérer un vélo contre le rail de sécurité et pas de cycliste, ce qui devrait être interprété comme un potentiel accident, mais j'ai vu d'un bon œil cette non-assistance à personne éventuellement en danger, car j'aurais été bien mal à l'aise qu'on me découvre dans cette position. Je suis remonté sur Séville en considérant que j'étais plus léger et que ça influerait sur ma performance, j'ai pensé à Maurice, alors aussitôt je me suis promis que je lèverais la tête, contemplerais la beauté de la montagne. Rien du tout. La pente n'était pas raide mais insistante. L'effort constant. Étiré. Tête dans le guidon. Pédaler avec les oreilles. J'ai des trous de mémoire. Ma seule récréation ce furet, traversant la route avec sa progéniture en bouche, ou alors c'était une proie, aucune idée. Quelques moments de grâce quand la route s'aplanit un peu. Grimper est un éloge de la patience. Je roule à sept ou huit kilomètres à l'heure et j'ai parfois la sensation d'aller vite. Avoir autant roulé sur le plat, entouré de champs, m'a habitué à une certaine cadence de pédalage, le mouvement rendu automatique, alors que dans la montagne chaque coup de pédale est un effort. Le poids à l'arrière du vélo annule tout rendement, toute dynamique. La souffrance est constante, quand bien même je me retrouve essoufflé avant d'avoir mal aux jambes. Je serai mort d'hyperventilation avant de ressentir la moindre crampe. C'est à cause des quadriceps, encore eux, ils pompent tout mon oxygène. Être performant, en ce qui me concerne, c'est surtout ne pas mourir d'asphyxie. J'aurais dû lui dire ça à Maurice.

Après une vingtaine de kilomètres sur ce col j'ai vu un panneau annonçant un lac de barrage. Il était d'un bleu presque aussi artificiel que lui. En face, la montagne paraissait tomber dans le lac, s'y déverser, rive en pente, et si j'avais voulu mettre ma tente là je n'aurais pas pu. Tout le bas du rivage était nu, la végétation commençait plus haut, sécheresse, faite de sapins m'a-t-il semblé, alignés comme s'ils marquaient l'emplacement habituel de la ligne de flottaison. Si la chaleur peut à ce point altérer le paysage, je ne m'étonne plus d'être aussi marqué. J'ai longé le lac, sur ma droite, en regardant peu devant moi, jusqu'à arriver à hauteur d'un panneau blanc cadré de rouge annonçant un village, et me suis étonné qu'on puisse qualifier de village les trois ou quatre maisons bordant la route sur ma gauche. Seules la chaussée et une rive pas très large les séparaient du lac. Un rocher près de l'eau se présentait comme le spot idéal pour ma pause. Je comptais me restaurer un peu, fumer une clope ou deux, et contempler. À peine j'avais posé Séville contre une pierre que j'ai entendu un hurlement. Il s'est répété trois fois avant que enfin je distingue un prénom, Francine. La voix était rauque, éraillée, celle d'un vieil homme il m'a semblé, il a répété Francine, Francine, allongeant bientôt le i jusqu'à l'apnée. J'ai imaginé un petit vieux dans son jardin, appelant sa femme pour lui montrer comme il a bien poussé le rosier, comme il est beau, hein Francine viens voir, sauf que Francine je l'ai imaginée sourde comme un pot, imperméable aux appels, et le vieux de s'égosiller toujours plus, quand lui sera aphone et elle toujours aussi sourde ça va être un drôle de merdier cette maison. Et puis, alors que je riais à l'évocation de ce scénario, l'homme s'est voulu plus précis, articulant l'objet de sa demande avec force décibels, ça a donné Francine, Francine, viens m'aider, j'suis tombé.

François ne tient pas bien sur ses jambes, et Francine est atteinte de la maladie d'Alzheimer. Ça implique qu'il tombe, et qu'elle oublie qu'il est tombé. Ils ont quinze ans d'écart, il aura bientôt quatre-vingt-dix ans, physiquement elle se porte mieux que lui mais n'en a pas la moindre idée. De mon rocher j'ai couru vers leur maison, n'ai eu qu'à traverser la route et entrer dans leur jardin, sans clôture, avant de le trouver là, près d'une petite table, de tout son long à côté d'un parasol fermé, gisant près de son socle. Je l'ai relevé avec méthode, on aurait dit un professionnel, alors quand plus tard ils m'ont demandé j'ai dit que j'étais aide-soignant. J'ai assis François près de la table de jardin et lui ai commandé de ne plus bouger, suite à quoi j'ai ramassé le parasol et l'ai installé comme il se devait, sans manquer de le trouver lourd, même pour moi. François peinait à reprendre son souffle, épuisé de s'être ainsi déchiré les cordes vocales, mais il n'a pas manqué de me dire merci plusieurs fois, entre deux expirations. En regardant vers la maison j'ai d'abord réalisé sa taille, large et haute, sur quatre niveaux, et puis dans l'encadrement de la porte j'ai vu apparaître Francine, ses cheveux longs et gris détachés, son air affolé, son gilet beige aux boutons de laine, son pantalon vert et ses babouches jaunes. Intriguée par ma présence, une seule parole de François a suffi pour l'adoucir. Elle a ouvert les bras et m'a dit merci, merci merci comme ça plusieurs fois de suite, jusqu'à m'étreindre, de longues secondes pendant lesquelles j'ai senti sa respiration, sa poitrine gonfler contre la mienne, comme après la panique. Quand elle a desserré l'étreinte elle a continué de me tenir les bras puis m'a scruté, arpenté de son regard mon visage comme si elle y cherchait quelque chose, ou bien croyait y reconnaître un trait familier. Les sourcils un peu froncés, un doute, une idée l'a traversée à ce moment, et moi je n'ai rien su faire d'autre que tenir son regard sans rien dire. Vous êtes formidable, elle a dit en saisissant mon visage et m'embrassant sur la joue, avant de filer vers François, assis sur la chaise où je l'avais posé et n'ayant plus bougé depuis, et l'étreindre lui aussi. Alors que je m'approchais pour prendre de ses nouvelles, sans me regarder il a eu un geste m'invitant à venir m'asseoir près de lui, alors même que j'imaginais retourner à mon rocher sitôt qu'il aurait répondu à ma question. Ils s'apprêtaient à mettre le couvert quand je suis arrivé, alors ils m'ont invité à partager leur table. J'ai accepté avec plaisir, tout en me demandant si m'arrêter ici trop longtemps n'allait pas handicaper ma montée du col. Une partie de mon cerveau était encore sur la route. François a demandé à Francine qu'elle ramène trois verres, la bouteille de vin blanc, ainsi que trois paillons. Quand j'ai proposé mon aide François m'a pris le bras, il faut qu'elle s'entraîne il a dit, et ça m'a arrangé car je n'avais aucune idée de ce que pouvait bien être un paillon. J'ai roulé une cigarette, il a rallumé un cigare. On était bien sous le parasol, même si j'ai hésité entre les manches courtes et les manches longues. François lui portait un pull et ça m'a fait penser que j'avais trouvé à qui parler de frilosité. Il m'a d'abord raconté que cette maison avait plus de trois cents ans et qu'elle n'avait jamais été rénovée. Dans son jus, il a dit. Ils y habitaient depuis plus de quarante ans. À la base ils étaient citadins ces deux-là, et ne se seraient jamais imaginés vivre ainsi éloignés de tout, en pleine montagne. Devant nous s'étalait la vue sur le lac, ainsi que le glacier surplombant. En regardant vers le pic enneigé François a évoqué la mémoire de son fils, pratiquant l'escalade et décédé, précisément, dans cette montagne. Ils se sont installés ici pour être près de lui. Il te ressemblait, a dit François, et il a ajouté que plus ça allait plus le moindre jeune homme un peu brun lui faisait penser à son fils. Francine est arrivée en demandant de quoi on parlait et François a répondu de vélo, ah bon vous faites du vélo a dit Francine, avant de poser sur la table quelque chose comme sept ou huit assiettes, puis de retourner dans la maison. J'ai tourné la tête vers François et d'un signe de la main il m'a fait comprendre d'aller aider, et n'oublie pas les paillons, il a dit. Quand j'ai rejoint Francine dans la cuisine, et après qu'elle m'a enlacé et répété que j'étais formidable, j'ai établi la liste des choses à rapporter selon son mari, et alors que je comptais sur elle pour me faire savoir ce qu'était cet objet que François me commandait de ramener, sa première réaction a été de me demander ce que c'était, au juste, qu'un paillon.

Un paillon est un set de table en paille. Il m'a trouvé un peu con, je crois, François, quand je suis ressorti lui poser la question. À mon retour Francine les avait déjà préparés, me les désignant, n'oubliez pas les paillons elle a fait. Pour circuler dans la maison je devais baisser la tête. Plafond bas, peu de lumière à l'intérieur, seulement de fines lucarnes. Tout de bois, poutres apparentes, lumières jaune orange. Tout comme à une autre époque, des ustensiles aux livres de cuisine. Seule marque de modernité, ce siège mécanique qui grimpe l'escalier le long de la rampe. Dans la pièce du fond, petit salon de lecture il a dit, une peau de vache en poster. Du bordel et de l'obscurité. En entrant dans la cuisine j'ai trouvé Francine en train de regarder l'eau couler du robinet de l'évier. D'abord je n'ai rien dit, puis me suis manifesté d'un raclement de gorge qui l'a ramenée à elle. Elle s'est étonnée quand j'ai réclamé la bouteille de vin, elle l'a cherchée longtemps dans le frigo alors qu'elle était juste là, devant, puis elle a dit que je ne devrais pas boire d'alcool, que ça n'était pas bon pour ce que je faisais et ça m'a touché qu'elle soit si bienveillante. Elle s'est mise à me tutoyer, me rappelant à la prudence, puis elle a évoqué la fois dernière, quand ça avait failli mal se passer. Elle a suggéré que mon pied pouvait glisser, m'a encouragé à toujours bien vérifier mes nœuds. Tu feras attention hein, elle a dit en posant sa main sur ma joue. J'ai répondu oui. Elle a continué à parcourir mon visage avec sa main, l'a posée bientôt sur ma nuque, et puis sans me quitter des yeux les siens ont commencé à rougir d'abord, s'humidifier ensuite, jusqu'aux larmes qui restaient là, sur la corniche, elles ne coulaient pas mais noyaient la pupille, ses deux mains se sont calées sur mes épaules et elle a incliné sa tête contre ma poitrine, je ne la voyais plus ses larmes ont commencé à couler, mes bras ont glissé autour d'elle et je l'ai enlacée, les siens autour de mon cou, elle a pleuré à sanglots et je l'ai serrée fort, si fort que j'ai eu peur de lui faire mal, et en caressant sa nuque j'ai répété en boucle je ferai attention, je ferai attention.

À table, Francine m'a proposé au moins dix fois de goûter la rillette. Je la gardais pour plus tard, d'abord j'étais occupé avec la salade. Quand j'en ai enfin mangé je me suis empressé de lui dire comme je la trouvais bonne, et elle m'a demandé ce que c'était. Les couverts n'étaient pas très propres, soit lavés à l'arrache soit pas du tout. La viande m'a donné l'impression d'avoir au moins trois jours. J'avais trois assiettes, les unes sur les autres, deux verres et quatre fourchettes. François pour sa part passait son temps à raconter. Les interventions de sa femme ne constituaient que de petites pauses dans son récit. Chaque fois qu'elle lui coupait la parole, soit pour me proposer de la rillette soit me dire combien j'étais formidable, il avait ce réflexe, tourner la tête, soupirer, répondre ou réagir selon le propos de Francine, et puis marquer un temps, baisser la tête la relever, pour enfin reprendre. Le lac devant lequel nous mangions était tout ce qu'il y avait de plus artificiel. Près d'un siècle plus tôt il y avait un village ici. Il a été englouti au prix d'expulsions forcées, de maisons dynamitées, de dispersions familiales. François a dit que s'en tenir à la beauté c'était souvent ignorer l'histoire, et je l'ai imaginé ici, dans ses moments de solitude, le regard tourné vers le lac et le glacier, à penser à tous ces drames qui constituent leur envers. Il parlait avec gravité, tout le temps, comme s'il devait économiser sa parole et n'exprimer que ce qui avait de l'importance, comme si toute forme de trivialité devait abréger son espérance de vie. J'ai eu des visions d'eau qui monte. J'ai mangé très peu et ça les a étonnés, ils pensaient qu'à ne faire que du vélo tout le temps j'aurais dû être affamé mais j'ai pu leur expliquer que je prenais seulement des collations, peut-être dix fois dans la journée, juste ce qu'il fallait pour avoir l'énergie suffisante à assumer les vingt prochaines bornes, et sans imposer à mon corps un effort de digestion m'obligeant à m'arrêter. L'aspect de la viande, sec et filandreux, a participé à la frugalité de mon repas. Auparavant Francine sculptait de l'osier, et à côté de moi j'avais sa pièce maîtresse, un panier à quatre étages, dans lequel elle rangeait des légumes. François m'a demandé de lui donner son cigare en pointant le panier, j'ai mis du temps mais j'ai fini par trouver, au milieu des carottes et semblant pratiquer le mimétisme, un cigare entamé encore long, portant le sigle d'une manufacture cubaine. Ça lui donnait de l'allure à François. Il m'a fait boire beaucoup de vin à table, j'avais la tête qui tournait. Il a annoncé qu'il allait s'allonger dans le transat et faire la sieste. Quand j'ai dit que je n'allais pas tarder il a eu une vive réaction, geste brusque, les épaules en arrière, et puis il s'est repris, disant que c'était à moi de choisir. Que ça lui aurait fait plaisir, mais bon. Cela faisait des semaines qu'ils n'avaient pas eu un invité. Leurs enfants et petits-enfants vivaient loin, ne venaient qu'une vacance sur deux. Et avec Francine, qui parfois tournait en boucle, pour lui ça n'était pas facile. Il était content de m'avoir. Alors qu'il parlait il s'est arrêté au milieu d'une phrase, j'ai compris qu'il s'était endormi. J'ai pensé que je ne pouvais plus partir et qu'il avait trouvé une bonne façon de me forcer à rester. Le laissant là je suis retourné dans la maison, voir Francine, au cas où elle aurait eu besoin d'aide. Je l'ai trouvée dans la cuisine, assise sur une chaise, à regarder une assiette qu'elle tenait comme le volant d'une voiture. Elle m'a demandé si son mari dormait et j'ai répondu oui. Un silence s'est installé et c'est là que j'ai remarqué le tic-tac de l'horloge, qui m'avait échappé jusqu'ici. On a échangé quelques banalités, j'ai dit que j'avais bien mangé et l'ai remerciée pour son invitation, et sans me regarder, occupée à ranger et déranger, elle a dit qu'elle était contente car c'était rare que les gens restent pour le repas. J'ai été interpellé, j'ai juste dit ah bon et elle a continué, oui elle a fait, la plupart du temps ils relèvent François et puis ils reprennent leur route, elle a ajouté le pire c'est quand personne ne passe, parfois François il se lasse d'être allongé comme ça et d'attendre alors c'est à elle de venir le relever, elle qui guette de la fenêtre de l'étage et lui indique quand crier au secours, souvent elle oublie en plus, elle n'en a plus tellement la force et son mari est tout de même bien bâti, ah ça oui, elle a même peur de se retrouver un jour allongée elle aussi, incapable de lui venir en aide et ils seraient là tous les deux, à appeler, appeler sans relâche, appeler à s'en déchirer la poitrine, sans que personne, jamais, les entende. Ce qui la console, dit-elle, c'est que si cela devait arriver alors elle aurait encore vue sur le glacier.

Chrome

J'ai dit à Noël que je voulais sortir. Il a répondu que j'étais libre d'aller au jardin ou sur la terrasse comme bon me semblait. Je lui ai demandé s'il n'y avait pas une promenade à faire, qu'on s'aère un peu, ça nous changerait l'ambiance. Un point de vue, avec une table d'orientation, panorama à trois cent soixante degrés. Ça repousserait la ligne d'horizon. On pourrait s'y installer et disserter sur la vacuité de nos existences. Ce serait un coup à ce qu'on se balance d'une falaise dans un joli plongeon synchronisé. Et puis j'ai pensé à la ville, celle au pied du col, j'y avais fait une pause avant d'entamer l'ascension. À l'approche du soir elle avait l'air de s'animer. Noël y est plus réceptif qu'à la promenade. Il cite un bar où on pourrait boire des coups. Il dit que l'été la ville rassemble les touristes de passage et les quelques locaux qui ne voient pas leur présence d'un trop mauvais œil. C'est vivant, il ajoute. Si au départ il a eu l'air d'accepter pour me faire plaisir, j'ai ensuite pu constater son enthousiasme dans sa préparation. Lui que je n'avais vu que dans des tenues négligées, il s'est douché coiffé habillé, petits souliers en cuir et chemise un poil trop grande, gomina dans les bouclettes pour un rendu encore plus gras qu'au naturel, tout ça pour une dégaine un peu datée. À la fin c'est lui qui râlait de me voir prendre mon temps, tout à l'heure tu voulais pas sortir et maintenant tu me fous la pression j'ai dit, et lui il a haussé les épaules. J'ai prévenu qu'on ne sortait pas s'en mettre plein la gueule non plus, s'agirait d'être en état de rentrer, et il s'est voulu rassurant même si, au ton de sa voix, j'ai cru comprendre que maintenant qu'il avait accepté de sortir il était ouvert à tout. En montant dans la voiture j'ai redit qu'on allait se faire une soirée tranquille. Il a mis sa ceinture, et en enclenchant le contact il a dit mec, moi je suis déjà mort, par contre toi faudrait que tu vives un peu.

C'est toujours étrange de redescendre une pente qu'on a montée. Surtout quand on était aussi peu lucide que moi à ce moment-là. Je ne réalise pas avoir parcouru tant de distance. Je ne savais pas qu'il y avait tant de virages. Ça paraît moins raide que dans mon souvenir. La nuit ne tombe pas encore on y voit clair, par moments ça me parle mais de manière lointaine, et soudain j'ai l'impression qu'il y a des jours que je n'ai pas roulé, des jours que je suis avec Noël, le temps paraît s'être distendu, dilaté, et j'en viens à me demander si je ne suis pas captif à mon insu. Il a mis de la musique, pas fort, après avoir demandé l'autorisation. Ça c'est du bon rock, il a dit après que j'ai accepté d'en écouter, il a précisé le nom du groupe mais je n'ai pas fait attention, distrait que j'étais par l'introduction plutôt énergique, pour ne pas dire criarde voire assourdissante, de la guitare électrique. Dans la descente Noël repère les endroits propices à l'accident, tiens là regarde, et je le vois le virage serré, presque à angle droit, et la paroi en face contre laquelle on pourrait venir s'écraser, voiture-accordéon et nous encastrés dedans, modèles réduits par l'impact, miniaturisation. Il va pour relever un énième virage où mourir et je lui coupe la parole, Noël, sérieusement, et ça le met en alerte, il baisse le son de l'autoradio qui n'était déjà pas très fort comme s'il s'apprêtait à entendre un propos essentiel, il ne regarde plus trop la route à force de tourner la tête vers moi, pendu à mes lèvres comme si j'allais faire une déclaration, et pour couper court au suspense et faire en sorte qu'il soit de nouveau concentré sur sa conduite je décide de synthétiser mon propos de manière qu'il soit contenu dans un minimum de mots. Ses yeux s'écarquillent quand mes lèvres commencent à bouger. Ferme ta gueule, s'te plaît.

Il a boudé le reste du trajet mais on était presque arrivés. J'ai monté le son pour combler le silence et en espérant que ça lui fasse plaisir. Il m'a envoyé un regard blasé d'abord et puis je l'ai vu bouger la tête et remuer les lèvres. Il s'est garé à la périphérie de la ville, disant très bien la connaître, et que du parking au bar la balade était agréable. On a marché pour rejoindre le centre, d'où s'échappait une rumeur faite de tempos musicaux et de voix entremêlées. Ça devait être la Saint-Quelqu'un, la commune était en fête et les nombreux stands éphémères, succession de tonnelles accolées les unes aux autres, là pour vendre de la charcuterie, ici des bracelets en cuir et des pendentifs, lui de la porcelaine, en témoignaient de façon plutôt évidente. La marche n'avait rien de spécialement agréable, passant par des rues résidentielles sans grand intérêt, mais Noël son plaisir à lui c'est de deviner la fête, la sentir à proximité et s'en approcher, à l'oreille, c'est comme des préliminaires il dit, ou bien le réveillon de Noël avant la distribution des cadeaux, on sait où ça va finir mais on ne voudrait pas non plus s'y retrouver ainsi téléporté, sans la moindre introduction, sans cette montée de l'adrénaline, l'excitation, ce sont quelques-uns de ses mots, je le vois là comme un gamin qui se demanderait si commencer par la barbe à papa ou la pomme d'amour, même si dans son cas la question se pose davantage entre vin rouge bière et whisky, et ça me fait sourire de le voir comme ça, me commander de marcher plus vite, prendre quelques pas d'avance et se retourner le bras tendu, allez viens. J'allonge un peu mon pas.

Noël est intenable. Il se mêle de tout et de tout le monde. Adresse la parole à n'importe qui. Parfois ça frôle l'impolitesse mais c'est facile de pardonner à quelqu'un qui sourit aussi fort, malgré ses chicots. La ville est ainsi agencée qu'on peut suivre un genre de circuit passant devant des terrasses éphémères et des estrades proposant de petits spectacles, rues étroites et pavées pour la plupart, jusqu'à la place centrale où a lieu un concert de musique gitane semble-t-il, beaucoup d'instruments à cordes et de voix superposées. On a chopé des pintes de bière à un type qui les servait pas cher dans des gobelets en plastique. Noël a voulu jouer aux fléchettes on a joué aux fléchettes. Il a gagné évidemment. Il a repris une bière quand je n'avais pas fini la moitié de la mienne. Une autre quand j'étais sur la fin. Une autre encore, maintenant que j'en prends une deuxième. On échange souvent des regards complices. Il me met mal à l'aise quand il parle trop fort au moment de me désigner une femme, tiens regarde la blonde là-bas alors même qu'elle est juste devant nous, à portée de voix. On croirait un enfant auquel on pardonne les abus, parce que la candeur, il n'a pas fait exprès, il ne sait pas ce qu'il dit. On arrive devant un stand qui sert du vin rouge, producteur local, et je vois Noël s'y ruer comme si cet endroit était le but final d'une quête que je ne savais même pas avoir amorcée. Autour de nous le casting paraît un peu plus sélect, des quinquagénaires en chemise soignée, déboutonnée sur le haut parce qu'on se détend, dégaine d'élus locaux. En face il y a un stand créole proposant du rhum sous tout un tas de déclinaisons et à prix raisonnables, j'y aperçois de jeunes gens en pantalons larges et claquettes, ici ça parle du bout des lèvres alors que ça hurle en face, et tandis que j'observe la troupe des buveurs de vin je vois Noël fendre la foule pour se diriger vers moi, un verre dans chaque main, et moi qui m'étonne qu'il n'ait pas directement acheté une bouteille, et lui qui me rassure en m'expliquant qu'il s'en est collé un cul sec au comptoir parce que le type mettait du temps à le servir.

L'ivresse me guette alors que Noël paraît tout neuf. Excité comme une puce ça oui, mais il a l'air immunisé l'autre, et soudain je me souviens de tout ce qu'il lui a fallu s'enquiller la veille pour s'endormir comme une merde la tête contre la table de la cuisine. On va de stand en stand et on boit ce qu'il y a à y boire, on parle avec ceux qui sont là, Noël part souvent dans des discussions très animées pour ensuite s'interrompre en plein débat et me demander de changer d'endroit. La conversation ne dure que le temps de son verre. Sitôt celui-ci terminé il n'y a rien à ajouter. On parlera quand on aura à boire, il a dit à une jeune femme qui avait mal pris son commentaire précédent, comme quoi sa génération ne savait pas vivre. C'est son discours dominant à vrai dire, on pourrait lui parler de n'importe quoi qu'il trouverait un moyen d'y venir. Et alors qu'il pourrait passer pour un aigri, jaloux de la jeunesse qu'il accuse, il désarçonne ses interlocuteurs par son apparente joie de vivre, à rebours de l'attitude qu'on attend de qui tient ce discours, sa joie tranche avec le contenu de ses paroles, et finalement je comprends qu'il aime bien faire réagir les autres davantage que les convaincre de quoi que ce soit. Il n'a rien contre la jeunesse, il regrette juste la sienne. Noël il se prend pour un prophète à force de prêcher sa parole, à mesure qu'il parle il affine sa pensée, elle devient raccord avec ses actes dès lors qu'il appelle ça la soif, allez buvons, buvez il s'exclame, la vie comme débit, il deviendrait presque la coqueluche de la fête parce que ça fait déjà trois tours de circuit là, on croise et recroise les mêmes on commence à se connaître, on l'accueille avec joie quand il repasse. Certes il parle fort et pas avec la meilleure syntaxe mais il est sympathique, ça se sent qu'il aime la vie cet homme, doivent-ils se dire.

J'entre dans un bar pour en squatter les chiottes et quand j'en sors je ne le vois plus. Je l'imagine, porté par l'enthousiasme, suivre un groupe jusqu'à la prochaine tonnelle où changer de breuvage. Je commence à marcher et je trouve la foule plus dense que lors de nos premiers passages. Instinctivement j'ai tendance à rester sur la droite de la rue, comme pour respecter un sens de circulation, ça fonctionnerait si le but n'était que d'avancer, or c'est tout le contraire, et la déambulation collective est propice au chaos. Je manque sans cesse de rentrer dans quelqu'un, subis quelques coups d'épaule bien involontaires, m'en rends coupable parfois. Je marche peut-être trop vite, et en y pensant je me rends compte que ça m'inquiète quand même un peu, de savoir Noël tout seul. J'ai beau ralentir on m'arrive dessus, on me double, on me coupe la route. J'aperçois un type lancé sur ma gauche, rapidement j'arrive à calculer que si je ne change pas mon pas on va se télescoper, l'un de nous devra faire preuve de politesse, à moins que je ne raccourcisse ma foulée dès maintenant, auquel cas il me passera devant sans même se rendre compte de mon action bienfaitrice envers lui. Finalement j'allonge mon pas et le devance, il me passe derrière comme si une porte s'était ouverte soudain face à lui, et certainement qu'il ignore que c'est moi qui ai tourné la poignée. La foule est dense mais pas compacte, c'est une rivière plutôt qu'une mare, elle s'écoule plus qu'elle ne stagne, alors des courants se créent. Si on laisse le flux nous prendre on ne décide plus d'où aller. C'est quand il en rencontre un autre qu'il se disloque, un temps, pendant lequel des brèches s'ouvrent, issues éphémères, et s'y engager nécessite, quand c'est possible, d'en anticiper la sortie, et pour ça il est essentiel de projeter le regard, comme à vélo dans les descentes. Voir avant. Là je contourne une ronde de six personnes par la droite mais j'ai déjà vu arriver le couple se tenant par la main, il bloque un groupe de quatre derrière qui va bifurquer sur la gauche, alors au sortir de la courbe je lance ma jambe droite vers l'extérieur, me déportant ainsi sur le côté juste ce qu'il faut pour laisser passer le couple, puis tourne les hanches pour rectifier ma trajectoire et glisser derrière eux après leur passage, et hop. Superbe manœuvre. J'ai un rire qui sort tout seul, ça m'a amusé, et j'oublie Noël, j'oublie où je suis et ce que j'y fais, n'existe plus que ce banc d'humains foutraque et chaotique que je viens fendre d'une marche devenue rapide, je me déplace sans jamais toucher personne, je glisse, parfois m'arrête net pour éviter une collision, enchaîne par une brève accélération et mes pas sont irréguliers au possible, aucun rythme de croisière que de l'improvisation, de l'adaptation permanente. J'affine mon regard, le rendre panoramique, je fixe un point d'abord puis défais le focus, je ne regarde rien et je vois tout. J'ai repéré ce type depuis longtemps, diagonale droite, il marche d'un pas régulier et va croiser mon chemin hop je l'esquive sur la gauche, il n'a rien vu rien constaté, il ne sait pas et ne saura jamais à quel point il a contribué à ma bonne marche, combien l'espace d'un instant il a été l'élément le plus significatif de mon existence car, réduit à ma seule vision et mes sensations du moment, mes gestes instinctifs et spontanés, mon être et mes actions, sans but ni objectif si ce n'est d'avancer, progresser, me frayer un chemin, bientôt je ne suis plus que ce corps en mouvement qui s'applique à persister, être, continuer d'être, porté, influencé dans ses actions par les obstacles qui se dressent et décident de sa direction, sa destinée, pour déboucher sur un autre, enclencher un nouveau mouvement, sans visée, sans but, juste évoluer, tout contact proscrit, et alors qu'un enfant me passe devant sans que j'aie pu le voir, à deux doigts de le percuter, je sens qu'on m'attrape par les épaules et me tire à soi, par réflexe je repousse la personne mais elle s'accroche, et tandis que je suis sur le point de protester je vois surgir devant mon visage un nez, un nez bleu parcouru de veines, et des yeux écarquillés, les yeux de Noël qui me demande où j'étais tout ce temps, je reviens doucement à moi et je suis vraiment de retour quand je me sens proche d'étouffer, tant il me serre fort dans ses bras.

Il a eu peur de m'avoir perdu. Il était persuadé que je faisais partie du petit groupe qui a migré. Depuis il me cherche. Il est à bout de souffle quand il desserre l'étreinte. Je prends un peu de temps pour revenir à moi mais je finis par le rassurer, et je vois que ça le soulage. J'ai cru que tu voulais me fausser compagnie, il fait en posant la main sur son cœur, je réponds que je ne laisserais jamais Séville en plan chez lui et je crois qu'il s'attendait à autre chose. Je me reprends en disant que je tenais à passer la soirée avec lui, qu'à l'instant je le cherchais, même si en vrai sur la fin j'avais oublié. Il sourit fort, je retrouve la fameuse tape sur l'épaule, geste signature, et les vaisseaux éclatés qui viennent se glisser dans les plis. Derrière lui un type nous regarde et se tient assez près, plutôt jeune avec le crâne rasé, rasé parce que chauve, sur le coup je me demande ce qu'il fout là mais Noël finit par me le présenter, ça c'est heu, comment tu t'appelles déjà, le mec me dit son nom que j'oublie juste après l'avoir répété à voix haute. Il n'a pas bu que du vin celui-là. Il a les mâchoires crispées et l'œil vitreux, la bouche sèche si j'en crois les dépôts blanchâtres aux commissures des lèvres. Il a l'air d'en finir avec un fou rire, quelques spasmes subsistent et font vibrer sa large poitrine, car l'homme est d'une carrure conséquente, plus gras que charpenté par contre. Il me sourit de son œil vague, et puis il se tourne vers Noël comme pour reprendre une conversation qu'ils étaient en train d'avoir, sauf que Noël le coupe, et justement il dit, on va demander à mon ami ce qu'il en pense, il en a vu des choses ce gars-là c'est un voyageur, tu sais je t'ai dit tout à l'heure que j'avais recueilli quelqu'un, le jeune au crâne chauve fait oui de la tête et je me dis que les nouvelles vont vite, on va lui poser la question s'exclame Noël, me tirant par la manche comme pour m'emmener où c'est plus calme, pour me raconter. Tout est parti d'une liqueur, il fait, et je dis bah tiens. Une liqueur de violette. Au stand des liqueurs. Ça enchaînait les kirs et Noël il adore ça. Il s'extasiait sur les couleurs, claironnant à qui voulait l'entendre que chacun se hâtait bien trop de remplir son verre, ratant ainsi le spectacle de la dilution, quand la couleur s'éclaircit à mesure que le mélange s'effectue, dégradé d'une même teinte du foncé vers le clair, pastel. Voir une chose devenir plus qu'elle-même. On l'a surtout pris pour un type en train de délirer, ça l'a frustré il s'est un peu énervé, il les a tous accusés de ne pas savoir vivre, sa spéciale, que personne ne savait plus prendre le temps, apprécier les petites choses, rengaine, et là c'est le jeune chauve qui prend le relais, comme ça il s'impose, à croire que c'est lui qui raconte l'histoire. Il a une grosse voix mais pas celle qui fait viril, plutôt celle qui fait nounours. Il me dit que Noël s'est alors isolé, parlant tout seul ou pour lui-même, de moins en moins fort jusqu'à s'émerveiller de la nature de ce violet, cette liqueur de violette à la couleur si profonde, sombre, mystérieuse aurait-il dit pour lui-même, tandis que le jeune chauve, interpellé par l'individu comme je l'aurais certainement été, s'était approché pour l'écouter. Et puis il s'est mis à en décliner les appellations, magenta prune lilas mauve, avec un sacré débit comme une leçon que l'on réciterait par cœur, et quand il en parle le jeune chauve on jurerait qu'il a été attendri par Noël, sa passion incontrôlée, signe de sincérité autant que de désespoir. C'est là que mon acolyte reprend la main et le cours de son récit, ouais il fait, voilà pas que pendant que je m'émerveille devant mon kir t'as ce gamin qui se pointe et qui me sort quoi, hein il me dit quoi le mec, hein qu'est-ce qu'il m'dit, et quand je comprends enfin qu'il attend que je joue à deviner la suite je le pousse à continuer tout seul, oui oui bah vas-y il dit quoi alors, et Noël bascule la tête en arrière, petit temps de latence genre suspense comme si la révélation promettait d'être fracassante, et là quoi, bah le mec me dit que lui il aimerait bien voir la même chose que moi, sauf qu'il est daltonien et que dans sa version du truc il distingue pas le violet. Grosse claque sur son propre front, ça clappe fort on l'entend loin, la sidération est totale chez Noël et moi je recule un peu le menton en vibrant des tempes, l'air de dire et alors c'est quoi le problème, pendant que le jeune chauve commence à rire dans son coin. Je ne sais pas ce qui le pousse à rire mais je vois bien que ça n'est pas la réaction attendue par Noël. Lui me fixe comme si j'avais à réagir sur-le-champ, comme si quelque chose dans l'énoncé devait déjà m'avoir mis la puce à l'oreille, et ça le fait soupirer de lassitude quand tout ce que j'ai à répondre c'est ah ouais, pas de chance pour toi, en me tournant vers le mec qui fait non de la tête mais ne parvient pas à parler tant il est étouffé par un rire qu'il essaie maladroitement de réprimer, tout le corps demande à exploser alors je lui dis mec vas-y rigole tu vas éclater, et ça y est il part en éclats, décidément je n'y comprends plus rien, il essaie de parler il arrive à articuler un peu, il dit à Noël vas-y raconte la suite et chaque mot est espacé, pris entre des quintes de rire, je ris aussi c'est nerveux parce que l'autre est tout de même très convaincant. Celui qui ne rit plus du tout c'est Noël, qui bientôt me regarde droit dans les yeux, j'ai la foule au dos tourné en toile de fond dans mon champ de vision et devant elle j'ai ces deux énergumènes, l'un est tordu de rire sur place, en lutte avec son propre corps investi par la farce, et puis Noël devenu sérieux qui, dans le plus grand calme, pointe le mec du doigt en me disant que cet homme vit dans un autre monde, ce qui relance le rire du mec et achève de me rendre perplexe. Agacé, Noël fait signe de l'attendre et tourne les talons en direction des kirs à la violette avant de revenir avec un verre, trop vite pour avoir pris le temps d'observer la dilution.

Il a l'air d'y tenir Noël. Malgré son ébriété, relative au regard des capacités du bonhomme, je le trouve méthodique dans son exposé. Il récapitule, d'abord, l'homme ne voit pas le violet. Bon. À la place il voit du bleu. Y a une proximité dans le spectre, dit-il, le mec se fout pas de notre gueule, il a pas parlé de jaune ou orange, par exemple. Donc d'accord, admettons. Le jeune chauve acquiesce, hoche la tête à mesure que Noël pose les bases de son raisonnement, même s'il ne sait pas se débarrasser de ce rictus qui lui squatte la joue gauche, pile à la jonction des deux lèvres, là où les dépôts sont accumulés. Noël explique alors que le jeune chauve est surtout empêché de distinguer les nuances d'une même couleur et celui-ci confirme d'un oui qui laisse passer beaucoup d'air. Faire un dégradé de différentes nuances de rouge, par exemple, il saura pas notre ami, dit Noël, parce que lui grosso modo il verra tout ça de la même couleur, soit rouge. Tu me suis toujours hein, il me demande, et je réponds oui. Donc notre pote là, il reprend, il voit pas le violet mais il voit le rouge. Il sait qu'il voit pas le violet, ça d'accord, et il sait qu'il voit le rouge. Mais comment il sait que le rouge est rouge en fait. Le jeune chauve pouffe de rire derrière ses mains, jointes devant sa bouche, je le regarde et je reviens sur Noël qui ne lui prête plus aucune attention. Si, depuis sa naissance, il voyait le rouge en jaune, hein, pense à ça il fait, admettons l'enfant tu lui ramènes un cube rouge et il le voit jaune, toi tu sais pas qu'il le voit jaune, évidemment, le fait est que tu vas lui dire ça c'est rouge, et l'enfant il va dire d'accord, ça c'est rouge. Chaque fois que tu vas lui désigner le cube et lui demander sa couleur le gosse il va te dire rouge. Sauf qu'il le voit jaune. Et il en sait que dalle d'ailleurs, le môme, qu'en fait c'est rouge, juste lui il répond à la question comme on lui a inculqué, tu vois. Tu comprends ce que je veux dire hein, et oui je comprends ce qu'il veut dire, même si mon attention est mise à mal par l'homme hilare, encore là tout près alors que nos corps se sont un peu tournés. On a des lampions au-dessus de nos têtes et Noël en prend un en exemple, tiens tu vois le lampion là, hein tu le vois, il est rouge on est d'accord, oui oui je fais ainsi que le jeune chauve, on est tous d'accord sur la couleur on dit tous rouge, parce que bon, il est rouge. Et puis Noël tourne sur lui-même comme s'il en cherchait un en particulier, ça fait que pendant quelques secondes on a tous les trois la tête en l'air alors qu'un seul d'entre nous sait ce qu'il cherche, je vois toutes ces couleurs et je me demande ce que voit notre acolyte, moi je trouve ça beau et je réalise que pas une seule fois de la soirée je ne les ai regardés. Ah, fait Noël en me tirant la manche et pointant du doigt, ça fait tourner la tête du chauve aussi et on regarde tous dans la même direction, vers un lampion esseulé, lampion que pour ma part je qualifierais de violet. Noël nous pose la question à tous les deux, il est de quelle couleur le lampion alors, et par-dessus ma voix disant violet j'en entends une autre, celle du chauve, qui dit bleu. On baisse tous la tête on se regarde. Tu vois, dit Noël s'adressant à l'autre, t'as beau savoir que tu vois pas le violet, on aura beau te dire que ce lampion est violet, toi tu vas dire qu'il est bleu, parce que tu le vois comme ça. Tu vas pas te corriger à chaque fois pour appeler ça du violet sous prétexte que c'est possible que c'en soit, d'autant que la plupart du temps c'est vraiment bleu, tu peux pas savoir quel bleu est vraiment du bleu et lequel est du violet. Donc tu dis bleu. Tu défends ton bleu. Tu défends ton monde. Noël continue de parler mais le garçon ne l'écoute plus, fou de rire, alors il s'en détourne pour ne plus considérer que moi. Ce lampion rouge, il fait en me tenant les bras, au-dessus de nos têtes, pour le coup on le voit tous rouge, on a tous dit rouge, mais qui nous dit qu'on le voit pareil, hein. Au final peu importe comment qu'on le voit, ce qui compte c'est qu'on soit d'accord sur le terme, celui qu'on a tous appris. Ça nous fait croire qu'on voit tout pareil, et même qu'on a des outils pour le vérifier. Je ne dis rien et j'entends le jeune chauve s'éloigner, rassasié certainement et convaincu qu'on n'ira pas plus loin. Il part en quête d'un nouveau spectacle. Noël a perdu le sourire. Je retrouve le Noël que je connais, celui qui se cache sous les élans. Il lâche mon bras et s'éloigne d'un pas lent en disant que de toute façon ça arrange tout le monde de raconter la même histoire.

La bonne sphalte II

Les rêves se rangent dans un tiroir. Ou dans une vitrine. C'est selon. Ce jour-là j'arrive dans un village comme j'en ai vu tellement, le calme plat à quinze heures. Soleil de plomb, l'heure de la sieste. Bar des Sports. Tout de suite je flaire la sale ambiance, entre des habitués silencieux dans leur coin et le barman qui s'embrouille avec un client. Je viens m'asseoir au comptoir parce que les tables de la terrasse n'ont pas de parasols, et j'ai suffisamment cramé sur ma route de campagne bordée de champs. Personne ne répond à mon bonjour si ce n'est le client en question, debout devant le bar à ma droite, grand sourire, pas l'air d'être du coin, avec sa petite chemise cintrée sans auréoles. À ma gauche il y a une femme très âgée, du moins c'est ce que me racontent ses mains veineuses et tachées, car je ne vois pas ses traits. Elle est vêtue de noir comme si elle sortait d'une veillée funèbre, visage voilé au sens propre, entourée d'un halo de fumée s'échappant d'un petit cigarillo dont je n'aurais pas imaginé qu'il puisse en produire autant. J'écarte un peu mon tabouret, non pas qu'elle me dérange, je veux surtout donner l'impression que je veille à ne pas l'importuner en m'installant trop près. L'homme derrière le bar fume aussi, sa cigarette est posée dans un cendrier, il essuie des verres au torchon. Une armoire le mec, la voix éraillée, le genre qu'on écoute, quoi qu'il dise, et devant qui on la ferme, surtout si on n'est pas d'accord. Pourtant le client tient bon. Je crois comprendre à leur échange qu'il s'est vu reprocher sa bonne humeur. Entrée en fanfare, façon bonjour tout le monde et comment allez-vous aujourd'hui, d'une voix trop haut perchée, enchaînant sur un récit de sa propre journée auquel le tenancier a coupé court, et qu'est-ce que c'est que ça là, d'asperger les gens de sa bonne humeur, il dit. Le client le prend à la rigolade, et moi en attendant qu'on me demande ce que je vais boire je sors mon nécessaire à tabac. Le patron me voit et me considère enfin, et qu'est-ce qu'il croit qu'il fait là, il me demande, et moi faussement étonné je le regarde lui qui tire enfin sur sa clope, et la vieille qui fume en fixant le mur en face d'elle, comme ça je fais quelques allers-retours avec la tête, et puisque ça n'a pas l'air suffisamment explicite je dis bah, je sais pas, on dirait que ça fume à l'intérieur ici, il fait non de la tête, moi je fume parce que je suis le patron il dit, puis en se tournant vers la vieille qui ne lui prête pas la moindre attention il ajoute et elle, c'est parce qu'elle va bientôt mourir.

En plus d'être épaisse la fumée de la dame est particulièrement odorante. Quelque chose comme de la vanille. J'aurais dû raconter que je voyageais à vélo pour trouver où me donner la mort, ça m'aurait peut-être valu une dérogation. Le patron a une petite tête qui contraste avec son allure générale, de près je comprends que sa carrure n'a rien d'athlétique. L'homme est gras jusqu'à la démesure, en me penchant en avant j'aperçois ses hanches et suis persuadé qu'il doit passer certaines portes en se mettant de profil. Il a des cheveux bouclés pas coiffés, genre de touffe posée sur le crâne, de petites lunettes se mariant mal avec son air renfrogné, et les tempes brillantes de transpiration. Le client enjoué revendique son droit au bonheur, il a dit ça comme mot, il trouve ça dommage qu'on lui reproche sa gaieté et déplore qu'on n'en profite pas, c'est vrai il dit, ce sont comme des ondes qu'on projette et ça peut être bénéfique à tous. Je bois un peu du café allongé que le patron m'a servi et j'écoute. J'ai pris le même ton que lui pour affirmer mon droit à me faire servir et il ne s'est pas formalisé. Pour lui la politesse c'est suspect. Le client est en mission pour raviver la flamme dans son cœur. Il parle de simplicité mais je le trouve simpliste. Là il lui demande quel est son rêve, allez, me faites pas croire qu'il n'y a pas un petit quelque chose qui vous excite. Le patron lâche un peu de lest, il y a bien ce pèlerinage il dit, depuis petit il y pense, l'a dans le viseur, mais bon. Sur cette parole le client rebondit, il a trouvé la brèche. Et pourquoi il serait trop tard hein. Le patron baisse la tête, se saisit de verres déjà propres auxquels il remet un coup de torchon. Je remarque qu'il boite quand il se déplace derrière le bar. Ça va pas fort, je dis en désignant sa jambe d'un geste de tête. Il répond qu'il m'épargne les détails mais c'est au niveau de la circulation. Plusieurs opérations, c'est un miracle s'il arrive encore à en passer une devant l'autre. Tout ça c'est dans la tête, dit le client. Et il débite, des phrases avec plein de grands mots dedans, dont je doute qu'il les prononce pour la première fois dans cet ordre. Il se déclare explorateur. Je le trouve très affirmatif pour quelqu'un venu découvrir. Il raconte le pauvre hère qui il a été, puis son émancipation. Il parle de pouvoir, de volonté, il donne des ordres. Le barman n'en finit pas d'essuyer ses verres et ne regarde plus dans la direction du client enjoué, et moi je me demande si j'ai le potentiel dont il parle. Je ne comprends pas comment ça irait de soi. Il prône l'exception pour tous. L'originalité par la méthode. Altruisme nombriliste. Le champ plus large, le fossé plus grand. Le patron ponctue ça d'un sifflement et d'un ouais bon enfin bon, on y pensera, et son interlocuteur, satisfait, termine son verre avant de déposer un billet sur le comptoir. Il tourne le dos et part en disant salut, et bonne continuation, persuadé d'avoir semé une graine dont il ne saura jamais si elle a germé.

Chaque fois qu'un client entre il est servi avant d'avoir commandé. Je me demande ce qui est le plus remarquable, l'aptitude du patron à connaître la boisson de tous ses fidèles ou la capacité de ces derniers à ne jamais en changer. Le patron frotte encore des verres je reprends un café. La vieille tire inlassablement sur son cigarillo, à croire qu'elle n'en fume qu'un, inextinguible, et qu'elle a toujours été là, le sera ce soir et cette nuit et demain matin, encore, ici au comptoir, dans son nuage. Je regarde le chef et je lui lance un sourire, il m'en rend un, pas des plus francs mais je salue l'effort. Il me laisse lui raconter un peu de ce qu'il appelle mes aventures, me renseigne sur ce qu'il appelle ses déboires. J'ai dit que j'étais journaliste et que je faisais un reportage sur le cyclotourisme. En immersion. Pas pris la tête ce jour-là. Lui n'a pas toujours eu ce corps. C'est la dépression qui l'a engrossé, il dit. Femme et enfants, partis. Il croule sous les dettes. Mais ça, ça va encore. Non, le pire c'est l'ennui. Tous les jours le même jour. Je ne dis rien ça le fait parler. Il ne veut pas qu'on lui remonte le moral. Surtout avec des évidences. Il a cette envie de se déverser sans qu'on lui coupe la parole. En la coupant on la vide. Le client enjoué a quand même semé le doute dans la tête du patron, qui refait allusion au pèlerinage et tamise déjà cette ambition, parce que la jambe. Ce qui le botte le plus ce sont les paysages, il faudrait passer par les montagnes, il évoque ces panoramas, les lacs en altitude, le bivouac, ah ça oui il aimerait, mais bon, à part y aller en hélicoptère. Il y a un silence et mon regard vagabonde, jusqu'à enfin rencontrer celui de la vieille dame qui a tourné la tête pour la première fois, l'air hébété comme si elle venait de se réveiller. Elle a les pupilles noires, les paupières supérieures baissées, et des dents blanches. Un sourire si discret qu'on le devine seulement, avec la peur de se tromper. Il ira pas, elle dit. Une nappe de fumée lui passe devant le visage quand elle remet un coup de flamme à son cigarillo. Je tire sur ma clope comme par mimétisme. Elle rit puis se penche alors légèrement vers moi, on croirait que le mouvement va lui faire craquer tous les os j'ai peur qu'elle se brise en deux, là sur le bar, et d'un petit ton malicieux elle me lance eh, il dit que je vais bientôt mourir, mais croyez-moi jeune homme, cet enfoiré fera un infarctus avant que je passe l'arme à gauche, c'est mon dernier engagement dans cette vie.

Les panneaux ne sont pas toujours là pour aider. S'il y a une grande ville dans le coin ils la désignent tous. Ils ne s'adressent pas à moi la plupart du temps. Quand ils le font c'est avec un signe distinctif, ou un code couleurs. Le reste je me débrouille avec. Lorsque l'envie d'un café se fait pressante, et pour peu que je sois fatigué, ils me narguent. Bled 16, Bled 12, Bled 9, Bled 6, Bled 6, Bled 6, Bled 4, Bled 2. Une fois arrivé dans le bled, Centre-Ville 1. Si je connais bien ma carte je n'ai pas besoin des panneaux. Ça m'a bien servi, une fois, de connaître ma carte. J'ai pris à gauche après un stop, route entourée de forêt mais ensoleillée, pile au passage d'un groupe de trois cyclistes. Le grand-père, le père et le fils, me dira l'aîné. Papy c'était la vraie dégaine de cycliste, maillot et casquette à l'ancienne, cuissard, bien galbé, solide. Papa sacrés mollets, en T-shirt et short, pédalage régulier et soutenu. Fiston, en fin d'adolescence, aucune dégaine, la chaîne mal placée, pédalage par à-coups, la selle dans le cul les bras pliés. Ils avançaient en file indienne, dans l'ordre généalogique, et je suis venu me mettre dans la roue du petit. Ils allaient dans la même direction que moi. Ça roulait fort, sous l'impulsion de Papy. Dans un groupe de cyclistes c'est celui qui est devant qui fait le plus d'efforts, il prend tout l'air et y creuse un sillon, derrière on est protégé, et moi encore plus, en quatrième position. Si j'étais seul et que j'allais à la même vitesse j'aurais mal aux cuisses alors que là je peux arrêter de pédaler parfois, aspiré, même lâcher le guidon. Une fois que le premier a produit son effort le second vient prendre le relais, ici le père, pendant que Papy s'écarte sur la gauche et se laisse descendre à l'arrière, me faisant passer en troisième position, et ainsi de suite la structure coulisse, garantissant la marche la plus rapide et la plus régulière à l'ensemble du groupe. Sauf que là non, Papy squatte la tête du peloton et continue à envoyer des gros sacs sur son pédalier, le petit est à l'agonie il gigote sur sa machine, j'ai compris à leurs échanges qu'ils étaient en fin de sortie et que Papy tenait absolument à terminer fort, allez allez il fait en se retournant, leur apprendre la vie à ces feignasses. Profitant d'un temps mort on a parlé un peu et je sais maintenant qu'il a tout fait pour que son fils soit cycliste, et que si celui-ci en a conservé une plutôt belle posture sur le vélo il n'en a pas gardé que des bons souvenirs, les courses du dimanche et la pression paternelle, l'exigence de victoire, l'injonction au panache, l'entraînement le régime, et pas les potes et pas les filles et va te coucher, je l'ai vu le père baisser la tête quand il a entendu allez allez, lui il aurait voulu faire une promenade avec son fiston pendant que Papy lui aurait raconté ses propres exploits, gloire locale, encore qu'il aurait certainement basculé sur le potentiel inaccompli de son fils, le père, racontant la carrière à côté de laquelle il était passé, alors quelque part rouler à se faire péter la chaudière ce n'est pas le pire, mieux vaut endurer ça, parce que Papy il ne connaît que ça, la dureté, la rudesse, suffit de voir les mollets donc d'accord, allons-y. Il reste trois kilomètres avant d'arriver à la ville, Papy propose qu'on se la donne jusqu'au panneau, genre on fait la course, et le petit je sens qu'il ne va pas y aller. Il décroche de la roue de son père et je me décale sur la gauche, hop petit coup de danseuse, je le dépasse et viens me caler dans l'aspiration de son père. Papy a descendu une dent, il a mis la chaîne sur un plus petit pignon derrière, emmenant ainsi plus de braquet et imprimant un rythme encore plus soutenu. Le petit s'est relevé et si j'avais un rétroviseur je ne suis pas sûr qu'il y apparaîtrait. Si Papy pense pouvoir me faire péter au train alors il se surestime. Sur la carte j'ai remarqué qu'il y avait une côte juste avant l'entrée de la ville. Quelque chose comme huit cents mètres, terminant en replat ou faux plat montant, à cette échelle ça reste compliqué à interpréter. Après un kilomètre d'un relais soutenu de la part de Papy, Papa lâche prise. Il me semble qu'il en a moins l'envie que les capacités. Je me retrouve seul avec Papy, surpris de ma présence dans sa roue quand il jette un coup d'œil par-dessus son épaule. On avance jusqu'au pied de la côte à allure modérée, sans pour autant que sa descendance nous rattrape, moi devant lui, espérant que sa position en retrait l'invite à attaquer au bas de la bosse, auquel cas je le contrerais en prenant sa roue d'abord, puis en plaçant une accélération juste avant le sommet. Si je n'avais pas su qu'il y avait une côte j'aurais roulé là pleine balle et me serais fait déposer dès les premières rampes. Quand la route s'élève enfin j'entends sa mécanique tourner, la chaîne qui se déplace, et je ne sais pas si c'est pour faciliter son pédalage ou bien le durcir et ainsi gicler. Je le vois, du coin de l'œil, se mettre en danseuse mais il n'accélère pas, il reste dans ma roue, et moi contrairement à ce que j'avais planifié j'envoie fort, j'ai le braquet pour attaquer en me levant sur les pédales mais je reste le cul sur la selle, j'appuie comme si je voulais casser le pédalier, boum boum boum je mets tout ce que j'ai, je garde juste de quoi accélérer s'il venait à s'accrocher mais il ne faudrait pas que ça dure trop longtemps, allez allez, et alors que je devrais l'avoir décroché je sens sa présence, j'ai le souffle de Papy sur la nuque, je l'entends il est là il ne lâche pas, il grogne en même temps qu'il expire, je me retourne il est tout rouge, il fixe la route regard dans le vide, mais tu vas péter bordel, depuis quand il n'a pas connu ça l'ancien, je sens bien que ça lui rappelle sa jeunesse, il se souvient du jour où justement il n'a pas tenu la roue assez longtemps, il va se racheter cette fois, on a peut-être grimpé la moitié de la côte et je pensais qu'à ce train-là il aurait déjà explosé, tout galbé qu'il est ça reste un papy, et moi au bord de l'asphyxie, lactique dans les cuisses, congestion maximale, Séville pèse trois tonnes et j'appuie toujours aussi fort, ou pas d'ailleurs puisque je ne sens plus grand-chose, il fait chaud tout à coup, je transpire à grosses gouttes il doit rester cent mètres et voilà que Papy place son attaque, il me déborde et plus il me dépasse plus je ralentis, j'ai peur pour lui il donne tout, il sacrifie ce qui lui reste de vie pour cet instant, la bave pend de son menton, écarlate, les yeux révulsés, il hurle maintenant quand je quitte son champ de vision et m'écroule sur le guidon, aperçois sa roue arrière qui disparaît bientôt, tête sous les épaules, les deux mains comme cramponnées, seule alternative à la chute, et quand je relève la tête je le vois Papy, là-haut sur le replat, en roue libre. Il a lâché le guidon, dressé le buste, et levé les bras.

Une fin d'après-midi caniculaire me voyait chercher de l'eau dans un cimetière. J'ai dû bifurquer pour aller vers ce village car la carte me promettait d'en trouver un là-bas. En entrant dans la commune j'ai vu un point d'eau sur le côté, petit lac, et quelques familles en train de se baigner. La rive était parfaite pour en faire mon lieu de bivouac mais la présence d'humains m'était inconfortable. Si j'aime les croiser la journée je préfère en faire l'économie le soir. Après avoir rempli mes bidons j'y suis retourné et il y avait déjà moins de monde. Un groupe de quatre mecs était posé dans l'herbe, et une famille, parents deux enfants un chien, encore dans l'eau. J'ai appuyé Séville contre un arbre et suis allé m'asseoir. Personne ne m'a parlé, juste les mecs me regardaient du coin de l'œil, allant et venant de moi à mon vélo, spéculant certainement sur ce qui ne faisait pas le moindre doute. Ils ne sont pas restés bien longtemps, deux clopes et ils étaient partis, alors j'ai commencé à envisager l'endroit. Au bord de l'eau, des traces de feu, signe qu'à tout moment une bande peut venir squatter la place et jouer des airs trop connus à la guitare. De la petite famille qui restait là il n'y avait plus que le père, Gaëtan comme l'a appelé sa femme, qui se baignait encore. L'impatience se faisait sentir chez madame, d'autant que les gosses étant séchés et habillés il était temps de rentrer, sans quoi ils se lanceraient dans je ne sais quelle activité salissante au point d'en finir avec la patience de leur mère. Gaëtan lui s'intéressait bien plus à son chien dont la capacité à aller et venir entre la berge et l'eau pour ramener ce bâton semblait n'avoir pas de limite, tout comme celle de son maître à lui faire répéter l'exercice. Quand il a mis fin au jeu il a décrété qu'il allait sécher tout seul, sans la serviette que lui tendait sa femme. Je voulais attendre qu'ils s'en aillent pour déballer mon barda et monter mon campement mais il a eu raison de ma patience. Je commençais à déplier la tente quand il est venu me voir, encore dégoulinant, des gouttes coulant de son bermuda pas fait pour l'eau. Il avait le corps de quelqu'un qui aurait fait de la musculation sans méthode, ou alors avec un seul exercice, en l'occurrence ici le développé-couché. Sous la graisse on devinait un torse ayant arboré des pectoraux bien dessinés. Les bras plutôt tracés, pas d'épaules. Et la bedaine. Sa première réflexion a été de me dire que j'avais eu là une bien bonne idée. D'où je venais, où j'allais, par où j'étais passé, tout ça l'intéressait, du moins il posait la question, mais à peine j'avais répondu qu'il commentait, me coupant systématiquement la parole, là-bas ah oui il connaissait, là-haut ça oui j'y suis allé une fois, oui oui tous ces coins-là je connais. Il avait un drôle d'accent, me faisant penser à Denis qui l'utilisait souvent, et jusque-là je considérais qu'il était de son invention. Une voix caverneuse. Il s'est mis à me raconter que lui aussi il avait une âme d'aventurier, que la vie de famille l'avait un peu obligé à mettre tout ça de côté mais bon, il était allé partout, partout il connaissait, alors ça va, et puis il s'est interrompu pour hurler sur sa femme que s'il a dit qu'il arrivait c'est qu'il arrivait. J'ai vanté les mérites de l'endroit, le présentant comme un spot idéal pour le bivouac alors même que sa présence me permettait d'en douter, et il a répondu que si je voulais je pouvais pêcher. D'ailleurs lui c'était un pêcheur, un sacré pêcheur même, moi j'ai tout pêché il a dit, eau de mer eau douce, de la carpe du gardon du brochet, tiens t'as qu'à dire un nom de poisson c'est sûr que je l'ai pêché, vas-y dis pour voir j'ai tout pêché moi. Quand il m'a demandé ce que je faisais j'ai répondu que j'étais musicien, violoniste dans un orchestre et professeur au conservatoire, j'allais m'amuser à donner des détails mais il m'a dit ah oui, ah la musique c'est bon ça, moi je chante, j'étais chanteur avant j'ai tout chanté, autant du rap que du rock que de l'opéra, oh le coffre que j'avais t'aurais vu ça, tiens t'as qu'à dire un style de musique c'est sûr que je peux le chanter, vas-y dis, n'importe quoi, et moi je regrettais de ne pas lui avoir annoncé que j'étais astronaute pour savoir ce qu'il m'aurait répondu. Il m'a fait penser à un type que j'avais croisé quelques jours plus tôt et à qui j'avais raconté que je travaillais pour un guide touristique, spécialisé dans les régions tropicales. Il m'a parlé de je ne sais plus qui, le cousin de la copine de son beau-frère, quelque chose d'aussi alambiqué que ça, voyageur lui aussi, enfin lui c'était pour les vacances, il était allé dans un pays comme ça, il ne savait plus où, mais bon, voilà. Parfois les gens vont très loin chercher ce qui les fera exister dans la conversation. Il a gratté l'amitié encore quelques minutes avant d'avouer qu'il avait froid. Mais ça allait, il avait tout connu comme températures, alors ce n'était pas ça qui allait le tuer. Il est parti avec sa femme et ses enfants. J'ai pu monter mon camp et, à la nuit tombée, me réjouir qu'aucun groupe ne soit venu chanter autour du feu. Une heure plus tard, et tandis que j'étais sur le point de m'endormir, Gaëtan est revenu avec une tente, m'annonçant qu'il allait passer la soirée avec moi.

Parfois c'est mieux de ne pas demander aux gens si par là ça grimpe. Il n'y a guère que les cyclistes qui savent renseigner là-dessus, eux ils parlent de faux plat, de raidillon, de pourcentage d'inclinaison, de tape-cul, de replat, de sphalte. Les autres ils miment un angle à quatre-vingt-cinq degrés et ils disent oulah, par là c'est comme ça. Ils promettent la mort. Pour autant personne n'a l'air de s'en faire. Il y a eu cette dame, Joséphine. J'ai beau avoir du mal à imaginer Maurice en contemplatif, je dois bien avouer que ma vie sur le vélo se résume principalement à passer de la route à une terrasse, d'une terrasse à la route, et ainsi ces allers-retours, petite parenthèse à la supérette, jusqu'à la planque pour la nuit, renfoncement forestier ou bord de rivière. Je ne touche pas terre. Le cul toujours posé. Pour ça que j'aime bien les supermarchés, déambuler dans les rayons, être debout, faire des pas et sentir le sol sous mes pieds. J'ai aidé Joséphine à attraper un article trop haut perché pour elle, toute menue la Joséphine, pas plus d'un mètre cinquante et bien la centaine de kilos, avec sa veste verte sur son pull rouge, tout en laine tricotée, on aurait dit une pastèque dont on aurait prélevé un quartier. Ses cheveux grisonnants en pétard, mal attachés, sa jupe froissée et ses espadrilles pas toutes neuves, et ce sourire quand je lui ai tendu l'article, de la bouffe pour chats, comme si c'était la première fois qu'on était gentil avec elle. Elle m'a remercié quatorze fois, et tandis que je m'éloignais en lui souhaitant bonne journée elle est restée là, sa pâtée dans les mains, à me regarder partir comme si elle voulait s'assurer que j'étais bien réel. J'ai traîné dans le magasin en pensant à Maurice qui, s'il m'avait vu là, m'aurait dit que je perdais mon temps à ne pas être sur la route, va te prendre une quiche à la boulangerie qu'est-ce tu fous, et le hasard a voulu que je retrouve Joséphine sur le parking. Elle a fait oh, en se couvrant la bouche de ses deux mains, quand j'ai proposé de l'aider à transférer ses courses du caddie au coffre de sa voiture. Comme vous êtes gentil, elle a dit plusieurs fois, manifestant une joie de petite fille à qui l'on viendrait de faire un cadeau. Je n'ai pas répondu grand-chose à part blaguer sur le fait que ça me changeait, d'utiliser mes bras plutôt que mes jambes. J'ai vidé le caddie sans même descendre de Séville. Au moment de partir j'ai mis un coup de pédale et elle a poussé un cri, ça m'a fait peur, avant de me faire remarquer que j'avais laissé mon casque accroché au guidon. Épouvantée, les mains devant la bouche encore, elle a fait mais enfin, jeune homme, mettez votre casque, il y a tellement de fous sur la route. Je n'allais pas tarder à grimper et sûrement que j'avais un peu anticipé. J'enlève le casque quand ça monte assez longtemps, parce que je vais à deux à l'heure et que j'ai trop chaud. Mais puisque j'avais bien dix bornes à faire avant l'ascension, si ma lecture de la carte était bonne, j'ai préféré me ranger à son avis et enfiler mon casque en la remerciant de sa prévenance. Elle était contente. Elle a dit que ça m'allait bien et j'ai répondu qu'elle n'était pas obligée d'en faire autant. J'ai dit au revoir, elle m'a fait promettre de faire attention. Deux minutes plus tard, elle me doublait sur la route en klaxonnant et agitant le bras, et j'ai beau détester ça, qu'on me klaxonne, parfois ça surprend au point de mettre un coup de guidon maladroit et c'est dangereux, cette fois j'ai simplement levé le bras, et fait coucou.

Quelques kilomètres plus loin, tandis que j'abordais un rond-point, j'ai vu un véhicule mal garé, sur le côté, feux de détresse allumés. J'ai reconnu Joséphine. Lorsque je me suis arrêté à sa hauteur elle a sorti la tête de l'habitacle, et avec un grand sourire lui cachant les yeux elle a avoué m'avoir attendu là pour vérifier que j'avais bien gardé mon casque, que je ne l'avais pas mis juste pour lui faire plaisir. J'ai ri et l'ai invitée à constater. Elle était soulagée, elle a joint les deux mains, s'est signée, murmurant je ne sais quel remerciement envers le Divin, et j'ai ri en affirmant que grâce à elle je serais protégé. Elle est devenue sérieuse tout à coup, tout ceci n'a rien d'un jeu, puis s'est remise à sourire en ajoutant que j'étais une bonne personne, ça se voyait à mon expression, mon regard, et que le ciel avait un plan pour les gens comme moi. J'ai plaisanté en arguant que si j'étais protégé par la volonté divine je n'avais donc pas tant besoin de mon casque, mais ça ne l'a pas fait rire. Elle a dit très sérieusement que je devais avant tout me méfier des suppôts de Satan, ces envoyés démoniaques chargés de me détourner du droit chemin, et je me suis abstenu de lui faire une blague qui lui aurait fait remarquer que pour le moment il n'y avait qu'elle pour me dévier de ma route. Pour autant j'étais touché de ses intentions envers moi. C'était la première fois je crois que quelqu'un m'imaginait fragile. Aux yeux de tous les autres j'apparaissais comme une force de la nature, à l'abri de tout besoin, et qu'est-ce qu'ils allaient m'apprendre, à moi, moi qui suis suffisamment courageux pour partir, suffisamment autonome pour durer, suffisamment détaché pour disparaître. J'ai dit que j'avais de la route, qu'elle était gentille, que je me souviendrais d'elle, et je lui ai demandé son prénom. Au moment de nous séparer j'ai insisté pour qu'elle parte la première, sans avouer que c'était pour éviter qu'elle me klaxonne de nouveau.

Dix kilomètres plus tard j'arrivais aux abords de la ville au pied du col. Cette distance était idéale pour aborder bien échauffé les premières rampes, qu'on m'avait vendues comme particulièrement difficiles, mais je n'avais pas posé la question aux bonnes personnes. Depuis le rond-point où j'avais vu Joséphine la route n'avait été que plate, peut-être un peu de faux plat de temps en temps mais jamais plus de deux pour cent d'inclinaison. J'ai mis un braquet léger, pour bien tourner les jambes, éviter de trop engager mes muscles. Selon la carte j'allais devoir traverser la ville sans jamais dévier de son artère principale, ni céder à l'envie de boire un café. M'arrêter ici et prendre le risque d'attaquer le col à froid serait aventureux. À l'entrée de la commune, juste avant le panneau blanc encadré de rouge, j'ai vu un véhicule garé, et cette fois j'ai reconnu la voiture avant de reconnaître Joséphine. De nouveau je me suis arrêté à sa hauteur alors même que, m'ayant aperçu dans son rétroviseur, elle tendait déjà le bras hors de l'habitacle. Bah alors Joséphine, j'ai fait, sourire aux lèvres pendant qu'elle se couvrait la bouche, décidément, et avec un air de s'excuser elle a répondu que je lui étais sympathique, que c'était rare qu'elle sente tant de gentillesse chez quelqu'un, et qu'elle aurait aimé m'offrir un café, s'il me plaisait. Pire timing possible me concernant, j'ai pris quelques secondes à répondre elle a failli mordre l'un de ses doigts qui traînait trop près de sa lèvre supérieure, et dans son regard j'ai senti tant d'attente, tant de joie en suspens, que j'ai dit oui. Elle a éructé une onomatopée en tapant dans ses mains, ça m'a fait sourire. Elle m'a décrit comment me rendre au café en question et en réalité il suffisait d'aller tout droit et s'arrêter à la première terrasse. J'y suis arrivé avant elle, me suis installé, et ai prévenu le serveur qu'avant de commander il me fallait attendre de la compagnie. Sous la table, un chat a pris la fuite quand j'ai essayé de le caresser.

Joséphine a quarante-quatre ans, en paraît soixante, s'exprime comme si elle en avait douze. Me voir ainsi chargé lui fait dire que je suis drôlement courageux. Quand elle me demande où je vais je réponds que je m'apprête à grimper le col, basculer, puis me poser la même question. Je vous trouvais courageux mais vous êtes peut-être fou, elle dit dans un rire, et je réponds oui, certainement que je suis fou, puisque à mon sens il faut avoir peur pour être courageux. Vous n'avez pas peur, elle demande et je dis non, de quoi devrais-je avoir peur, et à ça elle ne répond rien, regarde dans le vide comme pour faire l'effort mental de trouver ça concevable. J'ai pris un soda frais, elle un chocolat chaud. Je la sens perturbée alors je concède qu'il peut m'arriver, la nuit quand je dors dans la nature, d'être attentif aux bruits qui m'entourent, des fois qu'on viendrait m'agresser ou me chercher des problèmes. Elle sourit et entoure de ses mains sa tasse chaude, rassurée à l'idée d'entendre un propos recevable. Elle ne lève pas la tasse à sa bouche, plutôt elle baisse la tête et y plonge son nez, long et un peu crochu, comme quand la tasse est remplie à ras bord et qu'il faut venir y tremper les lèvres. Ça me ferait rire que son nez s'y coince. Je lui raconte la fois où, après avoir demandé à un agriculteur s'il avait un lopin de terre où me permettre de poser ma tente, j'ai passé la soirée à entendre des bruits dans la nuit noire, sans lune, des bruits qui me semblaient être des pas, trahis par des brindilles sèches et cassantes. Elle écarquille les yeux et ne lâche plus sa tasse. Je m'étais saisi d'un bâton aux dimensions semblables à une batte de base-ball, tout aussi contondant, bonne prise en main. J'ai pensé qu'il y avait bien plus de chances que je sois la victime d'une blague que la proie d'un agresseur. Faire peur à un voyageur en bivouac, ce n'est pas ce qu'il y a de plus malin mais ça n'est pas bien méchant non plus, pour peu que ce soit des gamins du village qui s'emmerdent en été ce serait plutôt de bonne guerre, mais moi je n'ai pas le temps de savoir qui est qui. Si quelqu'un venait à surgir de la pénombre, quelles que soient ses intentions, ça finirait en coup de bâton dans la bouche. Et c'est ce que j'ai dit, à voix haute, m'adressant à la nuit, eh, si quelqu'un est là et m'entend, j'ai un bâton super lourd dans la main, alors blague ou pas blague moi je vais pas rigoler, vous êtes prévenus. Joséphine à ces mots a un rire crispé, elle vit la scène par procuration, à ma place elle aurait sûrement fait une crise cardiaque. Ce soir-là il ne s'est rien passé. Personne ne s'est manifesté, personne n'est venu me faire peur, ni gratter l'amitié. J'ai parlé tout seul quand j'ai lancé mes menaces, à moins qu'elles n'aient été efficaces, auquel cas la personne incriminée aurait mis un soin très particulier à couvrir sa fuite. J'ai continué à percevoir les mêmes bruits et en ai conclu que le silence n'existait pas. Joséphine retient de mon anecdote que si je devais avoir peur de quelque chose ce serait des gens, et en hochant la tête je réponds oui, certainement. Elle aussi ça la tracasse. Elle me raconte qu'elle vit avec sa mère, dans le corps de ferme familial où elle s'occupe d'elle, comme recluse, à cause de la méchanceté. Celle de tout le monde. Tout le temps. Elle se dit assaillie par des ondes malignes, aussi bien dirigées contre elle qu'en suspension dans l'air. Tout ça vient s'accrocher à son corps, à sa tête, la fait suffoquer au point de mal supporter le monde, pour cela qu'elle dédie sa vie à ses animaux, chats chiens lapins, ainsi qu'à sa mère impotente. Elle collectionne les peluches. De toutes sortes, mais avec une préférence pour les animaux poilus. Elle me confie qu'une heure plus tôt, au supermarché où l'on s'est rencontrés, lors de son passage en caisse il n'y en avait qu'une d'ouverte et une longue file d'attente, bien sept personnes, elle en deuxième position derrière un homme au caddie rempli, et lorsqu'une seconde caisse a ouvert, juste à côté, tous ceux qui étaient derrière elle s'y sont rués, en particulier celui qui fermait la file et se retrouvait soudain premier. Elle s'est sentie méprisée, blessée, vous vous rendez compte elle dit, comme les gens se considèrent si peu les uns les autres, comme ils sont prompts à passer devant, sans la moindre gentillesse, personne ne s'est demandé si je n'avais pas du mal à tenir debout à cause de ma jambe, et là elle fait une parenthèse sur ses varices à la jambe droite, et la voilà ensuite repartie sur le manque de respect dont elle a été victime, d'autant plus dommageable qu'elle avait eu matière à se réjouir de mon aide, quelques minutes plus tôt quand je lui ai attrapé la pâtée pour chats, cette attitude à la caisse l'a ramenée à cette réalité, que la gentillesse est rare, que l'indifférence n'est que de façade car dans le fond elle procède de la haine, et c'est trop violent, pour elle, d'évoluer dans un monde qui la déteste tant. Je dis ah oui, dur, et je bois un peu dans mon verre. Parce que je sens que ça va lui faire plaisir j'annonce que, dans la vie, je suis policier, et que je suis bien d'accord avec elle, c'est pour ça d'ailleurs que j'ai choisi ce métier, arrêter les méchants. Bouche bée, toujours aussi expansive dans ses réactions, elle se met à sourire très fort et applaudir, oh, je savais bien que vous deviez être tourné vers les autres, ah ça oui ça vous ressemble, j'étais sûre de ne pas me tromper sur vous, et puis en reprenant un peu de sérieux elle affirme qu'en tant que policier je ne devrais pas commettre d'infraction telle que ne pas porter mon casque. On passe ainsi une bonne demi-heure à égrener les méchancetés du quotidien qui font de cette vie un enfer, et Joséphine fourmille d'anecdotes à ce sujet. Le fait que la population dans son ensemble ne paraisse pas faire assez grand cas de sa jambe est systématiquement un facteur aggravant. Elle parle de contamination, accuse les autres de l'entraîner dans leur sillage. C'est le monde qui la rend comme ça. Pour ça qu'elle mène une vie recluse, rythmée par les feuilletons, les besoins de sa mère, ceux de ses animaux. La seule joie qui n'est dirigée que vers elle-même c'est sa collection de peluches. Elle leur donne des noms, leur invente des vies, crée des scénarios, dramatise leur existence autant que la sienne. Elle me raconte que Mindy, petite souris habillée en soubrette, est amoureuse du châtelain en tenue de pirate, Sir Hornigold. Elle ne se rend même pas compte qu'il abuse d'elle et de sa position, elle se berce d'illusions quant à la possibilité qu'il puisse quitter sa femme, Lady

Bonnet, qui est une girafe, alors même que celle-ci est au courant de leur petit manège, sans compter qu'elle n'est pas en reste, fricotant pour sa part avec Thatch, le valet de chambre. Je constate que ses peluches ont des comportements bien plus vils que les gens dont elle maudit l'attitude dans la rue. Quand elle me raconte ça elle est excitée comme tout, en vient à se déclarer impatiente de rentrer pour reprendre l'histoire là où elle l'a laissée. Je me dis qu'il est peut-être temps en effet. Je commence à ranger mon tabac et compter mes pièces pour régler l'addition quand elle me pose la main sur le bras, attendez, elle dit, et son visage se grise. Je voudrais vous parler de mon plus gros problème. Je dis d'accord et repose mon dos contre le dossier de la chaise. Elle fréquente la paroisse. Depuis toute petite. Elle pense que Dieu la met à l'épreuve. Elle évoque le curé. Elle le connaissait depuis l'enfance, il a pris sa retraite récemment. Son remplaçant vient de loin, il n'a pas la même couleur de peau. C'est un grand changement pour elle. Elle craint que cet homme ne la comprenne pas. On ne vient pas du même monde, vous comprenez, et je me contente de hocher la tête. Elle s'épanche sur les impossibilités que cela implique, sa peur de ne pas trouver auprès de lui une oreille suffisamment compréhensive. Je lui demande pourquoi il en serait ainsi, et en pinçant la peau de sa main elle me dit vous savez, ces pauvres gens, leur peau, c'est une malédiction qu'ils ont reçue. Un long silence s'installe. Elle ne remarque pas ma gêne car elle ne la conçoit pas. J'avais toutes les raisons de la trouver aimable jusqu'ici. Je me demande combien ce propos annule le reste. Vous ne croyez pas en Dieu, elle demande, et je dis non. Vous ne croyez donc pas aux miracles, elle ajoute sur le ton de l'évidence, et je réponds que si. Elle ne dit rien mais son visage vibre d'incompréhension. Sur cette terrasse nous sommes abrités à moitié par un parasol à moitié par un arbre. Je lui dis tenez, vous voyez cet arbre, n'est-ce pas, et elle répond oui. Je dis eh bien, cet arbre, je vous fais le pari que dans six mois il n'aura plus de feuilles. Elle hoche la tête. Je tire une taffe, je bois une gorgée. Et dans un an, j'ajoute après avoir soufflé la fumée, vous verrez, il en aura de nouveau.

Interstices

Noël s'est réveillé en quinconce alors il m'a demandé d'aller chercher du pain au village en bas. Ça faisait longtemps que je n'avais pas conduit une voiture. Ça m'a perturbé car je n'avais plus l'habitude de voir les lignes blanches défiler si vite. J'ai observé les virages qu'il avait jugés propices à l'accident et me suis trouvé en désaccord pour la plupart d'entre eux. À moins que je ne sous-estime la violence de ces chocs. Passer d'une selle de vélo à l'habitacle d'une voiture donne l'illusion d'être intouchable. En entrant dans la ville je suis tombé sur un panneau indiquant la déchetterie et ça m'a rappelé qu'il n'existe pas de consensus quant à l'orthographe de ce mot. Au long de mes pérégrinations j'ai vu des panneaux déchetterie, des panneaux déchèterie, et j'ai cru comprendre que les deux étaient corrects, ce qui pose question d'ailleurs, or cette confusion en entraîne d'autres puisqu'il m'est arrivé de voir des panneaux décheterie, mais aussi déchetterrie, ou encore déchéterie. Il semblerait que l'accent aigu en début de mot soit incontournable, signe que la constance a un point de départ. Celui de cette ville présente l'orthographe la plus courante, soit déchetterie. Je ris intérieurement en me souvenant que Noël se considère comme bon à jeter aux encombrants. Je me demande dans quelle benne j'aurais ma place. Les gravats, peut-être. C'est là que j'y mettrais Noël pour ma part.

Marcher dans ce genre de petite ville inconnue me rappelle mes escapades avec Renata. Comme on prenait les routes départementales on aimait beaucoup s'arrêter dans les communes, investir des lieux que seuls fréquentent leurs habitués. On dépareillait dans le décor, la sensation de nouveauté était mutuelle. Avec Renata on s'est beaucoup aimés. On s'est détestés aussi, mais moins, raison pour laquelle ça a un peu duré. Elle n'était pas d'une beauté évidente, de celle qu'on identifie en photo, ces beautés figées relatives aux traits, à l'harmonie supposée conforme. Sa beauté à elle trouvait sa source dans son expression, la parole et le geste, la voix l'attitude, son humour provocateur, à la limite parfois, souvent même. Son insolence candide, son rire à la fois moqueur et bienveillant. Elle pouvait faire d'un parfait inconnu son complice en quelques secondes. Tout en elle transpirait la vérité, le naturel. Elle était de ces personnalités qu'on ne peut ignorer, toujours dans l'excès mais juste un peu, juste ce qu'il faut pour être excentrique sans être bizarre, déborder sans abus, susciter la curiosité plutôt que la défiance. Pour ne pas l'aimer il fallait vraiment manquer de patience, ou ne pas être de nature à se permettre. Elle avait le défaut de sa qualité, son assurance était telle qu'elle ne supportait pas d'être prise au dépourvu, je le lui reprochais quand je l'entendais prétendre savoir quelque chose, cette incapacité à admettre qu'elle ignorait, cette urgence à répondre, n'importe quoi, cette habileté à déplacer la conversation, et cette façon de célébrer ce qu'elle vivait comme une victoire quand l'interlocuteur n'avait pas su la démasquer. Elle était un défi permanent. Convaincue de mériter ce que le monde avait de mieux. La joute était fréquente et c'était pour moi l'occasion de briller un peu à ses yeux. Ma patience, ma lenteur, mon flegme, disait-elle sans être sûre de l'usage du terme, me procuraient du recul, à terme un peu de sagesse, et moi je répondais simplement que contrairement à elle je prenais le temps de réfléchir. Elle avait toujours le dernier mot, après m'avoir laissé parler. Mon débit devait être mesuré pour ne pas perdre son attention, mes mots choisis sans quoi j'étais accusé de vouloir la noyer dans le flux. Elle prenait plaisir à m'écouter jusqu'à un certain point, celui qui la menaçait de changer d'opinion. Elle le faisait sans vice, me laissait deviner qu'elle n'était pas dupe de ses propres entourloupes, et ça s'achevait sur un propos assené comme une sentence, le petit rictus en coin pour dire oui, je sais. C'était souvent accompagné d'une mignonnerie, elle excellait à obtenir le pardon par ces attitudes semi enfantines, et j'avais beau ne pas être dupe elle me faisait fondre. La vérité était son phare, jusqu'à ce que le récit lui déplaise. Et puis on passait à autre chose.

Je retrouve la place de la veille. Certains s'affairent encore en cette fin de matinée mais pour l'essentiel ils ont déjà déménagé toutes les tonnelles. Il ne reste plus que les lampions, derniers témoins de l'effervescence. Les rouges les jaunes les bleus les verts les peut-être violets, si j'en crois ce que j'ai toujours tenu pour vrai. Je termine la clope que j'ai fumée dans la voiture avec la permission de Noël, l'éteins sous ma chaussure et, au moment de m'approcher d'une poubelle pourtant à moitié remplie, je m'étonne de voir autant de détritus joncher le sol autour. Je reconnais là un ticket de caisse, une bouteille en plastique de petit format, un emballage transparent ayant contenu un biscuit ainsi que quelques mégots. Je me dis qu'il faut être soit très pressé soit très éméché pour rater sa cible quand celle-ci est ainsi béante, offerte car immobile, et préposée à la chose. Les ordures forment une piste, et je me demande où l'on arrive si on la suit. Aussi longtemps que je garde la tête baissée j'ai des détritus dans mon champ de vision. Les mégots sont les plus représentés, ils constituent des traits d'union entre chaque nouvel attroupement. Certains déchets sont plus propres que d'autres, ici des pelures d'orange mêlées aux restes d'un gobelet en plastique ayant été minutieusement détruit, par petits bouts, comme un geste nerveux se répétant à mesure que la conversation devient gênante, ou simple réflexe de qui se donne une contenance. Par moments je croise des monticules, devant l'épicerie notamment, cagettes et films plastique entre autres, les mégots disposés en cortège paraissent s'y diriger comme s'il leur fallait se réunir et s'organiser en petits groupes. Les fumeurs sont des fournisseurs zélés, car en plus des mégots on trouve des paquets vides, ainsi que ces emballages autour quand ils sont neufs. À mesure que je suis la piste formée par les déchets je quitte la place et m'engouffre dans une rue piétonne tout aussi pavée, si bien que dans les lignes qui les séparent beaucoup de choses viennent s'intercaler, résistant ainsi aux coups de balai et s'assurant une pérennité. C'est le cas des mégots surtout, encore eux, ils ont la bonne forme pour venir se glisser dans les brèches, ils se mélangent à la mauvaise herbe qui y pousse et ne bougent plus. Ils sont aussi indésirables que permanents, car les employés de la voirie ne poussent pas le zèle jusqu'à les déloger. Pour s'en défaire il faudrait les cibler. D'où je regarde on jurerait qu'ils s'accrochent à l'existence, attendent que la tempête passe et profitent de leur place marginale, on les voit mais on ne les considère pas, on les nie, résidus. Cette cigarette que j'observe maintenant, elle a été jetée très tôt, il restait encore beaucoup à fumer, et elle est venue se caler de tout son long dans la fissure entre deux pavés lui réservant pile l'espace nécessaire à son emprisonnement. Pour l'en extirper il faudrait pouvoir y glisser quelque chose de plat, genre touillette à café ou bâton de glace, et faire levier. J'imagine un fumeur compulsif trop impatient d'en allumer une nouvelle, ou quelqu'un qui se cacherait de ses parents et se serait fait surprendre. Quelque chose sent l'urgence ici. C'est compliqué de sortir d'où on a été laissé tomber. Ne reste qu'à y trouver sa place.

Avec Renata, la vie n'était qu'une succession d'instants à saisir, plutôt que de plans à projeter. Elle voyait mes constructions mentales comme autant d'alibis. Je plaidais la patience elle m'accusait d'immobilisme. À ses yeux je vivais en différé. Sans compter que je n'avais rien à en dire, de la supposée finalité que cette attente devait servir. La patience comme fin en soi. Elle a fini par y voir la promesse d'une vie d'ennui et de remords. Elle a dit c'est bien de réfléchir, mais à un moment il s'agirait d'entreprendre quelque chose. Si j'avais été plus franc avec moi-même j'aurais remarqué qu'elle s'éloignait. Au lieu de quoi, j'en suis encore sonné. J'ai un peu passé ma vie à la rêver. Sans jamais trop savoir de quoi. De liberté, de passion, d'amour, d'indépendance, comme le premier blaireau venu. Je ne sais pas comment on concilie la grandeur d'une ambition et sa banalité. Surtout quand ça ne repose sur rien, juste des principes trop grands. Je n'ai jamais été heureux au travail. Je me suis imaginé tour à tour comédien, orpailleur, peintre, trafiquant de drogue, photographe, braqueur, écrivain, voleur, tout ce qui me semblait sortir du cadre, alors même que je n'avais de prédisposition pour aucune de ces activités. À moins que le désir ne soit déjà une qualité. Renata je lui parlais d'un moi qui existait quelque part, enfoui, trouverait matière à se révéler le temps venu. En vitrine. L'avoir dans ma vie c'était la réussir. Et avec brio, qui plus est. Elle éclairait tout. Qu'aurais-je pu désirer de plus. Certainement pas une carrière. Je vivais dans le but d'atteindre une stase, un endroit de l'existence où tout est à sa place, où plus rien ne bouge, zénith, avant la descente. Elle m'a rangé dans le tiroir. Quand elle est partie, ça faisait un moment déjà qu'elle n'était plus là.

J'ai dû relever la tête par moi-même car le chemin tracé par les détritus allait me jeter dans le canal. Quand je rejoins la voiture j'ai l'impression de rentrer à la maison. En sortant de la ville par un autre itinéraire, sens unique oblige dans l'artère principale, je tombe sur un nouveau panneau, déchèterie cette fois. On saura quoi faire de nos déchets quand on saura quels mots mettre dessus. Noël doit être réveillé maintenant. Il doit m'attendre. Je ne suis pas sûr que la baguette soit ce qu'il souhaite réellement me voir brandir. Il fait beau je dois rabattre la visière. Les sièges en cuir ont chauffé j'étais garé en plein cagnard. Renata a considéré que la vie sans moi était plus prometteuse. Sur la fin, elle faisait l'amour toute seule. Je n'ai pas mal aux jambes. J'ai semble-t-il repris un peu de poids. Renata me dirait qu'elle est heureuse pour moi. Mon linge est propre, je sens bon. Avant de descendre en ville j'ai réussi à caresser Elton. Pas longtemps, mais quand même. Je sais manier une arbalète.

Je grimpe des montagnes à vélo. Je peux différencier l'orge du blé. Je sais ce qu'est un paillon. Je vois le violet et je l'appelle comme ça.

III
Montagne

Tissu

À quoi elle pense quand elle me regarde. Depuis qu'elle s'est installée elle a tourné la tête plusieurs fois vers moi. Je ne sais pas à quel point les verres teintés de mes lunettes cachent mes yeux gonflés, alors je fais en sorte d'être discret. Elle a commandé une boisson gazeuse avec une tranche de citron, j'en suis à mon quatrième café ce matin. On est plusieurs à être seuls à notre table, chacun s'occupe comme il peut, avec un journal un téléphone une grille de mots croisés, il n'y a qu'elle et moi qui levons la tête. Elle fume, elle aussi. Elle a pris une table au soleil, elle aussi. L'établissement, café-glacier-épicerie-relais de colis-dépôt de pain, est le seul ouvert en ce dimanche, et pas uniquement dans le bled. Il semblerait qu'à des kilomètres à la ronde on ne trouve pas la moindre supérette, je le comprends aux conversations, et à ce type qui affirme qu'il en a un peu marre de se taper trente bornes aller-retour tous les week-ends. T'as qu'à le congeler ton pain, lui dit l'autre. La jeune femme ne paraît pas s'en soucier, ou alors elle a une façon très discrète de tendre l'oreille, contrairement à moi qui me retourne pour regarder qui parle. Elle a des bagues, et des bracelets. Comme la fille de la veille, au bistrot où j'ai pris mon petit déjeuner. Lassé que personne ne vienne prendre ma commande j'ai décidé de m'approcher du bar pour les forcer à me servir. J'étais un peu agacé mais je n'ai rien laissé transparaître quand elle m'a parlé. Le sourire qu'elle m'a adressé, sur le coup je n'ai pas su le prendre comme un geste commerçant. Ça m'a un peu chamboulé. On ne m'avait pas souri comme ça depuis longtemps. J'ai ironisé sur mon impatience et ça l'a fait rire. Elle a apporté le café à ma table et j'ai encore fait une blague, mélangée à un compliment, tout ce qu'il y a de plus maladroit. J'ai rougi quand elle a rougi. Au moment de payer je suis de nouveau allé au bar, cette fois prétextant que c'était pour lui faciliter la vie. Elle m'a posé quelques questions sur ce qu'elle appelait mon périple. Elle a dit qu'elle adorerait faire ça, mais pas toute seule. J'ai failli lui proposer de m'accompagner. Il y a eu un silence pendant lequel tout client satisfait est censé partir en souhaitant bonne journée. Je n'avais pas envie de partir. J'ai pensé qu'elle n'avait peut-être pas envie que je parte. Une fois sur le vélo, et après avoir pédalé suffisamment pour quitter la ville sans même savoir où j'allais, je me suis demandé à côté de quelle histoire d'amour j'étais encore passé.

Celle du bar de la veille était brune. Celle-ci, sur la terrasse, est blonde. Par choix, si j'en crois les racines. Elle a le teint pâle et s'expose au soleil. Elle porte une chemise trop grande, déboutonnée jusqu'au bas du cou, aux allures masculines. Elle a découvert l'une de ses épaules, la gauche. Remonté les manches au-dessus du coude. Les poignets pleins de bracelets. Pas mal de perles. Un petit short en jean, et des sandales. Cheveux attachés en demi-queue. Boucles d'oreilles rondes, très grandes. Visage qui pointe, nez et menton. Dents blanches. Les ongles vernis, noirs. Elle tient sa cigarette entre le pouce et l'index, pose le coude sur l'accoudoir avant de tirer dessus. Elle boit parfois une gorgée avant de souffler la fumée. À sa table il n'y a pas de parasol. À la mienne oui, mais je suis assis à la seule place qui ne reçoit pas d'ombre. Le soleil brille sur sa nuque, moi sur ma joue gauche. Si elle partait tout de suite je n'aurais pas à me demander plus longtemps de quoi je pourrais bien lui parler. Quelque part, ça m'arrangerait, qu'elle s'en aille. Je me surprends pourtant à commander un autre café, allongé celui-ci. La chaleur augmente, le soleil est haut. Je devrais partir. Le désir résonne en moi comme une alarme. Il relève un manque. M'oblige à le questionner. Trouver de quoi le rendre futile et renoncer. J'attends mon café puisque je m'y suis condamné.

Un jour, alors que je roulais sur une route de campagne complètement déserte et vierge de marquage au sol, j'ai été dépassé par un camion sur la route étroite. Le genre qu'on utilise pour déménager, et que certains transforment en habitation mobile. C'était le cas de celui-ci. Je l'avais anticipé, il s'entendait de loin, musique à fond qu'on écoute en club ou en tapis sonore dans les boutiques de prêt-à-porter. Le véhicule a ralenti à ma hauteur et, à l'avant, serrées les unes contre les autres, j'ai vu trois jeunes femmes, toutes brunes, toutes tournées vers moi, accompagnant la musique de cris stridents se voulant des salutations. Je n'ai pas eu le temps de bien les distinguer, je me souviens surtout de bras gesticulants, me faisant coucou, des bras nus, de voix n'articulant que des sons et pas de paroles, voix aiguës, et puis l'accélération. Le camion passé j'apercevais encore la main droite d'une passagère, dépassant seule de l'habitacle, et soudain j'ai suspecté la route de s'être élevée quelque peu, le revêtement de s'être détérioré pour devenir granuleux, mon porte-bagages de s'être lesté d'un passager. Collé au bitume, le pédalage rendu arythmique, paresseux. Jusqu'à m'arrêter au bord de la route et poser ma tête sur le guidon. En la relevant je n'ai vu que la ligne droite, sans fin, qui s'étalait devant moi, et l'effet de la chaleur sur la surface du goudron, cette nappe floutée, flaque d'air en surchauffe. J'ai plissé les yeux pour essayer d'apercevoir le camion, ses passagères, et me suis empressé de chasser de ma tête l'idée qu'elles pouvaient être là-haut, au premier croisement, à m'attendre, après s'être concertées. Je l'ai espéré si fort que j'ai modéré mon allure, de manière à ne pas trop transpirer en arrivant. Au croisement, il n'y avait personne. J'ai bu de l'eau.

En vagabondant je me rends disponible à ce que les choses arrivent. Et là où beaucoup s'imaginent que ces choses abondent, beaucoup se trompent. Il n'arrive généralement rien. Je roule je roule je roule, les lignes blanches défilent, et les filles me klaxonnent sans s'arrêter. Je suis trop occupé pour m'échapper du réel. Il est trop dans mon corps pour que je puisse faire semblant de l'ignorer. Cette fille, à la terrasse, cette fille ensoleillée, c'est parce que mes pieds touchent terre que j'en suis curieux. Le sol me ramène au monde, le monde à la vie, la vie à mon corps, et mon corps à mon plus simple appareil. Ça me contrarie un peu. Je sens s'immiscer en moi le dilemme de celui qui s'apprête à fauter mais se cherche des excuses, au point de remettre davantage en question sa condition initiale que son acte à venir.

Je regardais des photos, prises avec mon téléphone, quand je me suis rendu compte que je n'apparaissais jamais. Des routes, des virages, a priori sans intérêt pour qui n'aurait pas pédalé là. Des panneaux de villes et villages, des pancartes, du bétail. Des clairières des maisons des statues. Des ponts. Des chemins de fer. Le ciel. Chacun des lieux où j'ai dormi, ainsi que Séville sous tous les angles possibles. Mais ma ganache, jamais. Je me suis tourné vers la fille ensoleillée et, après l'avoir interpellée en la vouvoyant, lui ai demandé si elle voulait bien me prendre en photo. Elle a dit oui tout de suite et j'ai aimé le timbre de sa voix cassée. Elle a tendu la main la première. La voici maintenant me disant de regarder droit devant moi, pose naturelle comme si le cliché était pris sur le fait, et ça m'amuse qu'elle décide elle-même de ce que doit être la photo. J'aurais très bien pu vouloir un portrait ou avoir une idée précise mais non, elle impose ce qui lui semble juste. Je m'exécute. Elle en prend deux, me l'annonce. Une à la verticale et l'autre à l'horizontale. Elle dit que je devrais enlever mes lunettes mais je plaide l'œil au beurre noir, presque passé mais encore un peu jaune. J'ai remarqué, elle fait, les griffures aussi, tout comme le nez gonflé, et je sens bien qu'elle veut me demander pourquoi j'ai le visage aussi meurtri mais s'en empêche, alors je dis en riant que j'ai fait une mauvaise chute et heurté un rail de sécurité. Ça doit faire mal, elle dit, et je réponds oui. Ma cigarette est éteinte dans le cendrier et elle propose que je la rallume. J'entends le son du téléphone imitant celui de l'appareil photo en rafale, elle photographie chacun de mes gestes, et certainement qu'en les regardant à la suite je reverrai la scène comme on fait défiler des dessins dans le coin d'un carnet. Elle change d'angle, se met en face, ne me regardez pas elle dit sans jamais poser ses yeux sur moi, seulement l'écran, et alors que je pose le coude sur la table cigarette entre index et majeur et regard en biais elle dit stop, voilà ne bougez plus, je la vois passer de la verticale à l'horizontale, tournant ensuite le téléphone dans tous les sens, diagonale, et à voir comme elle s'applique elle prend ça très à cœur. Je ris, je n'ose plus bouger et à peine ouvrir la bouche, mais je m'aventure à lui demander pourquoi elle prend tant de photos. Me regardant enfin, elle abaisse le téléphone qui se dressait entre nous, fait non de la tête en haussant un sourcil comme s'il fallait tout m'expliquer, et en levant de nouveau le téléphone, elle me dit vous êtes beau.

J'ai dit à une femme qu'elle était belle. Un soir où je m'étais permis un camping. Avec restaurant, histoire de vraiment être à la fête. Un boui-boui le truc, et conscient de sa condition, mais par rapport à une boîte de thon dans la tente c'était déjà du luxe. Tout le monde fumait là-dedans. J'avais vue sur la cuisine, et tout le monde fumait là-dedans aussi. J'ai pété une clope en espérant qu'on m'en empêche et que je puisse ainsi solliciter une visite de la cuisine reconvertie en coin fumeurs. On ne m'a rien dit du tout et j'étais déçu. Ouvert aux quatre vents, ils devaient considérer qu'on était comme à l'extérieur. Au restaurant je m'arrange toujours pour avoir un mur dans le dos, petit j'ai entendu dans un western que c'était le meilleur moyen de se prémunir d'une balle entre les omoplates. Ici ça impliquait que je pouvais observer les deux serveuses s'affairer. Celle qui s'est occupée de ma table, ma foi, elle n'était pas du métier. Gênée dans tous ses mouvements, appesantie dans ses déplacements, maladroite, décousue. La fille du frère du meilleur pote du type qui fumait derrière le bar là-bas, juste en face de moi, celui qui semblait gérer la place vu que chaque fois qu'il s'adressait à une serveuse elle changeait de direction. Celle qui ne s'occupait pas de ma table portait des bottines à talons lourds, ça s'entendait au sol et à ses petits pas multipliant les impacts, à tout moment on savait la repérer dans le resto, et si moi je me contentais du son ça n'était pas le cas de tout le monde. Les six bonhommes colonisant une table de quatre, remplie de cadavres de bouteilles vides comme pour faire les comptes, s'évertuaient à distraire la serveuse de son travail et solliciter un peu de sa présence autour d'eux, et ce d'une manière pas toujours élégante, entre compliments grossiers et sous-entendus vaguement voilés, suivis de rires gras. J'ai trouvé la serveuse très professionnelle avant de me demander si elle n'était pas complètement maso. La mienne, de serveuse, si elle avait été en charge de la table du groupe de mecs, n'aurait certainement pas reçu les mêmes invectives, et si ç'avait été le cas, ne s'en serait pas aussi bien sortie. Discrète, effacée, j'ai à peine entendu le son de sa voix quand elle est venue beaucoup trop tôt prendre ma commande. Tout comme j'ai dû tendre l'oreille quand elle s'est excusée d'avoir mis trop de temps à revenir. Les cheveux attachés, des lunettes rondes un peu larges, aucune parure, elle et sa collègue étaient totalement dépareillées, tant l'autre était apprêtée et maquillée comme pour aller danser, le tablier mis à part. Elle répondait fort aux provocations de la bande de bonhommes, sans quoi elle aurait été submergée. J'ai fini par comprendre que consentir à la situation et au rapport de force déséquilibré était un moyen pour elle de s'assurer une relative tranquillité. La résilience contre le scandale. Pourtant j'avais du mal à la cerner, interpréter son attitude, entre fausse complaisance et véritable flatterie. Elle semblait gênée mais préférer ça, pourvu qu'on la désire. Je l'ai vue se pencher sur leur table plus que nécessaire, lancer quelques clins d'œil, sous-entendre à son tour. Je crois bien l'avoir vue satisfaite, d'être ainsi l'objet du désir d'un groupe d'hommes, désir dont elle pourrait faire ce qu'elle veut, malléable à souhait, je l'ai vue retourner la situation à son avantage au point de régner sur le groupe d'hommes alors comme agenouillé, chacun d'entre eux pendu à ses lèvres, quémandant un peu d'attention, espérant se distinguer assez pour être choisi parmi la meute, et alors qu'elle s'en serait bien passée la voilà qui endosse le rôle, choisit de dominer plutôt que subir, obligée d'y prendre part, et finit subtilement par élargir le fossé entre eux, la rendre inatteignable. Elle a fait mine de s'approcher pour mieux s'éloigner finalement, appel contre-appel. Les voilà disqualifiés. Ma serveuse, quant à elle, et contrairement à sa collègue, n'avait pas envie qu'on la voie. Elle y arrivait très bien. Mais moi je l'ai vue. Je l'ai vue contrariée quand le type derrière le bar lui a reproché d'avoir interverti deux assiettes, à s'en mordre l'intérieur des joues. Ça lui a creusé des fossettes sous les pommettes. Je l'ai vue soulagée quand de gentils clients compréhensifs ont jugé que c'était normal d'être aussi stressée, elle a souri fort en disant merci et ça lui a plissé les yeux. Je l'ai vue quand, se croyant à l'abri des regards entre le bar et un frigo, elle a tapé un petit pas de danse, montrant qu'en d'autres circonstances elle savait très bien maîtriser ses gestes. Je l'ai vue rougir, quand je l'ai regardée dans les yeux au moment de payer l'addition. En partant, et alors qu'elle me disait au revoir, je me suis approché jusqu'à lui couper la route, la forçant à lever son visage vers le mien, et quand je lui ai demandé, deux fois parce qu'elle a eu besoin que je répète, si on lui disait souvent qu'elle était belle, elle a répondu non.

Cette fille qui me prend en photo, genou à terre maintenant, je ne sais pas ce que je vais lui dire. Là je lui demande si elle a prévu de s'allonger ou de faire des saltos pour la prochaine série. On a quitté la terrasse, on se dirige vers chez elle. Elle s'est spontanément, et sans me concerter, assise à ma table sitôt le téléphone rendu. Elle s'est plainte que j'occupais la seule place ensoleillée et a milité pour que l'on migre vers la sienne, où elle avait laissé son verre. J'ai dit d'accord alors que j'avais bien plus d'affaires qu'elle à déplacer. Elle ne m'a pas demandé où j'allais ni d'où je venais. Elle m'a demandé si j'allais bien. Comment je me sentais dans mon corps. Si j'étais content. J'ai répondu que j'avais des jambes de feu mais que je ne devais pas sentir très bon. Peut-être cinq jours sans douche, six, je ne sais plus. Elle voulait savoir si j'avais envie de me laver. J'ai dit que je comptais justement m'arrêter dans un camping ce soir-là. Comme je n'avais pas compris la proposition elle s'est voulue explicite en précisant que je pouvais me laver chez elle. J'ai dit d'accord. Elle n'habitait pas loin alors on a marché côte à côte sur une route sans trottoir. Moi poussant Séville. Elle a réclamé mon téléphone pour prendre quelques photos en chemin, on se tutoie maintenant, elle a dit il te faut des photos avec ton vélo aussi, alors par moments elle me fait stop, arrête-toi là, et puis elle s'accroupit, elle se penche, elle déclenche en se déplaçant, elle s'enthousiasme pour certains des clichés qu'elle réalise. Elle rit. Elle s'amuse. Elle dit que j'arrête de sourire dès que je vois l'appareil se diriger vers mon visage, je sais pas faire je réponds, alors elle approche, pose ton vélo elle fait, elle a baissé le téléphone il y a un mur derrière moi, elle me pousse et je m'y cogne, elle relève ses lunettes de soleil et je vois enfin ses yeux verts traversés d'une ligne grise, ses cils écartés, œil-pistil, tu fais le dur elle me dit et je m'en défends, je dis non elle dit tu vois, et son regard est aussi défiant que moqueur, sa bouche rit quand ses yeux accusent, elle m'arrache un rictus puis un sourire, elle a à peine le temps de lever le téléphone que je baisse la tête, et elle rate la photo.

L'appartement est situé dans ce qui, vu le bled, pourrait être considéré comme la cité. Une douzaine de bâtiments rectangles, répartis comme une partie de Tetris à l'aveugle, quatre étages parce que au-delà il faut mettre un ascenseur, elle est au deuxième. Le vélo dehors ça craint pas elle a fait, mais j'ai insisté pour le rentrer dans le hall. Elle a dit que c'était ridicule. Il y avait des gamins là-dehors, en les pointant du doigt j'ai dit le p'tit blondin là avec son BMX, j'le sens pas, et elle a rigolé. D'un sifflement elle a fait tourner la tête du petit, lui a fait signe de s'approcher puis promettre que rien n'arriverait à ce vélo ainsi qu'à ses sacoches même s'il devait rester là toute la journée. Le garçon a accepté la mission comme l'aurait fait un fantassin zélé, et ajouté qu'il n'avait pas dans l'idée de rentrer chez lui avant la nuit, puis en me regardant et levant le pouce en l'air il m'a dit que je pouvais lui faire confiance. Ma foi, j'ai répondu, et nous avons pris l'escalier tandis que le garçon, fier d'avoir été choisi, répandait auprès des autres enfants la consigne d'une voix aussi criarde que triomphante. Après avoir grimpé l'escalier rendu sombre par une ampoule en fin de vie nous voici devant la porte qui s'ouvre sur un étroit couloir d'entrée, débouchant sur une grande pièce en forme de L. En abscisse le salon, en ordonnée la chambre, séparés par un rideau. La chambre donne sur la salle de bains, le salon sur la cuisine. Elle m'invite à prendre place sur le canapé mais je lui rappelle pourquoi elle m'a ramené ici, désignant les traces de cambouis sur mon pantalon. Elle me somme alors de traverser la chambre en vitesse afin de rejoindre la salle de bains, enlever toutes mes affaires et les jeter hors de la pièce pour qu'elle les mette à la machine, et puis prendre mon temps sous la douche. D'accord. Quand je ferme la porte derrière moi je l'entends s'affairer puis mettre de la musique et je me retrouve devant le miroir, nu, bronzage inégal, de brûlé à pâle, visage aux teintes multiples, entre les lunettes, le casque, ses lanières. Nuancier. Il y a bien douze gels douche différents, j'en choisis un au lait de coco, ce que je mets dans ma main devrait suffire pour tout le corps mais je me badigeonne seulement le pied gauche, réitère l'opération pour le pied droit puis change de gel, et ainsi je les utilise tous, comparant les textures et les arômes, même le gel exfoliant bizarre là, et ses petits granules. Elle a dit que je pouvais utiliser n'importe quelle serviette mais je prends soin d'éviter la sienne, encore qu'il semblerait qu'elle en réserve une à chaque région du corps, si j'en crois le nombre accroché contre la porte. J'en attrape une dans le placard à gauche du miroir qui n'est pas embué, grâce à un système d'extraction qui fait un peu de bruit. Dans la glace je vois un type propre. J'ai une touffe je devrais aller chez le coiffeur. Les dents blanches, boire de l'eau et manger des pommes ça leur fait ça. Bonne mine, si l'on fait abstraction de la paupière jaunie par l'hématome. L'œil rieur, tout à sa joie d'être ainsi accueilli. Je me vois mince mais tracé, les muscles toniques, gainés. Affûté le mec. Je sors de la salle de bains après avoir attaché la serviette autour de ma taille et en entrouvrant la porte je l'entends parler toute seule, une langue que je ne connais pas, faite de beaucoup de voyelles et dont j'entends peu les consonnes, à part le t et le k peut-être. Son ton m'indique qu'elle est emballée par l'histoire qu'elle raconte. En tout cas elle monopolise la conversation. Ce n'est que lorsqu'elle raccroche en s'excusant que je réalise que j'étais immobile à la porte de la salle de bains, à l'écouter. Je vois qu'elle a posé sur le lit un petit tas de vêtements, un jogging un caleçon et un T-shirt, et alors que je tends le bras pour m'en saisir elle approche et me fait savoir que ces affaires appartiennent à des hommes qui les ont laissées là. Elle a un tiroir exprès. J'appelle ça des souvenirs et elle me corrige, elle préfère les appeler des trophées. Je ris et affirme qu'elle aurait vachement de mal à refourguer mes guenilles à qui que ce soit. Elle répond sur le ton de l'évidence que ce n'est pas comme si on allait coucher ensemble.

Bien sûr que tu peux fumer, elle dit. Et puis elle me demande si j'ai faim. Je réponds oui, elle cuisine des pâtes. C'est pas que je sache pas recevoir elle dit, mais je te fais un truc simple d'accord, en plus c'est bien pour ce que tu fais, et je réponds d'accord. Tout est coloré dans l'appartement. La moquette est rouge, le meuble sur lequel est posé la télévision est bleu, la petite table en plastique sur laquelle je mange est verte, et mon assiette est assortie à la moquette. Elle s'est assise et me fait face, je raconte comment je mange d'habitude, froid la plupart du temps, et glose sur la joie qui est la mienne quand tout à coup, en plein milieu d'une phrase, elle se lève et me demande dis-moi, comment tu me trouves habillée. Je pose mes couverts, fais mine de reculer la tête comme pour mieux la voir, avec sa chemise-trophée son short et ses sandales, et en reprenant ma fourchette je dis que ça lui va très bien. Elle met les mains sur les hanches et tourne un peu sur elle-même, t'es sûr elle me demande, et moi je dis oui, oui bien sûr mais elle plisse le nez comme pour affirmer qu'elle ne me croit pas, et puis elle me jette un regard presque de reproche, t'es en train d'être poli elle dit et moi je m'en défends, pas du tout je fais, et sans m'écouter elle dit attends, passe du côté de sa chambre en tirant fort le rideau, rouge, qui sépare les deux parties de la pièce. J'entends des grincements de tiroirs, du linge qui heurte le sol après avoir été jeté en l'air, et je comprends que ça peut durer longtemps alors je retourne à mon assiette, mais je n'ai pas avalé ma première bouchée que déjà elle apparaît, perçant le rideau sans l'ouvrir, et se présente inchangée si ce n'est qu'au lieu des sandales elle porte de longues bottes en cuir montant jusqu'au-dessus du genou. Elle prend des poses comme si je la photographiais. Vous aimez ça non, vous les mecs, et si j'admets que c'est en soi plus sexy que les sandales ça n'est jamais qu'une vue de l'esprit, moi tu sais je trouve que la simplicité ça a justement quelque chose de séduisant, et je n'ai pas le temps de continuer ma phrase qu'elle m'a déjà tourné le dos, mais t'es chiant en fait elle dit en soupirant, et moi je ris alors qu'elle disparaît derrière le rideau.

J'entends la machine à laver, elle y a jeté mes baskets aussi et ça tape contre le tambour à chaque tour. Il n'est pas dit que le cycle de lavage arrive à son terme avant qu'elle ait passé en revue toute sa garde-robe. Les tiroirs sont mis à grande contribution, l'un d'eux se ferme dans un claquement puis le rideau, coup sec, et pourquoi tant d'impatience je demande quand elle apparaît dans une tenue qu'elle qualifie de printanière, jean troué à mi-cuisse, genoux et un peu en dessous, aux deux jambes, comme un fait exprès. Chevilles apparentes, petites baskets basses en toile légère, blanches, sans chaussettes. Elle porte une chemise cintrée, bleu clair, sous une fine veste en simili cuir, noire, coupée quelque part entre le teddy et le perfecto. Elle a un bonnet sur la tête et des lunettes de soleil dans la main, style aviateur, elle demande si elle devrait les mettre et moi je lui demande comment on peut porter un bonnet quand on a les chevilles à l'air, question de cohérence, t'as froid ou t'as pas froid bordel faudrait savoir, elle rit elle dit que je ne suis pas drôle et je me répète quand j'en appelle de nouveau à la cohérence. J'ajoute que selon moi on est davantage sur de l'automnal que du printanier et elle lève les yeux au ciel, mets les mains sur ses hanches, vibre un peu du menton et me jette un regard de reproche. J'avale ma bouchée de pâtes au beurre et puis, comme si je venais de me souvenir de quelque chose, je dis que, malgré ces petites considérations somme toute triviales, je dois reconnaître que ça lui va très bien. Son corps relâche la tension, elle sourit, ah oui tu trouves elle fait, et je dis oui, oui tu es très belle comme ça, et je comprends au rire que ça lui provoque qu'elle ne voulait rien entendre d'autre.

Je la soupçonne d'avoir des techniques de pliage et de rangement capables de réduire la taille d'un vêtement au-delà de l'imaginable. Cette armoire aux dimensions modestes et cette petite commode regorgent de linge à foison, comme une boîte magique dont on sortirait des objets à l'envi. Depuis une heure environ les tenues défilent et j'en ai vu de toutes sortes. Pulls, T-shirts, vestes, débardeurs, chemises, jupes, shorts, pantalons, chacun lui inspire une gestuelle, une attitude différentes. Elle me raconte l'histoire de chaque vêtement, sa provenance, les conditions de son acquisition, et trois grandes tendances se dégagent, entre le shopping qu'elle réalise toute seule, les pièces que des hommes lui ont offertes, et celles qu'elle récupère sur eux. En priorité elle garde des hauts, comme la chemise qu'elle portait plus tôt, comme les sweats à capuche. Elle se sent à l'aise dans des vêtements trop larges, elle s'y emmitoufle et pour elle c'est comme se cacher. Quelqu'un semble toutefois avoir été particulièrement généreux avec elle, pourvoyeur d'un grand nombre de pièces si ce n'est de la plupart. Au début elle évoquait un garçon, le disait comme ça. Les autres c'étaient les mecs, les gars, il y a même eu un type. Et puis, à force de récurrence, un garçon est devenu ce garçon, celui-là, celui qui revient chaque fois. Quand elle a remarqué que ce garçon était trop récurrent elle a fini par lui donner un prénom. Si ce n'est pas directement lui qui lui a offert le vêtement il était là quand elle le choisissait. Je l'imagine à ma place ce garçon, et combien de fois il est passé par là, à la regarder et juger de l'adéquation entre elle et un textile. Ses cadeaux ne sont pas les plus récents. La plupart des trophées sont arrivés après. Elle parle en regardant partout autour de moi mais jamais vraiment dans ma direction, sa tête bouge, accompagne le flux de sa parole, le regard est fuyant il peut se poser sur le front, sur une oreille, le menton, la bouche, il tourne autour de sa cible tandis que moi je ne fais que l'observer, observer sa bouche articuler les mots, lèvres élastiques, son visage se contorsionne quand elle raconte, avec les yeux qui tournent partout ça donne un drôle de ballet, aussi foutraque qu'harmonieux, et si son regard est volatil pendant qu'elle parle, elle finit toujours ses phrases dans mes yeux, où viennent se jeter ses derniers mots. Par moments elle marque des silences me laissant croire qu'elle va en dire davantage, mais elle se reprend. Redonne la priorité au défilé. Elle me montre même ses pyjamas, comme ce combo shorty-crop top. Je me suis laissé aller à qualifier sa tenue de sexy, avec le trémolo de celui qui s'aventure sans grande confiance, elle a eu une réaction enflammée, mélange de surprise et d'excitation, elle a sifflé puis loué ma capacité, a-t-elle dit, à enfin sortir de ma coquille, et j'ai eu envie d'y retourner. Elle a adopté des poses suggestives, se rapprochant du pan de mur à côté comme pour s'y frotter, quelques secondes seulement jusqu'à ce que ça la fasse rire, comme si elle était incapable de se prendre au sérieux avec cette attitude, dont la récurrence semblait pourtant raconter un désir, une tentation, une tentative. Il y avait dans ses gestes une maladresse, une imprécision compensée par une apparente volonté, comme si elle s'essayait à quelque chose d'inconnu qui lui procurait autant de crainte que de curiosité. J'avais trop de cendre au bout de ma cigarette mais je ne bougeais plus d'un pouce. Elle l'a remarqué et ça l'a fait rire, et puis elle s'est moquée de moi et de mes goûts en matière de mode. C'est quand je suis presque à poil que tu aimes ma tenue en fait, elle a dit, le sourire dans la voix, mais le propos ferme. J'ai ri et puis j'ai bégayé, j'ai cendré et plutôt que faire le malin j'ai préféré confier que j'aimais les tenues légères pour ce qu'elles renvoyaient de simplicité, d'aisance avec soi-même et son corps au lieu de ces panoplies sophistiquées, alambiquées parfois, laissant croire que la parure fait la personne, poudre aux yeux le plus souvent, carapace ou bouclier. Elle me répond que si on suit ma logique alors pour vraiment voir une personne il ne reste que la nudité, et elle pose ses yeux sur les miens quand elle dit ça. Je me fige et j'entends la logique mais intérieurement je me défends d'avoir voulu emmener la discussion là. Dans son regard je ne perçois pas d'invitation ni de réprobation, juste une attente, celle de ce que je vais dire, ou faire, d'ailleurs devrais-je dire ou devrais-je faire, qu'attend-elle je n'en sais rien, et qu'est-ce que je veux moi d'ailleurs, est-ce que ça compte seulement, j'ai la sensation que je devrais faire quelque chose mais je ne sais pas quoi, combler son attente oui mais laquelle, je voudrais faire exactement ce qu'elle veut de moi mais je suis incapable d'identifier de quoi il s'agit, si elle veut que je me lève et l'embrasse alors ça oui je pourrais, comme je peux aussi rester sur le canapé à la fixer jusqu'à ce qu'elle enclenche le prochain mouvement, j'attends un feu vert qu'elle me montre peut-être déjà, je suis planté là il menace de passer à l'orange, elle toujours debout pendant que moi assis, elle a avancé elle me surplombe, me domine, je ne comprends plus rien à mesure que j'ajoute à la complexité de ce qui devrait être simple, et alors que je vais parler parce qu'il le faut bien, elle tourne le dos et ferme le rideau d'un geste sec.

Je me surprends à regarder l'heure sur la pendule mais je me souviens qu'elle m'a dit avoir enlevé la pile, dérangée par le tic-tac de la trotteuse. Il était dix heures cinq quand elle a craqué. Je ne sais pas quelle heure il est mais il n'est certainement pas dix heures cinq. Tout seul derrière ce rideau, si elle s'absente trop longtemps je pense à Séville. J'espère que le blondin accomplit sa mission. J'ai dans l'idée d'aller à la fenêtre, dont j'ignore l'orientation mais j'aimerais vérifier, éventuellement apercevoir mon frère de route histoire que ça me rassure, quand soudain le rideau s'ouvre, sans même que j'aie entendu des pas l'annoncer. Elle a enfilé une petite robe d'été en tissu léger, avec le bas en volants, blanc cassé, unie, plutôt courte. Les bretelles sur les épaules sont très fines, à peine visibles sur sa peau claire. Elle n'adopte pas de posture particulière cette fois, simplement elle reste là, debout, les bras ballants d'abord, le long du corps, jusqu'à ce que les mains se joignent devant elle dans une attitude proche de la timidité, comme si cette robe était la seule tenue susceptible d'entamer sa confiance. Elle est belle dans cette robe. Je reste interdit, ne dis rien, car au-delà de l'impression qu'elle me fait en la portant cette robe me rappelle quelque chose. Je crois sentir la pensée tracer son chemin dans mon cerveau, le doute se meut en intuition puis l'intuition en certitude, j'ai déjà vu cette robe j'en suis sûr, ou alors une très ressemblante, qui m'avait déjà cloué sur place. Et puis je me souviens, quelques jours plus tôt, une journée difficile pour sa chaleur, sa sécheresse, que j'ai rendue plus ardue encore en me lançant le défi de naviguer en suivant les mouvements du soleil. La veille j'avais fomenté l'espoir de ne plus me contenter que de ça, comme pour ajouter à l'aventure et compte tenu de l'absence de cap. Au début de l'après-midi, et alors que je voyais mon ombre se refléter droit devant moi, mon corps mélangé à mon guidon sur la sphalte, tête cornée si je la baissais, j'en ai conclu que je filais droit vers le nord. Pour m'en assurer j'ai sorti la boussole et constaté que j'avais raison. Ça m'a donné la sensation d'avoir gravi un échelon. Si j'étais maître de la direction à suivre, j'étais largement handicapé quant au choix des routes, et me suis très vite retrouvé sur des axes vers lesquels je ne me serais jamais dirigé si j'avais pu constater leur proximité sur une carte. Là c'était une nationale, deux voies de chaque côté par moments on aurait dit l'autoroute, et autour, de la forêt exclusivement, le genre dont on ne voit pas le bout. Une fois engagé je n'ai plus regardé le soleil, accaparé que j'étais par l'idée de tenir ma droite et compter sur l'application que mettraient les véhicules à me dépasser. Ça fait du bruit une voiture qui roule à cent à l'heure et vous passe juste à côté. Quand elle ne prend pas soin de s'écarter suffisamment on sent un souffle aussi, et si on n'y prend pas garde on peut perdre le contrôle. C'est inquiétant. Et c'est épuisant, l'inquiétude. Si j'ajoute à ça le fait que je roulais très fort, la chaîne tout à droite, espérant rejoindre au plus vite une bifurcation, j'étais cramé en moins de dix minutes. Sur ces routes très roulantes il y a parfois des espaces de stationnement sur le côté, sortes d'aires d'arrêt d'urgence, excroissances de bitume permettant de s'extirper du flux, pour un bref répit. C'est long d'une cinquantaine de mètres et on n'en trouve pas partout. Le plus souvent on y voit des poids lourds en stationnement, ou des prostituées en attente de clientèle. Sur celle-ci il y avait justement un camion stationné à l'une des extrémités, ainsi qu'une voiture à l'autre. Dans la voiture, une femme, sur la banquette arrière, brune aux cheveux longs, et tandis que je passais à côté d'elle j'ai cru deviner une robe au tissu brillant, bleue, faisant ressortir sa peau mate. J'ai dû mettre Séville au sol faute d'avoir un support, poteau ou arbre, contre lequel le poser. Il y avait une poubelle et je me suis assis par terre, juste à côté, à distance de chaque véhicule. J'ai regardé derrière moi en direction de la forêt, voir si un chemin s'y engouffrait, auquel cas j'aurais préféré m'y engager plutôt que continuer sur cette route, quitte à ne plus me soucier de la position du soleil. À pied j'y serais allé tout droit, mais en l'absence de trace j'aurais juste troqué une galère contre une autre. J'ai décidé de me reposer un peu, le temps de récupérer assez d'énergie pour un effort dont je ne connaissais pas la longueur.

J'ai préféré la cigarette à la nourriture. J'étais peut-être plus stressé que fatigué. D'un rapide aller-retour avec la tête j'ai à nouveau constaté la présence de la femme mate à la robe bleue dans la voiture, sur ma gauche, et du camion à ma droite, stationné, moteur éteint. J'ai pensé que c'était la pause pour tout le monde. J'en étais à la moitié de ma cigarette quand j'ai entendu la portière du camion, côté passager, s'ouvrir. Un bras fin en est sorti, paré d'un bracelet de cuir noir, puis une jambe dénudée, pas ce que j'aurais attendu d'un camionneur alors j'ai continué à regarder. Une femme toute petite, disproportionnée par rapport à l'énorme portière contre laquelle elle s'appuyait, cherchait en tâtonnant une prise où poser le pied, pour pouvoir descendre. Tout en prenant soin de ne pas tomber elle s'adressait au chauffeur, disant je ne sais quoi puisque les voitures ne cessaient de passer dans le vacarme devant moi et couvraient tous les sons, même ceux de la forêt. Quand elle est enfin parvenue à poser le pied à terre, au prix d'un saut tout à fait contrôlé, elle s'est redressée et n'a plus jamais regardé vers le chauffeur. Elle s'est mise à marcher droit dans ma direction. À la seconde où elle a amorcé son premier pas j'ai cru reconnaître quelqu'un, cette fille dont on était tous amoureux au lycée, avec ses cheveux bouclés coupés au carré, blonde par-dessus ses racines brunes, ses yeux verts et son nez mutin un peu retroussé, sa toute petite bouche et ses grains de beauté sur les joues. Elle marchait et ma cigarette jetait ses cendres sur moi sans que je sois capable de réagir. Le camion est parti et si je l'ai vu je ne l'ai pas entendu. J'étais subjugué par la femme qui avançait droit sur moi, elle portait une robe en tout point semblable à celle qu'on me demande de juger maintenant. Elle marchait d'un air guilleret et je la fixais, assis en tailleur par terre, ce qui a augmenté ma sensation d'être écrasé sous sa prestance quand, arrivant à ma hauteur, elle m'a lancé un regard que je crois n'avoir jamais reçu avant ni même depuis. Elle a parlé, on fait l'amour chéri elle a demandé, d'une voix claire à l'accent chantant, le r roulé, sans s'arrêter de marcher, en me passant devant à la volée, comme si la réponse ne l'intéressait pas tant que ça, comme si ça lui était bien égal, alors même que pour ma part j'étais giflé par l'aura qu'elle projetait, abasourdi par ce qui ressemblait à une apparition, un halo dans son sillage peut-être causé par la luminosité et la relative hypoglycémie qui m'étreignait, et je suis resté figé, incapable de prononcer la moindre parole. Après avoir fait trois ou quatre pas elle m'a laissé une chance, elle a tourné la tête à moitié, menton sur l'épaule, elle a dit alors, et moi j'ai dit non, non merci, j'ai dit non par pur réflexe alors même que je n'avais peut-être jamais, de ma vie, autant désiré quelqu'un. Elle est montée dans la voiture et je n'ai pas eu le temps d'observer si l'autre était son amie, sa collègue ou sa concurrente, car j'étais déjà sur le vélo, à fond entre la ligne blanche et le bas-côté, ma cigarette encore fumante sur le bitume.

Elle a toujours les mains jointes devant elle. Ma bouche est déformée par la recherche de mots justes et je manque d'air. Elle sourit, ça lui raconte quelque chose. Je fais non de la tête comme devant l'incroyable et elle rit. Je fais un pas et elle aussi. Elle a les mains dans le dos désormais, lève les épaules en rentrant le menton, je me touche la nuque et frotte les cheveux qui sont là, baisse la tête. Elle avance. Les bras le long du corps. Il y avait du sarcasme dans ses rires, de l'ironie dans ses sourires, du défi dans ses plaisanteries. Son visage s'est fermé. Je fais un pas et elle ne scrute plus l'air autour de moi. Elle me tend les mains. Je les prends elles sont chaudes. Tu es belle, j'arrive enfin à articuler. Elle dit merci. Ses mains tremblent autant que les miennes.

Tatakae

J'ai dit que j'allais partir. Le lendemain. Le jour était bien levé quand j'ai dit ça, soleil ascendant, on prenait l'apéro de fin de matinée sur la petite table devant. Vin rouge et liqueur de cassis. Boucle. Sur le coup il a fait semblant de ne pas m'entendre. Ou alors il n'a pas écouté. Depuis mon arrivée il ne m'a pas posé beaucoup de questions. Jamais en fait. Pour lui, mon identité, c'est celle qu'il me prête depuis le début. Je suis celui qu'il attendait. Je lui demande eh Noël, je fais quoi dans la vie selon toi, et là il lève la tête d'un seul coup, comme s'il venait de réaliser quelque chose, dans un sourire qui dévoile ses gencives trop blanches il me dit bah tiens, c'est vrai que je sais même pas, et puis il rit, avant de se resservir un verre. Il carbure ce matin, je sirote mon premier qu'il attaque son quatrième. Après en avoir bu trois gorgées de suite il repose le verre, me sourit, et puis il regarde ailleurs. En tripotant son verre il me dit alors, c'est pour aujourd'hui du coup, et je ne réagis pas. On reste comme ça quelque temps. Pas une voiture ne vient rompre le silence. Je me lève ça lui fait tourner la tête, et en allumant une cigarette je commence à marcher. J'ai mal à la cheville, au réveil j'ai eu dans l'idée de lui prouver qu'il avait baissé sa garde et mal m'en a pris, mon attaque surprise n'en était pas une et il m'a balayé de sa jambe droite comme si je ne pesais rien. J'ai eu l'impression qu'il avait tapé plus dur que les premières fois qu'on a joué à ça, et plus tard c'est lui qui m'a attaqué, par-derrière avec un étranglement, il a appuyé fort et tenu la prise assez longtemps. Je longe la paroi et entame le tour de la maison en direction du jardin, cet endroit de la pente qui est praticable et permet d'y descendre sans trop prendre le risque de se fouler la cheville et faire des saltos jusqu'en bas. Il n'en fait rien de ce jardin c'est dommage, un potager ici ça irait bien. En apercevant la petite cabane pleine de cibles et de fusils je m'y dirige, et quand j'arrive tout près je me retourne pour constater que Noël me regarde de loin. Je crois entendre un bruit, très aigu, provenant de derrière la cabane et en m'approchant je trouve Elton, sous un arbuste, dans l'herbe, couché sur le côté accompagné de quatre, non, cinq chatons. J'en attrape un, ils n'ont même pas trois jours, les yeux encore mi-clos, incapables de se déplacer. Elton s'est redressé et à sa façon de me regarder je comprends que je dérange. Je replace le chaton et m'aventure à trouver Elton plutôt diplomate au regard de la situation. Au bruit des pas dans l'herbe je devine que Noël me rejoint, un verre tout neuf dans la main. Elton est une femelle, je dis, et il répond oui, je croyais pas moi non plus, t'as vu le bestiau. Il ajoute que quand il s'en est rendu compte il l'avait déjà appelée Elton et s'y était habitué, alors plus question d'en changer. Il me remercie d'avoir trouvé où elle avait planqué ses petits, il n'avait pas cherché mais espérait tomber dessus, et voilà, c'est fait. Je dis qu'il faudrait leur préparer un panier, avec une couverture au fond, qu'ils seraient plus à l'aise dans la remise, au chaud et à l'abri, et après avoir bu son verre cul sec Noël me répond que non, ce dont on a besoin c'est d'un sac plastique, d'un seau, et d'un peu d'éther.

Il a dit qu'on allait s'en jeter un d'abord. Il faut pas trop attendre, il a fait, parce que là ils ressemblent encore pas trop à des chats tu comprends, et puis la mère elle a pas eu le temps de s'attacher. Il est reparti vers la terrasse et je l'ai suivi machinalement. On a marché dans l'herbe haute et je n'entendais que nos pas, rythmés par les soupirs de Noël. La lumière était vive. Il a enchaîné les verres jusqu'à terminer la bouteille tout seul, retourner dans la cuisine, en ressortir avec deux autres et les poser sur la table. Tout de suite il en a débouché une et s'est servi. J'ai tendu mon verre mais il n'a même pas remarqué. Je n'ai rien dit. On est là, le soleil est bien au-dessus de la montagne. Il me demande pourquoi je reste debout et je réponds que j'ai des fourmis dans les jambes. J'ajoute que le fait d'avoir décidé de partir a réveillé mes muscles, mon corps paraît anticiper la reprise de l'action, il réagit en disant ah bon, vraiment alors, et je dis oui. Il termine son verre, puis se lève en agrippant un sac en plastique qu'il a sorti de la cuisine en même temps que les bouteilles. Je ne le suis pas. Je roule une autre cigarette. De loin je le vois mettre les chatons dans le sac en les attrapant sans ménagement, et revenir avec Elton à sa poursuite. Dans l'ancien réfectoire du relais de diligence, ce que Noël appelle parfois la remise, parfois l'atelier, parfois la dépendance, souvent le réfectoire, il y a un plan de travail avec un lavabo à côté. Je vais te montrer comme c'est facile il a dit en fermant la porte au nez d'Elton, et je n'ai pas acquiescé. J'entends la chatte miauler. Les petits aussi. Leur mère est grise, elle a dû connaître plusieurs amants car il y a là deux rouquins, un calico soit trois couleurs, un blanc et noir ainsi qu'un gris tigré. Je n'imaginais pas la montagne si peuplée. Le blanc et noir me fait penser à Cassius. Au fond du sac ils sont serrés les uns contre les autres, ils se montent dessus de leur démarche empêchée, ils cherchent la fourrure de leur mère. En fait de réconfort maternel ils reçoivent un morceau de coton, imbibé d'éther, que Noël vient appliquer sur la truffe du rouquin, dont les miaulements cessent. Ça monte vite à son tout petit cerveau. J'entends Elton gratter la porte maintenant. Noël mouille de nouveau le coton et s'occupe du tigré, qui s'affaisse comme l'autre. Quand il est sur le point d'endormir le blanc et noir ma main vient se fermer sur son poignet, arrête, je dis. Il lève la tête et me regarde d'un air ébahi, comment ça il fait, il tente de dégager son bras mais je le retiens, ça le surprend et moi aussi, ses yeux s'ouvrent encore plus grand. Il tire fort sur son bras cette fois ça me fait lâcher, dans la violence du geste il laisse tomber le coton et se met à le chercher, penché en avant pour scruter le sol. J'ai fait un pas de recul quand il m'a repoussé et je le vois, là, me tourner le dos, paniqué à l'idée d'avoir perdu son morceau de coton. Je me rue sur lui et le pousse de toutes mes forces, mes mains sur sa hanche droite, il est projeté à terre dans un bruit lourd quand il rebondit sur le bitume. Surpris il accuse le coup et se tient le dos, la vache il soupire, t'es un malade, et moi je ne parle pas je reste là debout. Je m'approche des chatons et regarde les trois qui bougent encore. Il vient à ma hauteur et retire un nouveau coton du sachet, pousse-toi il fait d'une voix plus autoritaire qu'à l'accoutumée et je dis non, je me place en rempart entre lui et les chatons. Il met les mains sur ses hanches, dodeline puis me dévisage, je ne sais pas le lire, il ne sourit pas et quand il ne sourit pas d'habitude c'est pour prendre un air implorant, pas pour avoir cette gueule impassible, sèche, résolue, alors ça m'inquiète un peu, j'avale ma salive il s'approche d'un pas, toujours en me fixant, et je dois baisser la tête car il est plus petit que moi. Il pose ses mains sur mes épaules et, tandis que je prends ça pour une manœuvre d'apaisement, il en profite pour m'envoyer sa jambe droite dans la cheville gauche, balayette aidée par ses bras qui accompagnent le mouvement, et j'arrive vite au sol. Il a frappé où j'avais déjà mal. Je vais pour me relever mais je reçois un coup de pied dans la tête, pas juste le pied, il y a la cheville et un morceau de tibia qui viennent s'en mêler, ça me prend toute la gueule ainsi que le cou, côté carotide, le truc secoue fort, et je m'allonge. J'ai glissé sous le plan de travail et je vois les jambes de Noël qui s'affaire, coupé audessus de la taille, il paraît grand et le décor tourne, je l'entends marmonner, j'essaie de me relever mais ça me lance dans la nuque et je repose la tête sans trop pouvoir la contrôler, si bien qu'elle cogne contre le ciment. J'essaie de parler mais je m'entends prononcer les mots comme un type qui dort encore. Noël continue de marmonner mais je n'y comprends rien, je ne vois pas son visage juste j'entends sa voix, elle paraît venir de loin. Il est en colère. Soudain je me sens glisser, tiré par les jambes, c'est lui qui me sort de sous le plan de travail, il me ramène vers le milieu de la pièce. Un néon m'éclaire en pleine face, ébloui je n'articule pas mais je bouge un peu mieux, j'ai réussi à me mettre à quatre pattes. Visage contre le bitume je ne le vois plus, j'entends ses pas je ne sais pas ce qu'il fout, il me tourne autour on dirait, et alors que je vais pour lever ma tête vers lui je reçois un coup de pied dans les côtes qui me renvoie par terre. Il parle je n'entends rien, je crois qu'il m'insulte, son ton, je ne lui connais pas ce ton, les mots deviennent plus clairs je l'entends dire qu'il en a marre de moi, nouveau coup de pied qui me fait rouler sur deux mètres et joindre mes mains contre mon estomac, car c'est là qu'il a visé, de la pointe. Très précis, très efficace, j'ai le souffle coupé, la douleur se diffuse dans tout mon buste, des picotements jusque dans les épaules. Il crie maintenant, je tends un bras vers lui pour qu'il arrête mais ce bras il le prend et me le glisse dans le dos, j'ai un genou à terre et il est tout contre moi, derrière, j'ai mal je crois qu'il pourrait me le casser en rajoutant un tout petit peu de pression, sa bouche est près de mon oreille il respire fort. Il me demande ce que je compte faire maintenant, hein, hein il fait en accentuant encore son étreinte, ça me fait hurler et quelque part ça me réveille car je l'entends très distinctement mon cri, comme je sens la douleur dans la gorge. De son autre main il tire mes cheveux et puis, en lâchant mon bras tordu, il me repousse de toutes ses forces, me projetant contre le sol, que j'amortis avec ma tête. Il y a une tache de sang là où ma face a cogné. Je porte mes mains à mon visage et la forme de mon nez ne me paraît pas habituelle. Je reçois encore quelques coups de pied, dans les jambes les cuisses les côtes le dos, j'ai adopté la position fœtale. Les coups pleuvent et l'orage ne passe pas. Il hurle maintenant, sa voix se mélange aux miaulements d'Elton derrière la porte. Je ne comprends pas tout mais je crois recevoir une volée de reproches. Ça devait pas se passer comme ça, il dit. Il hurle. Il pleure ? Je prends un coup de pied au visage qui me râpe tout le profil gauche, c'est de la semelle que je le reçois, balancé comme une faux, ça me couche alors que jusque-là j'essayais encore de me relever entre les salves, et lui ça le fait reculer de trois pas. Je suis au centre de la pièce il retourne au plan de travail, me tourne le dos. Il parle moins fort donc sûrement pour lui-même, son débit est rapide et les intonations variées, c'est une conversation. Je pense à me relever et me demande ce que je ferai quand je serai debout. Séville est juste là, si je me dépêche je pourrai peut-être l'enfourcher et pédaler jusqu'à la route où la descente me fera prendre de la vitesse. J'ai réussi à me lever et ce n'est pas ma jambe gauche qui m'y a aidé. Il s'empare du sac plastique et le plonge dans le lavabo. Je suis plus proche de lui que je ne le suis de la porte. Je boite mais il est vraiment tout près, il n'a pas le temps de réagir quand je passe mon avant-bras droit sous son menton, le pli du coude contre la glotte, et que je renforce la prise avec ma main gauche, en poussant son crâne vers l'avant, c'est lui qui me l'a appris, il a dit qu'on pouvait provoquer l'évanouissement en trente secondes. Sa glotte est compressée et ses bras ne sont pas assez longs pour toucher mon visage. Ça se vérifie quand je sens ses ongles sur mon coude, à travers le tissu, il donne tout ce qu'il a pour se défaire de l'étreinte et ça me surprend, je crois faire ce qu'il réclame depuis des jours et voilà qu'il tente de m'en empêcher, ou alors ce n'est pas le cérémonial qu'il avait imaginé. Il bave et cette fois j'accueille ça plutôt bien, si je le lâche maintenant il sera aphone c'est sûr, à force de se déchirer la gorge comme ça à crier sans qu'aucun son ne sorte, d'ici je ne vois pas son visage, le mien frotte contre son crâne et je sens sa cicatrice, il pousse sur ses jambes au point de nous faire tomber mais j'ai anticipé et me suis affaissé de manière à garder la prise, ça aussi c'est lui qui me l'a appris. Je ne sais pas s'il abdique ou s'endort quand je le sens renoncer, ou ne plus pouvoir, ses ongles n'entrent plus dans ma peau, les bras n'essaient plus de m'atteindre, les jambes ne cherchent plus d'appui, les plaintes se sont tues. De peur que ce ne soit un piège je garde un peu la pose. Et puis je lâche.

Le silence serait total si Elton ne grattait pas à la porte, rythmant ses coups de patte de miaulements rauques. Avant de me lever je dois basculer sur le côté car Noël, inerte, est allongé sur moi. Son corps glisse et ne pèse bientôt plus que sur ma jambe gauche, que je libère en tirant fort. Position latérale de sécurité. Je voudrais me lever mais je dois reprendre mon souffle. Une fois debout j'aperçois son crâne maculé de mon propre sang. Sa tête est tournée sur le côté, ses yeux fermés, sa mâchoire serrée. Je boite quand je me dirige vers le lavabo pour en sortir le sac, puis en déverser le contenu sur le plan de travail. Un chaton roule sur une cinquantaine de centimètres jusqu'à ne plus bouger du tout. Je le rapproche de ses frères et sœurs. Je vais ouvrir la porte à Elton, elle se précipite vers le lavabo comme si elle savait d'avance pouvoir les trouver là. Elle constate la présence de ses petits, allongés les uns à côté des autres, sans vie. Elle me regarde comme si je pouvais y remédier. Je la caresse et elle se laisse faire.

Gruppetto

On sent l'effervescence. Et un peu de tension aussi. Ici au pied du col, en terrasse, la moitié des personnes présentes porte un cuissard. Dernier ravitaillement avant l'enfer. En laissant traîner l'oreille on apprend que certains ont déjà grimpé le col le matin, sur l'autre face, ils ont terminé la descente ils débriefent. Il y a un mélange de joie et d'incrédulité, en tout cas chez ceux qui ne semblent pas coutumiers de l'exercice. Il faut reconnaître que celui-ci est légendaire, mythique disent-ils, pour rajouter à leur exploit. Je les trouve fringants pour des gens qui reviennent de ce supposé enfer. D'autres se projettent dans leur montée, ça décrit le col et ses variations, et si j'ai bien compris après six kilomètres on va rentrer dans un bled très pentu, douze pour cent il a dit le type qui n'a pas retiré son casque alors que ça fait bien quinze minutes qu'il est installé et que ses acolytes ont déjà pris leurs aises, et sur bien trois kilomètres il ajoute, sans compter la sortie du patelin qui est encore plus dure, jusqu'à un semblant de replat. C'est juste que la pente est moins raide, mais passer de très raide à simplement raide c'est un soulagement, les jambes tournent alors mieux vaut profiter de ces moments où le cerveau est pris d'illusion. Autour ça se lève de table, ça récupère les places laissées vacantes, ça parle dans plein de langues, ils sont autant à se lancer dans le col qu'à en revenir et, ma foi, je n'imaginais pas qu'une épreuve réputée aussi cauchemardesque attirerait tant de monde. Les réputations sont souvent surfaites, il faut croire. Après, il y en a qui font les malins mais ça se voit qu'ils ne sont pas tout neufs. J'observe un groupe sur le départ, panoplie complète, cuissard intégral, pédales auto, pompes de ski. Pas une sacoche pas un sac à dos, juste un bidon sur le cadre. J'ai compris qu'ils faisaient ça sous assistance, une voiture les suit et leur fournit ce dont ils ont besoin, eau et nourriture principalement, chambre à air éventuellement. Encouragements. Le groupe n'a pas l'air homogène, entre vélos personnels et montures de location, je sens qu'il y a deux ou trois locomotives pour cinq ou six amateurs, petit peloton genre l'échappée matinale, une dizaine de coureurs en tout. Les chevronnés commencent à battre le rappel, ça dit bon, genre il est temps d'y aller, alors que certains se souviennent soudain qu'ils n'ont pas rempli leur bidon, un autre décide de passer d'abord par les toilettes du bar, deux là-bas se badigeonnent d'un baume que je peux renifler d'ici, ceux-là réclament une photo de groupe car, selon l'un d'entre eux qui a l'air de savoir à quoi s'attendre, c'est la dernière fois avant un bail qu'ils sont tous ensemble. Ils prennent leur temps et ça me rapproche du moment où je serai prêt à y aller moi aussi. Je suis tenté de partir dans leur sillage, me glisser dans les roues, voir si je peux mettre à l'amende les plus faibles d'entre eux. Mauvaise idée c'est certain. Il y a un type parmi la bande qui me regarde. Je le regarde aussi. Il croque dans sa barre énergétique, et moi j'écrase ma clope dans le cendrier.

J'ai décidé de les laisser partir. J'en savais assez sur le col, à force d'en entendre parler, pour avoir compris que le début serait piégeux. Pas très difficile, assez roulant avec une moyenne entre trois et cinq pour cent d'inclinaison, tout ça sur deux trois kilomètres, c'est un coup à se voir trop beau et se cramer d'entrée. En plus il y aura une longue ligne droite, on ne sent pas qu'on avance dans les lignes droites alors parfois on appuie davantage, comme ça sans vraiment le savoir, et après on explose. J'y suis dans la ligne droite, sacrément droite même, la route est large on n'aperçoit même plus l'inclinaison. Il y a un cours d'eau sur la gauche, de fines cascades descendent de la paroi rocheuse pour s'y déverser, c'est une récréation, ça permet d'oublier le braquet. Je suis sur le troisième pignon en partant du haut de la cassette, je tourne assez bien les jambes et j'ai deux pignons de marge pour quand la pente sera vraiment dure. Le groupe de cyclistes amateurs a éclaté, j'en ai vu trois décrocher les autres dès le deuxième kilomètre, ceux-là on ne les reverra plus, je distingue encore la queue de peloton au loin mais juste devant moi j'ai les deux plus faibles aidés par un autre à peine plus fort qui s'est mis devant eux et imprime un train plutôt clément, confortable pour lui mais contraignant les deux qui s'y accrochent à puiser un peu dans leurs ressources, et puisqu'il reste dix-sept kilomètres à leur place j'y renoncerais. Ils sont lents et paraissent lourds. Je devrais les rattraper avant la fin du premier tiers. Je prends pour repère un panneau indiquant une aire de chaînage à cinq cents mètres, et à leur passage j'actionne mon chronomètre mental. Trente-deux secondes. Bientôt se présente enfin un virage, sur la droite, je prends comme référence une ligne blanche au sol, et je déclenche de nouveau. Trente-sept secondes.

Il ne faut pas poser sa tente sur un pré qui n'a pas été fauché, ça prive le bétail de nourriture. Parfois la bonne vue est derrière mais pour couper le vent il faut poser la tente de manière à regarder de l'autre côté. Je place ma bouteille de boisson sucrée dans ma chaussure, ça la rend stable. Le bruit de la pluie sur la tente, ça peut être trompeur quant à son intensité. Les rivières sont des réfrigérateurs naturels. Quand je dors sur un matelas de pierres, la meilleure façon de m'asseoir reste de m'en caler une dans le cul. En cas de tempête, il m'arrive d'adopter une position en forme d'étoile, pour renforcer chaque coin de la tente, sans quoi elle se plie jusqu'à m'écraser. Quand je mange au restaurant et qu'il reste du pain dans la corbeille je me dis que si je n'ai plus faim maintenant j'aurai faim plus tard. Lorsqu'on demande un service aux gens, il y a ceux pour qui c'est évident et ceux que ça emmerde ; il n'y a rien au milieu. Ma technique, c'est d'introduire ma demande comme si ça allait être un truc de ouf, au final en face ça soulage, et on me dit oui. Pour gratter de l'électricité dans les bars je prétexte souvent le texto à la daronne. Quand il pleut j'attache mes chaussures aux tiges de la tente avec la semelle vers le haut et le matin elles sont sèches. J'utilise parfois ma lampe frontale comme plafonnier. J'ai toujours un petit bout de bois sur lequel poser ma clope, mais depuis que j'ai trouvé de la pierre volcanique j'utilise ça, parce que ça noircit sous la chaleur du foyer, et j'aime bien. Au rayon légumes je prends toujours plein de sacs plastique, ça me fait des poubelles pour quand je dors dehors. Francine elle a dit que j'étais formidable. Je fais parfois du derrière de tracteur, me laisse prendre dans son aspiration, ça fait atteindre les trente à l'heure sans effort, il vaut mieux se signaler pour éviter les coups de freins trop brusques, espérer aller dans la même direction assez longtemps pour que ce soit profitable, et aussi qu'il ne trimbale pas du fumier. Sur certaines journées mes souvenirs ne dépassent pas le cadre de mes lunettes. Que du goudron.

La longue ligne droite a laissé place à une succession de virages. Je n'ai plus les retardataires en point de mire, ils creusent l'écart. J'ai l'alibi du poids que je porte. Quand on me double on me félicite, on me dit bravo, on loue mon courage parfois. Je renvoie les compliments, parce que avec ou sans poids à l'arrière c'est une montagne que l'on grimpe, et souvent les cyclistes insistent pour dire à quel point c'est bien moi le plus méritant, et si vraiment ils ne lâchent pas l'affaire je finis toujours par concéder que oui, si je ne trimbalais pas tout ce merdier j'aurais vite fait de les attaquer en danseuse, et on rigole. Sitôt que le rire s'estompe ils passent à la suite, remettent une dent à l'arrière et puis hop, leur roue qui s'éloigne, un pneu d'écart d'abord, puis un vélo, et voilà que ça s'envole jusqu'à disparaître. On passe de quatre à sept pour cent d'inclinaison. Je le sais car un panneau me l'indique. Dans les grands cols il y a souvent ces panneaux, ça peut être des bornes au sol, situés tous les mille mètres, indiquant la distance jusqu'au sommet, le pourcentage moyen du kilomètre à venir, ainsi que l'altitude. Là il reste seize bornes, la pente sera à sept pour cent de moyenne et je suis à huit cent soixante-quinze mètres d'altitude. Je dois remonter ma chaîne d'une dent à l'arrière, ça soulage un peu mes cuisses mais ça entame la marge que j'avais gardée exprès. La pente change trop subitement pour que ce ne soit pas accompagné d'un ajustement du braquet. À moins de consentir à grimper en force, à la jambe, envisageable s'il ne restait qu'un ultime kilomètre, auquel cas je verrais ça comme un sacrifice, au nom du panache, et je serais très fier de moi en arrivant au sommet. Là, à seize bornes de l'arrivée, c'est surtout du suicide. Nique la gloire. Nique le panache.

Certains panneaux mentionnent une chaussée déformée là où j'aurais parlé de chaussée absolument défoncée. Après avoir crevé dans des gorges et cassé ma pompe j'ai poussé Séville au bord de la route, et en espérant avoir le pneu seulement dégonflé j'ai interpellé les voitures de passage en faisant le signe d'une pompe qu'on utiliserait, mais peut-être que mon geste évoquait autre chose. Pendant une journée de repos, j'ai tourné autour de la tente à mesure que le soleil en déplaçait l'ombre. On a vite fait de se prendre pour un citadin quand on a que des culs-terreux autour, m'a dit un type en vacances. Maurice est sûrement sur son vélo à rouler plus vite et plus longtemps que moi. Je déteste qu'on me refuse l'hospitalité au prétexte que je ne vais pas être bien. Je ne comprendrai jamais ce qui motive quelqu'un à ne pas répondre quand on lui dit bonjour. Je déplace Séville quand des véhicules se garent devant et m'empêchent de le voir. Parfois, c'est pile quand je me dis qu'il ne doit plus exister, ce bled, que j'y entre. Même dans une tente des objets disparaissent. Au bord d'un lac j'ai vu une tornade, et une serviette de plage s'élever dans le ciel à bien trente mètres au-dessus de ma tête. J'ai fait de la balançoire pendant deux heures dans un camping et refusé la place à une petite fille. Les auberge-bar-restaurant-épicerie-photomaton. Il m'arrive d'être super sympa avec des gens qui ne me le rendent pas, ça me donne envie de les frapper, mais aussi de me demander pourquoi j'agis ainsi au départ. Un garçon voulait savoir par où j'étais passé et il a dit qu'il n'aurait pas fait comme ça, il n'a jamais fait de vélo de sa vie et encore moins sur de longues distances, mais lui non, c'est sûr, il n'aurait pas fait comme ça. Elle a dit que je pouvais revenir quand je voulais.

Aucun replat à l'horizon. La pente était accueillante au début, pour mieux refermer son piège. J'ai tenu deux kilomètres sur l'avant-dernière dent de la cassette, maintenant je suis tout à gauche. En l'absence de replat je garderai ce pédalage jusqu'au sommet, et si je n'avais pas tout ce poids à transporter je pourrais mouliner, tourner les jambes, sauf que non, la charge annule l'inertie, un tour de pédale emmène ma monture sur deux ou trois mètres et si je n'enchaîne pas avec l'autre jambe elle s'arrête net. Chaque tour de pédalier est un effort, une poussée, occasionnant douleur asphyxie et un peu de doute, et les quinze kilomètres qu'il reste à parcourir ne seront faits que de ça. L'homme à la gueule osseuse craint de ne pas assez souffrir et je me demande à partir de quand c'est trop. J'arrive dans le virage du septième kilomètre, pourquoi pas une pause, mais alors que la pente se raidit encore, au-delà des dix pour cent comme annoncé, j'entends des souffles derrière moi. Deux types en surpoids, au summum de leur effort, me dépassent si lentement que je ne résiste pas à la tentation de les suivre. Étant donné la difficulté de la portion, sur deux ou trois kilomètres a dit le mec en terrasse, jusqu'à la sortie du village, avoir un lièvre devant moi pourrait m'aider à passer l'obstacle. Sitôt que je me cale dans la roue du plus balèze je suis pris d'un doute, car même s'ils vont à peine plus vite que moi je dois tout de même accélérer pour me mettre à leur niveau. C'est presque rien, mais presque rien ici c'est beaucoup. Ils ne me calculent pas mais je serais étonné qu'ils ne sentent pas mon souffle sur leur nuque. J'ai l'air d'un mec qui s'arrache à cent mètres du sommet alors qu'il reste quinze bornes. Je pourrais mieux gérer mes forces. Je ne prends pas de précaution. Je roule à bloc comme si c'était la seule façon pour moi d'être loyal envers mon effort. Envers la montagne. Je n'ai plus à penser je n'ai plus à réfléchir, mes muscles se contractent et se raidissent, se gorgent d'acide lactique, et ça, c'est très facile à comprendre. La roue de celui qui me précède s'éloigne de quelques centimètres par moments, je comble chaque fois l'écart et c'est un surplus d'énergie à assumer. Une dépense. Je me mords les lèvres et je fronce les sourcils, si le mec devant moi se retourne il va croire que je suis là pour en découdre. La pente pose les questions. Le sommet promet la réponse. D'ici on commence à l'apercevoir, la montagne se dénude et le paysage gagne en profondeur. Son impassibilité me renvoie à mon insignifiance. Si là-haut il me reste encore un peu de vie, alors j'aurais été indigne de converser avec elle.

Le bistrot Chez les Filles est ouvert tous les jours, mais fermé le lundi. Chez Élise, la fille s'appelle vraiment Élise. J'ai trouvé une auberge fermée pour cause de mort du propriétaire. Mes baskets sont mes pieds. Certains ronds-points sont de forme ovale, ça donne des ovales-points. Un jour je n'ai plus eu de piles dans ma lampe, ça m'a rappelé que j'avais oublié d'en acheter, pourtant je m'étais dit qu'il m'en fallait, je savais qu'elle était mal en point mais j'ai oublié, et dans la journée je me suis souvenu qu'il y avait une chose dont je devais me rappeler, sans trouver laquelle, et en fait je me souvenais avoir oublié. Quand j'ai un accrochage avec un automobiliste j'ai tendance à crier fort et être en colère mais très vite je lui explique que c'est la peur qui me fait réagir comme ça. Joséphine a dû accueillir de nouvelles peluches dans sa collection. Quand on me conseille de longer le fleuve je me dis que je vais arrêter de demander mon chemin. Quand on prend des routes qui varient peu on ne se souvient pas bien de sa journée. En général mon regard porte assez bas. La dame au guichet d'un camping a semblé inspirée par mon voyage, elle a parlé sans discontinuer d'aventure, d'instant présent, de saisir les fruits que la vie dépose sur notre chemin, je suis retourné à ma tente en pensant que je n'avais peut-être pas compris ses avances. Je peux passer une demi-heure sur la carte sans en retenir la moindre information. Elle m'a demandé ce que l'on faisait quand on ne faisait rien.

On a rattrapé les retardataires du groupe d'amateurs. La rampe en sortie de ville c'était l'enfer, heureusement il y avait un replat juste après, comme prévu, et pas vraiment un replat d'ailleurs, comme prévu aussi. Mes deux acolytes ont continué et j'ai troqué leur train contre celui des retardataires. Ralentir et avoir une pente plus clémente m'a bercé de l'illusion que j'avais de la ressource. Parmi ceux que j'accompagne, deux hommes et une femme. C'est la femme qui tire le groupe, c'est déjà elle que j'avais vue de loin se sacrifier pour les autres, encore que cette cadence a l'air de lui convenir parfaitement, puisque personne ne prend le relais et qu'elle n'en réclame jamais. On a échangé un peu dans le replat. La capacité à parler est un indicateur de l'état de forme, en cyclisme. Dans le village je n'aurais pas pu articuler une phrase, même courte, tout au plus j'aurais pu répondre par oui ou par non à une question, et s'il ne s'était agi que de ça j'aurais juste secoué la tête. Là j'ai pu faire des phrases courtes, qui accéléraient sur la fin. Les deux hommes étaient dans le même état que moi, alors que la femme parlait très clairement, sans la moindre difficulté. Je lui ai demandé pourquoi elle ne faisait pas sa propre montée, à son rythme, et si ça n'était pas plus dur d'avoir à adapter ainsi son pédalage, et elle a répondu avec désinvolture qu'elle revenait de blessure et qu'elle comptait y aller tranquille aujourd'hui. J'ai failli l'insulter. À la place j'ai ri. On a formé un beau quatuor jusqu'à la fin de la partie un peu reposante où s'étalait un grand parking, celui de la station de ski. Ensuite la pente redevenait sévère, quelques lacets assez larges avant une longue ligne droite, et ces lacets je ne m'en souviens plus du tout. Trou noir. Bien trois kilomètres. Par contre je me revois au début de la ligne droite, mettre un coup de guidon vers le bas-côté quand j'ai aperçu le panneau indiquant le sommet à neuf bornes et l'inclinaison à dix pour cent. Mes camarades n'ont même pas eu un regard pour moi. Sélection naturelle. J'ai bu de l'eau et posé mon front sur le guidon. Des gouttes s'écoulaient de mon menton au rythme des secondes. Un cycliste très à l'aise, maillot rose, a relancé à ma hauteur en danseuse, et alors que je le regardais d'un air béat nos regards se sont croisés, il a souri et déjà je ne voyais plus que sa nuque, mais j'ai pu entendre sa voix dire ça va aller, ça va aller. Il a laissé sur place mes anciens compagnons en accélérant de nouveau, et puis il a disparu. Debout à côté de Séville, obligé de le tenir pour ne pas le poser à terre, je sens que si je le lâche il va s'engager tout seul dans la descente.

J'ai vu une dame parler toute seule, sur sa gauche. Un type m'a indiqué le meilleur café de la ville tout en affirmant que pour sa part il n'en buvait pas. Dans un bar la patronne m'a dit qu'on ne servait pas à manger, j'ai demandé pourquoi il y avait un panneau marqué Snack devant, elle m'a répondu et pourquoi pas. J'ai mangé un poulet rôti dans un sachet avec les mains sur un banc public, à côté d'une mère et ses deux enfants, je l'ai entendue leur dire de ne pas avoir peur de moi tandis que je suçais mes doigts pleins d'huile. J'ai vu deux voisins, un homme et une femme, se parler à travers un grillage. En ville les voitures à l'arrêt au stop pensent souvent qu'elles ont le temps de s'engager en me voyant arriver, alors même que je suis en excès de vitesse. Un boulanger m'a parlé des seins de sa femme. Un matin où je ne trouvais aucune boulangerie ni épicerie où me procurer de la bouffe j'ai demandé où aller à un homme, croisé dans un village, il m'a raconté la fois où il a accueilli chez lui des voyageurs, et comment il les a mis bien, il a parlé de rillettes je me souviens, il a ramené plein de détails et vanté l'hospitalité des gens par ici, et puis il m'a souhaité bonne journée en m'annonçant que je ne trouverais pas un seul commerce avant au moins vingt bornes. Un troupeau de moutons m'a barré la route, le berger est apparu et leur a demandé de libérer le chemin, dans leur langue. J'ai vu un gamin de peut-être dix piges conduire un tracteur, sa tête dépassait à peine du volant. Un cycliste du dimanche m'a dit qu'en le doublant j'avais passé le mur du son. J'ai pris un café à côté de types qui regardaient des vidéos de tracteurs. J'ai croisé un château sur l'eau, c'était stylé je me suis arrêté, et là une voiture est arrivée avec de jeunes gens dedans, ils sont sortis ils ont pris trois photos et ils sont repartis. En terrasse, deux types se faisaient face, tous deux au téléphone, le hasard voulait qu'ils parlent chacun son tour, on aurait dit qu'ils avaient une conversation. Dans un camping j'ai compris que des gens cherchaient leur chat. Elle a dit que dans le vide on pouvait tout voir.

J'attaque le dernier tiers. Il reste six kilomètres. Vu d'ici j'aurais dit trente. Au début je regardais les panneaux en m'intéressant d'abord à la distance me séparant du sommet. Il me semblait qu'elle était là l'information principale. J'ai arrêté. Le pourcentage de la pente raconte mieux la vie que j'ai maintenant. Inclinaison à neuf pour cent, ressenti vingt-deux. Je suis toujours en prise je roule comme si je résistais au retour du peloton, en vue de la victoire d'étape. Parfois j'ai la voix d'un commentateur dans la tête, il dit mon nom et salue ma performance. Par moments il dit qu'à ce rythme je joue la gagne. Le plus souvent, il voit les autres fondre sur moi et s'interroge sur ma capacité à rentrer dans les délais. Je pourrais ralentir, je le fais parfois, et puis sans même savoir comment je me retrouve à nouveau dans l'effort. Le corps n'en fait plus qu'à sa tête. La gravité est décuplée, et mon poids avec. Mes mains endolories ne savent plus comment se poser sur le guidon. J'ai le bassin engourdi, tout l'entrejambe, je ne sens plus rien. Écrasé sur le vélo. Je me mets en danseuse et manque de basculer dans le ravin. Ça me tire sur les cuisses maintenant. Ici le soulagement consiste à troquer une souffrance contre une autre. Je me retourne, voir si quelqu'un n'est pas venu s'asseoir sur mon porte-bagages, parce que putain on ne peut pas être si lourd, et je ne trouve jamais personne, à croire que quand je regarde par la gauche il penche à droite, et inversement. C'est le feu dans ma poitrine. J'entends un tic-tic régulier, je questionne mon pédalier d'abord, le bruit semble indexé sur mon pédalage c'est donc bien que ça doit y correspondre, je panique un peu à l'idée d'avoir un problème mécanique dans le col alors je me penche en avant pour rapprocher l'oreille et identifier d'où vient le bruit, peut-être la chaîne, les pédales, et si c'était le cadre tiens, je ne sais pas, pas du tout, mais à bien écouter, et après quelques tours de pédale encore qui m'ont permis d'oublier un tout petit peu la pente, je réalise que c'est mon genou droit qui fait ce bruit.

J'ai demandé mon chemin à un garçon qui bégayait, on aurait dit qu'il n'avait pas de réseau. J'ai vu un type s'entraîner tout seul à la pétanque et faire un carreau à mon passage. Dans un vignoble, où j'ai demandé à dormir, on m'a proposé le local à poubelles. J'ai parlé avec un homme tellement rouge qu'il était marron. Un automobiliste m'a indiqué une route puis m'a suivi pour s'assurer que je m'y dirigeais, j'aurais trouvé l'inverse plus logique mais certainement qu'il voulait s'assurer que j'avais bien écouté. J'ai demandé à dormir dans un pré et les gens qui étaient là se sont dit que Raymond ça ne le dérangerait pas. Quand j'ai cherché un coin tranquille où manger, avec un banc par exemple, un riverain m'a renvoyé sur la gare routière. Un homme qui avait des questions a dit à son fils écoute, il est intéressant ce garçon. Ma lampe frontale peut produire une lumière rouge qui n'attire pas les bêtes mais n'éclaire pas grand-chose. J'ai croisé le chien le plus fainéant du monde, il m'a aboyé dessus depuis un balcon en restant allongé, à prendre le soleil. Assis en terrasse j'ai vu une chatte venir réclamer des caresses, j'ai été pris de vitesse par une petite fille qui n'avait pas les bons gestes, trop brusque l'enfant pour cet animal, son père a dit que non, elle n'avait pas envie qu'on la caresse, mais il n'y connaît rien lui, je l'ai vue moi, la grosse salope de chatte, avide qu'on la touche, avec son cul en l'air là. Tant que j'entends la cloche de la vache c'est que ça broute, et parfois, c'est un coup à se demander s'il restera le moindre carré d'herbe le lendemain. Gaëtan il a tout pêché. Par moments on se réjouit des tarifs de certains campings et puis on comprend pourquoi quand on doit tirer sur une chaîne pour prendre une douche. La gestion thermique c'est chaotique parfois, lorsque le temps est changeant, fond de l'air tiède, soleil chauffant quand découvert, vent frais, ingérable. Il m'est arrivé de terminer l'installation de mon campement dix secondes avant l'orage. L'eau est souvent trouble dans les cimetières. Quand on approche de la montagne, on voit le relief se dessiner sur la ligne d'horizon. J'appelle ça plonger dans le merdier. J'ai traversé un village dont la route était entièrement recouverte de merde, incrustée dans le bitume, on aurait dit un sentier. En dormant dans la montagne, je l'ai entendue siffler, par grand vent. J'aime arriver sur un lac par le haut, en le surplombant, on termine la montée épuisé et le décor se dévoile un peu plus à chaque coup de pédale, telle une récompense. L'écriteau Attention terrain piégé, marre des voleurs, devant un garage. Plus de viennoiseries à dix heures c'est un scandale. Les tabacs fermés de midi à seize heures trente. Les arbres en face, sur le coteau, ils faisaient tous la même taille. Traçaient une ligne droite dans le bas du ciel. Il y en a juste un qui a décidé tout seul qu'il allait dépasser. C'était loin, mais de là je croyais bien reconnaître un peuplier, alors que pas les autres. Elle a dit la vie est belle, même quand on n'est pas heureux.

Il reste deux kilomètres. J'approche des deux mille mètres d'altitude. Je ne vois plus les retardataires du groupe d'amateurs. Je me suis arrêté sur le bas-côté et j'ai posé la tête sur le guidon. Au début les pauses c'était rapide, pour prendre des photos et du souffle. Depuis quelques kilomètres c'est plus long, et c'est pour mourir. Un daron très en prise fait son apparition, tout vibrant de partout. Si lui il me rattrape c'est que vraiment je n'avance pas. Me voir arrêté ça l'a légitimé dans son désir de pause, et le voilà qui se range sur le côté avant même d'arriver à ma hauteur. Au moment de reprendre je sens un courant de douleur me traverser, irradiant, le bassin comme épicentre et se diffusant dans les cuisses jusqu'à la plante des pieds. Si je devais marcher je boiterais. Ici il n'y a plus d'herbe ni rien, que de la roche. Les teintes oscillent entre le gris et le marron, et puis le goudron. Petit parapet situant le précipice, à défaut de m'en protéger. Il y a un type au bord de la route, il encourage les cyclistes qui défilent devant lui. Quand c'est mon tour il me dit bravo. Il applaudit. Il me dit que c'est bientôt fini, je réponds merci et le regrette instantanément tant ça me coûte de l'oxygène. J'appuie fort sur les pédales et il ne sait déjà plus quoi me dire sans avoir à se répéter. Je suis beaucoup trop lent pour cette interaction qui aurait dû être furtive, à la volée. Au lieu de ça je cherche une contenance. Je souris et me demande ce que ça doit donner sur cette gueule en quinconce, rouge au teint et liquéfiée, la respiration haletante, la voix chargée d'air. Je ne bois pas assez et pourtant je bois autant que je le peux. Chaque gorgée m'étouffe, je n'ai pas assez d'air pour déglutir sans cesser de respirer, ça brise mon rythme. Quand je l'ai enfin passé le mec se sent de nouveau autorisé à parler alors il me dit que le sommet est à moins d'un kilomètre, et c'est vrai puisque j'ai vu le dernier panneau. Je sais que les quatre cents derniers mètres sont parmi les plus durs. Je monte à l'orgueil. Je lève la tête en direction du sommet, ça me déforme la colonne tant je suis penché sur l'avant, tout le poids sur les bras. J'aperçois, dans le ciel bleu, un nuage aux couleurs d'arc-en-ciel. À moins que ce ne soit un arc-en-ciel en forme de nuage. Mais est-ce que ça existe seulement ça. Je baisse la tête et il n'y a que ma roue. Ma roue qui tourne encore. Près de s'arrêter quand j'en termine avec le coup de pédale, relancée par le suivant. Je suis proche du sommet quand tout dans mon ventre se tord. Je me recroqueville encore un peu plus sur ma machine. Le col me fout la chiasse. J'ai les poumons dans la gorge et l'estomac dans le côlon. Mon oreille droite est bouchée, j'en sentais les premiers signes un peu plus bas, plus rien n'y passe désormais. Je n'entends plus que d'un côté et ça renforce ma sensation d'être en train de me séparer de mon corps. Dernier virage, si je lève la tête je ne vois que la route. Elle s'érige devant moi comme une paroi verticale. Cinquante mètres. Mes jambes tournent parce que c'est comme ça. Je n'ai plus rien à voir là-dedans. Je devine le panneau, celui qui dit le nom du col, son altitude. L'arrivée. Le sommet pose la question. La pente donne la réponse.

Elle a dit viens. Je fume debout. D'ici je vois une partie de la montée. Le vent souffle dans mon dos quand je me tourne vers l'autre face du col. Je ris et, même ça, ça me fait mal. J'ai beaucoup grimacé dans cette ascension. J'en fume une autre. Je marche vers Séville et mon corps se souvient mieux que moi de son agonie. Une bourrasque affole les mèches qui me tombent dans les yeux et je me les frotte. Un nuage couvrait le soleil mais il s'éloigne. Maintenant, il faut redescendre.

Presque

Le soleil tape et il n'y a pas d'ombre dans ce jardin. L'astre est monté haut, à partir de maintenant il ne fera plus que redescendre. Ce jardin en forme de cratère, je me suis approché de son versant le plus proche de la route, histoire d'être invisible pour qui l'emprunterait. Même un marcheur, à moins qu'il ne grimpe le col du mauvais côté de la chaussée, dos au danger, et qu'il insiste pour me dire bonjour en se penchant. S'il me demandait ce que je fabrique j'aurais tôt fait de lui parler des légumes que je plante, prétextant le soleil et sa direction, et avec un peu de chance il n'y connaîtrait rien et se garderait du moindre commentaire. Ne me demanderait pas ce qu'il y a dans ce sac. Tout comme je pourrais lui intimer l'ordre de se mêler de ce qui le regarde, auquel cas il ne faudrait pas être trop agressif, paraître dangereux, ça peut attirer l'attention. Juste être un sale con, auprès de qui on n'a pas envie de s'attarder. Ça n'est pas très difficile.

J'ai pas mal creusé et l'effort m'épuise. Le bout de la pelle est mal ajusté à son manche, rend la besogne plus laborieuse. Ma gestuelle et son manque d'assurance feraient bien rire qui m'observerait et se targuerait de savoir mieux. L'opiniâtreté compense bien des lacunes. Avec elle la patience. Il en faut, pour grimper des cols, parler aux gens. Creuser des trous. Pendant ces jours que j'ai passés ici il m'est arrivé de penser que Noël avait tout de celui que j'aurais pu devenir. Isolé, aigri, triste, déjà mort. Quand il s'est mis à raconter sa vie j'ai compris que c'était lui qui devenait moi. C'est quand on n'a pas d'idées qu'on a les plus farfelues. Comme si l'exaltation n'avait que la démesure pour terreau. Quand j'y enfonce ma pelle la terre se défend, déploie ses moyens limités pour m'empêcher de la creuser. Elle est dure d'être si sèche, faite d'un fourmillement de petites caillasses. On entend la fonte s'y heurter. Pour ça certainement que Noël ne s'est jamais lancé dans l'entretien d'un potager. Le tas de terre à ma gauche est aussi un tas de petites pierres. Pour le moment je m'applique à améliorer mon geste, sans raison particulière, simplement parce que ça me semble bien. Je séquence. Décompose. Précise les détails pour permettre à l'ensemble d'apparaître. Elton n'est jamais très loin, n'approche pas pour autant, m'observe. Quand nos regards se croisent je la fixe, plisse les yeux en espérant une réponse, qui ne vient jamais. Je ne sais pas si elle me considère complice. Ses pupilles dilatées, que j'aperçois d'ici, m'indiquent que peut-être.

Ma technique s'affirme. Se fait plus précise. Le premier mouvement conditionne largement les autres. Je tiens le manche de la pelle d'une seule main, la droite, et m'assure qu'il soit le plus vertical possible. Il faut y mettre de la force mais pas tout le long du geste, savoir concentrer l'énergie en un point précis, un moment de la descente qui constitue une accélération, pour percer la terre et s'y enfoncer profondément. On entend les petites caillasses échouer à repousser la lame. En tenant le manche des deux mains j'ajoute mon pied, que je pose sur la pelle pour l'aider à pénétrer la terre plus loin encore que ce que les bras permettent. Ne reste plus qu'à faire levier en évitant de trop forcer sur le dos, pour ça je fléchis légèrement les genoux et pousse sur les jambes, c'est tout mon corps qui soulève cette motte de terre, mon dos et mes bras ne font que soutenir. Elle est belle celle-ci. En profondeur la terre est moins caillouteuse, elle prend une teinte un peu jaune. Je pourrais arrêter de creuser, il y a la place déjà, mais progresser dans ma gestuelle me donne l'envie de continuer, tout comme je sens que plus je creuse plus j'oublie pourquoi je le fais, alors c'est agréable, perfectionner mon geste est devenu le centre de mon monde et je m'applique, coup de pelle après coup de pelle, à être toujours meilleur qu'au précédent.

Quand j'ai fini de reboucher le trou je constate comme ça se voit qu'on a enterré quelque chose ici. J'y ajouterais bien quelque chose, un ornement, à défaut d'une stèle. Je me dirige vers la maison en pensant à cette fleur en tissu à l'allure fanée, dans la salle de bains. Je grimpe la paroi jusqu'à la route pour ne pas repasser par la bâtisse et, quand j'arrive à la petite terrasse où j'ai laissé, sur la table, un verre de vin au cassis et un mot sur feuille volante, je trouve le verre vide et Noël en train de lire. Il m'a entendu arriver mais il ne relève pas la tête. Je reste immobile, à quelques mètres de là. J'hésite à approcher. Il a toujours les yeux sur le papier pourtant je n'y ai écrit qu'une seule phrase. Je la dis à voix haute, tu dois partir d'ici Noël, et il fait oui avec son menton. Sur le papier j'ai ajouté le mot merci, tout seul, quelques lignes en dessous. Je ne le prononce pas. On reste comme ça, je le regarde, lui pas. Quand le soleil est aussi haut la terrasse est presque entièrement ensoleillée, lui est assis dans la seule bande d'ombre présente, contre la maison.

J'approche enfin, viens m'asseoir près de lui. Il relève la tête et en voyant mon visage il inspire très fort, l'air effrayé, et puis ses traits se plissent, ses yeux se mouillent, il essaie de dire quelque chose qui ne sort pas, baisse les yeux. Il dit pardon, pardon comme ça plusieurs fois, à peine audible. Il se redresse enfin, fronce les sourcils en voyant mon visage. Un sanglot. Et puis, sans quitter la position assise mais rapprochant sa chaise, il vient m'enlacer, je tends le buste vers lui comme pour l'aider, je sens sa clavicule s'emboîter sous la mienne, il pleure pour de bon ses larmes coulent sur mon épaule quand il y cale son front, blotti. Je le serre presque aussi fort qu'un peu plus tôt.

Il n'y avait pas tant que ça à grimper jusqu'au sommet. À moins que ces quelques jours de pause ne m'aient rempli d'une énergie nouvelle. J'en doute, ou veux bien admettre, tout au plus, que le premier souffle était léger. Deux ou trois kilomètres de plus et j'aurais retrouvé les bonnes vieilles habitudes, hyperventilation, transpiration, congestion. Le village du haut est bien moins animé que celui du bas. Au café on me regarde avec inquiétude, rapport à ma tronche pleine de pansements, soins sommaires prodigués par Noël qui espérait par là se racheter un petit peu. Je pose des questions, fais celui qui débarque, parle de la maison dans le col, et ceux à qui je m'adresse, habitués des lieux si j'en crois mon intuition, ne semblent pas avoir la moindre connaissance de qui que ce soit qui y vive. Il y en a un il dit que depuis le restau c'est désaffecté. Un autre évoque la discothèque. Le dernier, persuadé qu'il est sur le point de me surprendre, affirme qu'au départ, il y a bien longtemps maintenant, c'était un relais de diligence. Je ne m'attarde pas, je n'ai pas assez de vélo dans les jambes pour vouloir repousser mon retour sur la selle. J'ai des visions de goudron, sans décor, juste la sphalte sous les roues, et les lignes blanches qui défilent en temps normal, clignotent dans la descente. Au café on m'a prévenu, bien quinze bornes d'ici jusqu'en bas, en quinze minutes c'est plié, trente si je suis contemplatif. Ce qui me vient à l'esprit à chaque descente dans laquelle je m'engage, c'est que ça peut s'arrêter dès le premier virage. Elle va être technique celle-ci, la route serpente, virages en épingle, aveugles, freinages et relances. Les tout premiers kilomètres en tout cas, après c'est un toboggan. C'est le barman qui l'a dit, il avait l'air de s'y connaître. Route étroite et craquelée car gelée en hiver, ça fait des fissures qui ralentissent dans la montée, font rebondir en descente, il a ajouté. J'ai dit merci. C'est au moment d'enfiler mon casque que je me le rappelle, souvent à voix haute, fais pas le con. Si j'étais projeté à toute vitesse de mon vélo je ne serais que peu de chose, morceau de chair en suspension jusqu'à l'écrasement. Aucune chance de ne pas avoir au moins un os brisé dans l'action. Pour autant, je ne me vois pas chuter sans mourir. Je veux bien tomber, si c'est sans gravité. Ce sera toujours ça de vécu.

J'enfile un K-Way parce qu'à grande vitesse l'air est frais. Je monte sur Séville à l'aide d'une cabriole qui aurait mérité un peu de public. Au moment de m'élancer j'aperçois en contrebas un virage en épingle et j'ai une vision, moi allant tout droit dans la paroi. Je serre mon casque et prends une grande inspiration. En un coup de pédale le vélo part tout seul, emporté par la pente. Dès le premier segment la vitesse augmente, jusqu'à l'épingle où je dois appuyer très fort sur les freins, répéter le schéma quelques fois de plus comme l'avait annoncé le barman, puis la descente se déploie pour laisser place à de longues rampes, peu de virages. La peur s'estompe à mesure que la vitesse est grisante. Je me surprends à adopter la position aérodynamique, menton sur le guidon et le cul en l'air, propice aux sensations telles que la vitesse d'abord, l'insécurité ensuite. La fragilité tout court. Le vent fait trembler les plis de mon K-Way, ça claque à toute vitesse, et si je n'avais pas fait le rapprochement je me croirais suivi par un hélicoptère. En course on adopte cette position pour semer ses poursuivants. Je m'applique à projeter le regard, anticiper, prendre les virages le plus large possible quand je n'en aperçois pas la sortie. Malgré la prudence à laquelle j'en appelais au sommet j'ai tout l'air d'une proie en fuite, pressée de creuser l'écart sur ses chasseurs. Un virage en laisse apparaître un autre, très serré, à près de cent mètres. J'arrive à toute vitesse quand je vois une voiture débouler dans le sens inverse. Elle s'est engagée dans la courbe et, soudain, il n'y a plus qu'elle. La voiture me cache le virage. Tout devient confus, je me perds dans mes calculs, l'appréciation de la distance, de la vitesse. Elle cache le virage, et tout le reste autour. Le véhicule est sorti de la courbe et poursuit sa montée, de son côté de la chaussée, et pourtant je le vois me venir droit dessus. C'est peut-être moi qui suis du mauvais côté de la route. La voiture prend des proportions démesurées, on va se percuter ça ne fait plus aucun doute, et je ne touche pas mon guidon. Un reflet sur le pare-brise m'empêche d'apercevoir le conducteur. Tout comme je ne vois plus le ciel, les parois autour, la végétation comme les caillasses, plus rien si ce n'est ce pare-chocs qui va grandissant. La forme des phares comme des sourcils froncés. Le son qu'elle émet, moteur en prise avec la pente, hurlement saccadé, se fait toujours plus clair, mélangé au vent brassé par mon corps en quasi chute libre. Je ne sens plus mes mains sur le guidon. Mes roues frottant le bitume, les pédales sous mes pieds, le poids à l'arrière. Plus le froid ni la chaleur. Plus le vent. Plus de douleur. Plus de corps. Je pourrais m'envoler.

Un coin de tête sous le coude

Elle a dit que je pouvais revenir quand je voulais. Ça m'a pris quelques semaines. Pour la retrouver j'ai navigué comme jamais auparavant. Chaque soir dans la tente j'étudiais la carte, élaborais mon trajet du lendemain, cherchant à optimiser les temps de passage, raccourcir la durée des ravitaillements, éviter les routes difficiles, les côtes trop dures, les villes trop denses, identifier les chemins verts, éviter les bourbiers, les merdiers, tout, tout pour aller plus vite, être plus efficace, rien pour la contemplation, rien pour l'aventure, l'imprévu comme nuisance, le réveil le matin pour partir plus tôt et rouler plus longtemps, un peu moins vite pour ne pas me cramer, les interactions réduites au nécessaire, les pauses régulières pour bouffer et ne plus rouler sous fringale, me coucher tôt du moins pas trop tard, tout cadré, minuté, pensé. Dirigé. Adressé. C'est sûr que l'on n'agit plus pareil, quand on sait où on va.

Après les essayages je suis resté chez elle une semaine. À mesure que mon visage dégonflait des coups reçus par Noël elle me trouvait toujours plus beau. Me le disait souvent. Le matin elle se réveillait la première. Se levait, aussi. Je ne savais jamais depuis quand. Le jour de mon départ, dont nous avions convenu la veille après l'avoir déjà repoussé deux fois, n'a pas fait exception. Les yeux à demi ouverts, ma première vision du jour c'était elle, de dos, encadrée par le rideau séparant chambre et séjour, à demi ouvert. Elle s'habillait. Elle ne savait pas que je la voyais pourtant elle s'est placée là, où je pouvais la voir. Je suis resté sur un coude, à la regarder. J'ai dit bonjour elle ne s'est pas retournée, s'est précipitée vers la cuisine et en est ressortie à peine plus tard, alors que je me frottais encore les yeux. Elle était munie d'une tasse qu'elle ne quittait pas des yeux tandis qu'elle s'approchait d'un pas pressé et pourtant précautionneux, singeant la difficulté, soulignant le soin. C'est lorsqu'elle est venue s'asseoir au bord du lit, tout près de moi, qu'elle m'a enfin regardé. Bonjour. A tendu la tasse, que j'ai prise. Elle a souri fort sans ouvrir les lèvres, bombé un peu le menton, plissé les yeux ça lui a fait froncer les sourcils, les pommettes ont gonflé et des fossettes se sont creusées près de ses joues, son nez, son visage s'est étiré en largeur et elle était belle, me suis-je dit. Je suis resté comme hébété, elle ne desserrait pas l'étreinte sur son visage, la peau tendue, et puis elle a posé une main sur mon genou replié devant moi, sous la couverture. Soudain ses paupières se sont écartées, le menton a fait un pas de côté quand la nuque s'est dressée, comme on aurait une idée, et tandis que sa main tapotait mon genou elle s'est levée en disant qu'il était déjà dix heures.

J'ai pensé que le sirop d'agave dans le café ça ne valait pas le sucre mais ne voyais pas matière à m'en plaindre. J'aurais voulu en mettre beaucoup, pour compenser, j'aime ça quand c'est très sucré le matin, mais la politesse consiste souvent à laisser croire qu'on n'a besoin de rien. Je traînais au lit et alors qu'elle passait par la chambre, s'affairant à je ne sais trop quoi, elle m'a embrassé sous l'œil. La tasse était bientôt vide. On a parlé de façon décousue de la journée que l'on s'apprêtait à avoir, alors qu'elle passait et repassait devant le cadre du rideau et que moi je ne décollais pas du lit. Elle avait des textes à apprendre, un morceau de piano à travailler. J'avais la route à tracer, le reste je n'y avais pas encore pensé. Quand je me suis dirigé vers la salle de bains elle a posé ses mains sur mes épaules, m'accompagnant doucement comme je traînais les pieds. J'ai dit que je n'en avais pas tellement besoin puisque d'ici dix bornes j'allais transpirer comme un porc, elle a dit chut. J'ai dit que je n'en aurais pas pour longtemps elle a dit d'accord, m'a embrassé entre le sourcil et la tempe après s'être dressée sur la pointe des pieds. J'ai souri. Alors que j'enclenchais le robinet elle s'est éloignée à reculons, m'a redonné de ce sourire qui lui plissait les yeux, lui gonflait les pommettes, un peu candide un peu espiègle, puis son corps a glissé derrière la porte entrouverte, juste après que son regard a quitté la pièce.

J'ai chargé Séville, en bas. Cette fois-ci il a eu accès à la cave. J'avais de la peine pour lui, pour ça que j'étais content qu'il revoie le jour. Elle m'a accompagné dehors pour me regarder partir. J'ai dû relacer ma chaussure droite et, quand je me suis relevé, elle était dans mon dos. J'allais me retourner mais d'un geste vif elle m'a enlacé. Elle a pris mon corps et puis les bras avec, elle s'est refermée sur moi, doucement d'abord, fermement ensuite, tout contre moi, moi qui ne pouvais l'enlacer en retour. En baissant la tête je voyais ses mains contre mon diaphragme, agrippées aux poignets. J'ai eu un mouvement de bascule, vers l'arrière avec mon cou, j'essayais d'approcher mon visage du sien, mais au plus fort de ma contorsion je n'apercevais jamais que le haut de ses cheveux, sous mon épaule. Sa tête à elle, tournée sur le côté, calée entre les omoplates, elle s'y est installée comme on s'y repose, blottie, abritée, cachée. J'ai cessé de lutter et j'ai regardé devant moi. Le mur, bleu. On a eu ce mouvement de balancier, à peine, juste un peu. On a écouté nos respirations. On a dit au revoir.

Elle est surprise quand j'arrive. Juste avant d'être contente. Après l'installation, la douche et tout ça, je mets des vêtements de ville et ça lui fait drôle. Elle rit. Entre ça et la gueule impeccable, je suis une tout autre personne. Je demande si ça pose problème elle répond non. Elle m'invite à aller marcher dehors et je dis oui. Près du canal le vent est fort. J'ai froid mais je n'en dis rien. Le vent me gêne, il me rappelle les moments où je n'aime pas être à vélo, mais je lui pardonne son insistance quand je vois l'effet que ça a sur la chevelure de celle que j'accompagne. Il souffle dans sa direction. Par moments il lui repousse les cheveux sur le visage, cachant une partie, parfois le bas du menton, parfois la joue, souvent les yeux. Elle, ne semble pas dérangée, ajustant ses mèches chaque fois. Elle aurait pu se les attacher, porter une casquette comme ça lui arrive, mais non, elle répète inlassablement le geste de plaquer la mèche derrière l'oreille, toujours avec la main opposée, main droite derrière l'oreille gauche, main gauche derrière l'oreille droite. Elle porte les mêmes boucles d'oreilles que le jour de notre rencontre. J'observe l'arrière-plan qui s'y fixe, mais les bourrasques en rendent les limites plus nerveuses, instables, et mon regard est rendu volatil par les fragiles secousses que les anneaux reçoivent. Des gens qui passent, promeneurs, flux continuel, dense, presque frénétique, alors que pour moi le temps est comme suspendu, du moins j'y suis suspendu, tant pour profiter de ce que je vois que pour oublier les effets du vent sur ma nuque mal couverte. On ne se dit rien de trivial. On se raconte, comme pour s'avertir. Parfois elle s'arrête, dit que pour développer davantage il faudra que l'on se connaisse mieux. J'affirme vouloir tout savoir d'elle et elle dit non, non c'est faux, personne ne veut la vérité des autres, c'est pour ça que ça existe, la politesse. Je crois comprendre mais je reste perplexe comme pour l'inviter à développer. Elle me fixe d'un œil impassible. Tu resteras avec moi tant que tu penseras avoir un mystère à élucider, elle dit. Elle ajoute que les autoportraits sont fallacieux. On n'est jamais qu'un récit. Ce récit peut changer de narrateur. Je dis d'accord. Une bourrasque vient lui cacher le visage.

J'ai une manie, besoin de marcher à la gauche de celui ou celle qui m'accompagne. Perturbé par le vide à ma droite. La seule fois où je me suis risqué à une explication j'en ai appelé à l'aisance du coup de coude, en cas de parole déplaisante. Quand notre démarche est dérangée elle s'applique à corriger l'anomalie, si je n'ai pas déjà fait un pas de côté. Le vent souffle toujours aussi fort mais la rue que nous empruntons nous protège. Elle fait quatre pas quand j'en fais trois. On traverse un passage piétons, retrouve un courant d'air. Le trivial s'est fait sa place, je raconte je ne sais quelle anecdote de voyage en devant parler fort car la bourrasque tamise ma voix. Quelques pas plus tard je crois sentir un vide à ma droite. Je tourne la tête elle n'est plus là. Je suspends mon pas et fais demi-tour, je la trouve arrêtée, sur le trottoir, dix mètres derrière moi. Elle a baissé la tête, joint les pieds, et ouvert les bras. Le vent souffle dans sa direction, il écarte ses cheveux de devant son visage. Dans mon dos, il me pousse au point de me faire perdre l'équilibre.

Shinigami

Les cris du bébé ne perturbent pas Denise. C'est qu'il y va fort, pourtant. Tant d'énergie, d'un si petit corps. Denis aussi je le trouve serein. Ils disent chut, ils disent ça va aller, ils disent oh mais oui que c'est un gros chagrin ça, et cet enfant qui ne regarde jamais dans ma direction je n'ai toujours pas vu ses yeux, soit parce qu'il dormait à mon arrivée, soit parce qu'il a maintenant le visage déformé au possible. Nous sommes dans le jardin, derrière chez eux, attablés. D'un air impassible Denise alterne tétine et biberon, assise et debout, portage en écharpe, devant derrière, dans les bras, dans le siège, la chaise haute, le long du bras comme un paresseux mais à l'envers, rien n'y fait l'enfant pleure toujours, hurle par moments, s'interrompt parfois, quelques secondes qui donnent de l'espoir, avant de se souvenir pourquoi il a tant matière à souffrir. Denis me parle quand même et je dois tendre l'oreille pour l'écouter, d'autant qu'il entrecoupe ses phrases de conseils à Denise, d'échanges avec elle quant à la meilleure attitude à adopter, de questions à propos de ce dont peut bien se plaindre ce bébé. Elle approche son nez de la couche en soulevant l'enfant par-dessus sa tête, plutôt qu'approcher son nez je dirais qu'elle vient carrément le fourrer là, sans précaution ni prudence, quand pour sentir le parfum d'une fleur on a tendance à s'approcher délicatement. Je me suis déjà vu poser une paire de chaussettes sur mon visage, alors que je ne me suis jamais frotté la gueule avec une rose. On réserve la délicatesse à ce qui est précieux. Denis me pose des questions mais quand je réponds son attention est ailleurs, vers l'enfant, il revient à moi il écoute un bout de phrase et je vois son regard se tourner, s'assurer que Denise le manipule bien, qu'elle a remarqué la chaussette en train de glisser, et comme elle ne l'a pas vue alors il dit scuse et s'en charge, tout en prenant le soin de tourner de temps en temps la tête vers moi, m'adresser des ah, des oh, des hum hum, comme pour dire qu'il est bien avec moi, alors que pas du tout.

Tiens, attrape donc l'enfance, me dit Denis en me passant le bébé bruyant. Machinalement je tends les bras, reçois l'offrande. L'effet est instantané, les pleurs cessent, la peau du visage se détend, les yeux demeurent clos. De petits spasmes, de plus en plus espacés, agitent l'enfant qui s'étire. Je fais chut comme ses parents et le berce comme si je savais ce que je fais. En levant la tête je les vois tous les deux qui me regardent d'un air mêlant surprise et satisfaction, jusqu'à ce que Denis rompe le silence tant attendu d'un ah, bah c'est pas banal ça, tiens. On rit. Denis est content, on échange un regard complice. On reste comme ça un peu. Denis et Denise se détendent, ils se laissent aller contre le dossier de leur chaise longue. Après quelques minutes je les vois tous deux les yeux mi-clos, et d'un murmure je les encourage à se reposer, murmure auquel ils ne répondent pas, mais dont je suis persuadé qu'il les soulage. D'ici je ne remarque pas la moindre trace des inondations, si ce n'est cette plaque, que Denis a incrustée dans le mur de la maison, à la hauteur exacte où est montée l'eau, soit un mètre trente-quatre, avec la date dessus. Vestige. Ou témoin. Je vois la fenêtre de la salle de bains, par laquelle j'étais entré. Le ru qui s'écoule et délimite le terrain est revenu à la vie. Denis s'est endormi, tête en arrière il a la bouche grande ouverte, et je me disais bien que quelque chose m'interpellait, sa dent noircie et fissurée a été remplacée, et je lui trouve un autre visage, dont la beauté est plus évidente, me dispense d'avoir à la déceler. Derrière moi dans le bassin, il l'a construit cet été il a dit, ajouté que ça faisait bucolique et le terme était juste, j'aperçois les deux tortues que je connaissais déjà, et puis une troisième, à côté, plus petite. Quelques poissons sont venus grossir les rangs. Apportés là par la montée des eaux, qui sait. Vestiges. Ou héritage. J'ai toujours l'enfant dans les bras quand je décide de me lever et marcher un peu. Je fais le tour de la maison, le long du ru, Séville est là, posé contre le mur. Ses pneus sont dépareillés j'ai dû en changer, même deux fois à l'arrière, rapport au poids qui l'écrase. À l'avant le pneu est noir avec un liseré beige, à l'arrière il est tout noir. Les freins ne marchent plus tellement, il faut appuyer fort pour s'arrêter vingt mètres plus loin. Les vitesses passent mal et il faut parfois renoncer à changer de braquet si la machine se montre trop capricieuse. Denis m'a trouvé affûté, il a dit. J'ai baissé mon pantalon et contracté ma cuisse, il a pensé que c'était bizarre sur le coup mais quand il a vu le dessin du muscle sous la peau il a dit ah oui, en effet, t'es bien congestionné. Il m'a demandé dans un sourire si j'avais retrouvé Renata au cours de mes pérégrinations et j'ai répondu non d'abord, ou plutôt oui j'ai ajouté, avant de conclure sur un peut-être, ou quelque chose dans le genre. Je lui dis à l'enfant tiens regarde, ça c'est mon vélo, il est beau hein, mais ça ne l'émeut pas tellement. Il dort je crois. En tout cas il a les yeux fermés, encore. Il a dû s'épuiser à crier autant et j'ai juste eu la chance que mes bras correspondent à sa reddition. Je continue à lui parler de Séville, de ses exploits. Je parle de cols, de montagnes, de descentes, de virages en épingle. Je me dis que tout ça va venir se caler quelque part dans son cerveau. Qu'un jour il en entendra de nouveau parler et que ça sonnera familier, sans qu'il sache pourquoi. Ce sera ma modeste contribution.

Denis a retrouvé Cassius. Quelques semaines plus tôt. Sur la chaise que j'avais posée sous le rebord de la fenêtre de la cuisine, chez moi. Il passait de temps en temps, vérifier que personne n'y avait commis d'effraction, parce qu'un pavillon comme celui-ci, tous volets fermés pendant des mois, ça peut attirer l'attention. Il l'a installé dans la salle de jeux, à l'étage, dans un panier qu'il a voulu confortable. Cassius ne se déplace plus, ne fait plus sa toilette, ouvre à peine les yeux, respire bruyamment. Denis espérait simplement tomber sur lui, un matin, sans vie. Que ça finisse comme ça. Depuis deux ou trois jours sa situation a empiré. Il souffre. Ça se voit. Ça s'entend. Denis avait décidé d'aller faire piquer la bête quelques minutes avant mon arrivée. Pour ça que je n'ai pas compris, sur le coup, quand il a dit que le destin faisait bien les choses. Je le trouve là, dans le panier, traversé de spasmes. Il éructe des râles provenant du fond de ses tripes, bat l'air avec ses pattes comme s'il combattait un fantôme. Denis m'a dit qu'il était sur le point de mourir, je le constate. Les nombreuses fois où, sur la route, je me suis figuré la mort qu'il était allé chercher de lui-même, jamais je ne me suis dépeint les choses comme ça. Tout au plus je l'ai imaginé souffrir de solitude. De mon absence. Ici je vois combien sa mort lui remue le corps. Je suis assis en tailleur près du panier, sous le sac de frappe, là dans le coin de la pièce, un peu à l'écart. J'ai l'enfant dans les bras, il dort. Cassius se débat, attaqué de toutes parts. Vend chèrement sa peau. Je me lève et dépose l'enfant sur le canapé, l'entoure de coussins et le recouvre d'un plaid. À peine je m'en éloigne qu'il se remet à pleurer. Quand je reviens près de Cassius, ses râles sont presque recouverts par les cris du bébé, qui a retrouvé toute sa vigueur sans échauffement. Je trouve dans la pièce, qui sert aussi de buanderie à Denise, une fine couverture, que j'attrape par un de ses coins et plie trois fois, pour en augmenter l'épaisseur. L'enfant crie de plus en plus fort et j'espère que ses parents dorment profondément. Je me mets à quatre pattes, approche mon visage de Cassius comme j'en avais l'habitude, jusqu'à le poser sur son ventre. Il fixe le plafond, les yeux écarquillés, je me prends quelques coups de pattes dont les griffes ne sont pas rétractées et j'entends son cœur battre beaucoup trop vite. Je ne crois pas qu'il me reconnaisse. Ni même aie conscience d'une présence à ses côtés. Je lui mets de petits coups avec ma tête, comme on faisait souvent, et ne reçois pas la réciproque. Cassius est parti. Ne reste que ce qui prend le plus de temps à s'effacer et qui n'est déjà plus lui. Je le caresse il n'est pas aussi doux qu'attendu, faute de faire sa toilette. Je lui dis combien je regrette de ne pas avoir été là. Comme il m'a manqué. Je lui relate mes aventures. Je lui parle des amis qu'il aurait pu se faire lui aussi. Je me raconte qu'il me reconnaît mais n'a pas la force de manifester sa joie. Ses cris s'allongent, voix grave. Un frisson me traverse et une larme coule sur ma joue. Je me saisis du linge et le pose doucement sur sa face, en prenant soin de bien l'envelopper et faire en sorte que l'air ne passe pas, et puis je viens y poser ma main ouverte, les doigts écartés afin de maintenir fermement le tissu. Il ne comprend pas ce qui se passe, du moins je m'applique à m'en persuader. Je ne crois pas qu'il m'en voudrait. Après quelques secondes de pression je sens des vibrations. La respiration est empêchée mais le corps est trop faible pour y remédier. Les coups de patte deviennent plus secs mais sont épuisants. Les pattes arrière tentent de repousser le bras mais celui-ci sait trop ce qu'il fait. Le calme gagne. Je regarde mon chat partir et le trouve toujours aussi beau. Vestige. Ou mémoire. Je dis au revoir, Cassius.

Denis ouvre les yeux et me trouve à la place que j'occupais quand il les a fermés. L'enfant est assis sur mes genoux, on se donne les mains. Denis ne dit rien, il sourit c'est tout. On reste là, on lâche des phrases courtes qui n'appellent pas de réponse. Les miennes consistent souvent à louer l'emplacement du cerisier qui nous fait de l'ombre. Il y a du vent, ça fait bouger les bouclettes du petit, dans sa nuque. Je vois Denis se redresser sur sa chaise longue puis se frotter les yeux en bâillant. Il me demande ce que je vais faire maintenant. Auparavant, il y avait une pointe d'ironie dans sa voix, quand il me posait la même question. Pas cette fois. Je souris, sors ma boussole de ma poche droite, celle qui descend le long de la cuisse, et je la pose au sol. Il se penche. On la regarde. L'aiguille se stabilise après avoir cherché sa route quelques secondes. Je pointe du doigt la direction opposée. Je vais par là, je dis. On se tait de nouveau. Il ferme les yeux. Tant que l'enfant est calme on n'entend rien d'autre que le vent dans les feuilles, les oiseaux, tout ce qui n'est pas du silence mais y est associé quand même. Ces sons-là ne sont pas du bruit, c'est Denis qui a dit ça une fois, je me souviens.

Il se lève et reprend l'enfant quand celui-ci lui tend les bras. Je me lève aussi, on a nos deux visages près du bébé et il nous regarde à tour de rôle. On babille on articule des mots qui n'existent pas, on fait du bruit avec nos bouches, nos lèvres. Ça nous fait rire et l'enfance a l'air perplexe mais pas dérangée, curieuse, elle nous scrute et on est de plus en plus hilares. L'enfant se met à sourire aussi, et nous voilà tous les trois, à rire de rien. Ça ne réveille pas Denise.

RÉALISATION : I.G.S. CHARENTE PHOTOGRAVURE À L'ISLE-D'ESPAGNAC
ACHEVÉ D'IMPRIMER SUR ROTO-PAGE
PAR L'IMPRIMERIE FLOCH À MAYENNE
DÉPÔT LÉGAL : AOÛT 2022. N° 151379 (100509)
Imprimé en France